W0318416

Juri Rytchëu
Unna

Juri Rytchëu

Unna

Aus dem Russischen von
Charlotte und Leonhard Kossuth

Unionsverlag

Eine erste Fassung des Romans erschien 1992
unter dem Titel *Unna*
in der Zeitschrift »Newa« Nr.11/12, St. Petersburg.

Auf Internet
Aktuelle Informationen
Dokumente über Autorinnen und Autoren
Materialien zu Büchern
Besuchen Sie uns:
http://www.unionsverlag.ch

© by Juri Rytchëu 1994
© by Unionsverlag Zürich 1997
Rieterstrasse 18, CH-8059 Zürich, Telefon 01-281 14 00
http://www.unionsverlag.ch
Alle Rechte vorbehalten
Umschlaggestaltung: Heinz Unternährer, Zürich
Umschlagfoto: Bryan & Cherry Alexander
Foto des Autors: Leonhard Kossuth
Druck und Bindung: Ebner Ulm
ISBN 3-293-00244-7

1

Als die Erzieherin ihr diesmal ankündigte, der Vater sei gekommen, rannte ihm Unnotschka Owto, anders als sonst, nicht durch den langen Internatskorridor mit den riesigen, bis zum Boden reichenden Fenstern freudig entgegen, sondern suchte eine Weile unterm Bett ihre Fellpantoffeln, ging dann langsam über die knarrenden Dielenbretter und spürte, wie in ihrem kleinen Herzen unbewußt Zorn, Verdruß und Scham anschwollen.

Ja, Owto, der älteste Hirt einer Nomadensiedlung gleichen Namens, war wie gewöhnlich, wenn er in die Große Siedlung kam, stark angetrunken, und in seinen spärlichen Schnurrbarthaaren glänzten widerwärtig Perlen von Schweiß oder gar durchsichtigem Rotz. Seine roten Augen aber schienen leicht überzuquellen. Als er die ihm entgegenkommende Tochter erblickte, stellte er eine große Papiertüte auf den Boden und begann laut zu singen:

Mainy – ten – memlyetschgyt
Ynky nutek any kole!
Mynylpyn ynken korgaw –
Torwagyrgyn ynky warkyn!

Er versuchte sogar ein paar Tanzschritte – nicht nur, um seiner großen Freude über das Wiedersehen mit seiner einzigen Tochter Ausdruck zu verleihen, sondern auch, um zu zeigen, daß er ein geselliger, moderner Mann sei, der sich so zu benehmen wisse, wie es sich gehört, wenn man tüchtig getrunken hat.

Doch das mißmutige und unzufriedene Gesicht der

Tochter ließ ihn innehalten, und besorgt erkundigte er sich auf tschuktschisch: »Fehlt dir auch nichts?«

»Ich verstehe nicht!« antwortete Unnotschka streng auf russisch, denn sie hatte bemerkt, daß die Erzieherin und die Internatskinder interessiert beobachteten, was da vor sich ging. Das verstärkte ihre bittere Scham, weniger über die Verfassung und das Benehmen des Vaters als über sein verlottertes und erbärmliches Aussehen.

»Gesunt nich?« erkundigte sich der Vater teilnahmsvoll und wischte sich, um ein anständiges Aussehen bemüht, die Tropfen aus dem Schnurrbart. Er versuchte, die russischen Wörter richtig auszusprechen, aber das gelang ihm schlecht, selbst die einfachsten russischen Ausdrücke wurden in seinem Mund unverständlich.

»Ich bin nicht krank, ich bin gesund«, antwortete Unna auf russisch, griff nach der Papiertüte und stieß streng hervor: »Du aber geh! Und komm nicht wieder betrunken hierher!«

»Nich betrunken!« entgegnete Owto empört. Und fuhr auf tschuktschisch fort: »Wir hatten doch gerade erst angefangen. Haben je eine Flasche Wermut geleert. Ach, Töchterchen, du hast noch nie einen richtig betrunkenen Mann gesehen!«

Er besann sich, verstummte, suchte mit großer Willensanstrengung seinen kargen russischen Wortschatz zusammen und sagte: »Da ist Geschenk ... Für dich – Geschenk. Mama, Papa, Geschenk ...«

»Nimm die Geschenke, Unnotschka«, erlaubte ihr die Erzieherin und sagte: »Sie aber, Genosse Owto, sprechen noch immer schlecht Russisch. Sie müssen lernen! Und noch etwas – ins Internat muß man nüchtern kommen.«

»Gutt, gutt«, murmelte Owto hastig, bückte sich schnell, für alle überraschend, und sog geräuschvoll das ganze Bukett völlig unbegreiflicher Gerüche eines für den Tundrabewohner fremden Lebens ein, in dem Unnotschka, sein einziges, langersehntes Kind, nun schon vier Jahre weilte. Er hoffte, mit dem alten tschuktschischen Kuß, dem Ukwen, wenigstens einen schwachen Hauch zarten kindlichen Dufts zu erhaschen.

Unnotschka wich erschrocken zurück, sah den Vater zornig an und trippelte schnell den langen, von der tiefstehenden Wintersonne hell erleuchteten Internatsflur entlang.

Doch aus irgendeinem Grund ging ihr das alte Lied nicht aus dem Sinn, das sie vor langer Zeit, als Tundrakind, in der Jaranga gehört hatte:

Mainy – ten – memlyetschgyt
Ynky nutek any kole ...

Sie kannte die Worte, verstand aber deren Bedeutung schon nicht mehr, obwohl sie sich erinnerte, daß der Vater das Lied nach einer Reise verfaßt hatte, die ihn anläßlich des fünfzigsten Jahrestags der Revolution zu einer Versammlung der Rentierzüchter in die große Stadt Magadan führte; das war vor jenem Jahr, in dem Unnotschka Owto endlich in die Schule geschickt wurde.

In der Klasse war sie viel älter als ihre Mitschüler, denn die Eltern hatten ihre Existenz lange verheimlicht, damit das Mädchen nicht in den Kindergarten mußte.

Doch das war noch nicht das größte Übel. Viel schlimmer war, daß das Mädchen damals überhaupt nicht Russisch sprach.

Sogar der Direktor des Schulinternats, Iwan Iwanowitsch Mitrochin, kam eigens herbei, um so ein Phänomen in Augenschein zu nehmen. Er sah sich das verschreckte kleine Mädchen an und sagte entrüstet: »Abscheulich! Einem Kind so das Leben zu verpatzen!«

Noch im ersten Jahr ihres Internatslebens versuchte Unnotschka Owto, in die heimatliche Siedlung zu flüchten. Sie lief frühmorgens weg, und erwischt wurde sie erst gegen Mittag.

Nach diesem Vorfall wurde Unnotschka Owto zu allen Ferien in die Tundra gebracht.

Meistens nahm sie der Vorsitzende des Exekutivkomitees, Alexander Wenediktowitsch Komarowski, mit.

Er unterschied sich merklich von den anderen Russen, die Unnotschka Owto kannte. Vor allem sprach er ausgezeichnet Tschuktschisch.

Vor etwa zehn Jahren war in der Nomadensiedlung Owto ein rotblondes, verschrecktes Bürschchen in einem kurzen Übergangsmantel und mit Zottelmütze aufgetaucht. An den Füßen hatte er Segeltuchschuhe, die ganz und gar nicht für ein Leben in der Siedlung unter den Bedingungen des nahenden Winters taugten. Sascha Komarowski aber war in die Tundra gekommen, um lange hier zu leben, und er besaß nicht nur ein Diplom des Kostromaer Veterinärtechnikums, sondern war auch noch offiziell in die Tundra, in die Siedlung delegiert worden. Die Kreis-behörde hatte allerdings nicht einmal daran gedacht, den jungen Mann, der ein Rentier bisher nur von Bildern oder aus dem Kino kannte, entsprechend einzukleiden.

Doch der junge Zootechniker wurde in der Tundra freundlich empfangen, man nähte ihm wunderschöne Winterkleider und brachte ihm allmählich das Handwerk eines Rentierzüchters bei. Nach drei Jahren zog Sascha Komarowski in die Große Siedlung, wo man in dem erwachsen gewordenen, sommersprossigen jungen Mann das scheue Bürschchen aus Kostroma gar nicht wiedererkannte. Dann aber begriffen sie, daß er genau der Mann war, der in der Kreisstadt gebraucht würde, und boten ihm verschiedene wichtige Posten an, die er zunächst ablehnte.

Komarowski führte regelmäßige Untersuchungen und Behandlungen erkrankter Rentiere ein, brachte Medikamente in die Tundra, stark riechende Flüssigkeiten, mit denen die Tiere besprüht wurden, um Bremsen abzuwehren, die ja auch das Fell beschädigen. Die Rentiere in der Siedlung Owto gewannen den Ruf, stets gut genährt und gesund zu sein. Das wiederum brachte spürbar höheren Verdienst.

Komarowski führte auch neue Bräuche ein: Samstags brannten in den Jarangas heiße Feuer, die Leute wuschen sich den Tundraschweiß der Woche ab und erlebten, wie leicht man sich nach solchem Waschen fühlt. Sascha selbst aber stürzte sich, wenn er seinen Körper in heißem Dampf erhitzt hatte, in eine Schneewehe und schrie: »Banja! Banja! Uch! Ach!«

In Owtos Jaranga badete man im ersten Wasser das Mädchen, und Unna prägte sich fürs ganze Leben ein, welche unerklärliche Leichtigkeit sie nach dem Bad in dem verzinkten Trog, im warmen Dampf des heiß brennenden Feuers überkam. Nach der Banja, dem Schwitzbad, tranken sie Wodka und Tee. Die Leute lärmten und baten Sascha Komarowski, ihnen seinen erstaunlich weißen, mit braunen Pünktchen von Sommersprossen übersäten Körper zu zeigen.

»Wie von Bremsen zerstochen, die Haut!« riefen die Tschuktschen verwundert. »Macht dir das keine Sorgen?«

»Nein, keine Sorgen«, antwortete Komarowski fröhlich und erstaunte alle durch seine gute Aussprache, sein Verständnis für das fremde Leben und seine Herzensgüte.

»Das ist ein echter Russe«, sagte der alte Ponto, der, wie

behauptet wurde, sich noch an die Zarenzeit erinnerte und sogar von einem russischen Popen getauft worden war.

Von allen Russen bewies allein Komarowski Mitgefühl mit Owto, und er tat alles, um ihm zu helfen, daß dieser sein Kind nicht in eine staatliche Einrichtung geben mußte.

Das Hauptargument der Funktionäre war die mangelnde Hygiene in der Tundra-Jaranga, die angeblich auch das Leben des Mädchens gefährde.

»Man könnte ja meinen, sie machen selber nichts anderes, als sich immerfort zu waschen!« murrte die Mutter, als sie wieder einmal die zarte Haut des Mädchens nach dem Baden trockenrieb. »Haben sie etwa keine Insekten in ihren Wohnungen?«

Owto, der immerhin ab und zu in der Kreisstadt zu tun hatte, erzählte: »Als ich in diesem Frühjahr da war, stank es überall fürchterlich. Sie machen alles in den eigenen Wohnungen, wenn es aber warm wird, taut, was sich den Winter über angesammelt hat, und beginnt zu stinken.«

»Können sie denn von ihren Wohnungen nicht etwas weiter weg gehen?« wunderte sich seine Frau.

»Wohin denn?« erklärte Owto mit Sachkenntnis. »Die Häuser stehen eng beieinander, bis einer die hinter sich gelassen hat, hält er es doch nicht aus, da müssen sie es eben in der Wohnung erledigen ... Für Gäste haben sie eigens Buden gebaut. Aber wenn man da hineingeht, wird einem übel von dem Gestank, sicherlich werden die auch nie gereinigt. Im Winter geht es ja noch, da verhindert der Frost den Gestank, im Sommer aber darf man sich so einer Holzbude nicht mal nähern ... Was jedoch die Insekten anbelangt, so haben sie zwar keine Läuse, dafür aber Wanzen und Kakerlaken.«

»Was sind denn das für Raubtiere?« fragte die Frau neugierig.

»Das hast du gut gesagt – Raubtiere!« Owto grinste. »Eine Wanze ist bestimmt zehnmal so groß wie eine Laus!«

»Kykewynywai!« stöhnte die Frau. »Hast du denn schon mal welche gesehen?«

»Als ich in dem alten Hotel übernachtet habe, konnte ich einfach nicht einschlafen. Kaum legst du dich hin und machst das Licht aus, stürzen sie sich auf dich wie hungrige Hunde. Gegen Morgen war ich so zerbissen, als wäre ich in ein wütendes Rudel geraten.«

»Anywai«, stöhnte die Frau erneut auf, drückte das Kind an sich, und sie stellte sich vor, riesige russische Läuse – Wanzen – würden den zarten Körper in Stücke reißen.

»Und dann gibt es noch Kakerlaken«, fuhr Owto fort und stürzte seine Frau endgültig in Entsetzen, »solche bärtigen Ungeheuer, manche so groß wie bei mir ein Fingerglied. Menschen fressen sie nicht, aber dafür lieben sie alles: Brot, Wurst ... Besonders viele gibt es in den Kantinen.«

»Warum prahlen die Russen dann, daß sie so sauber sind!« empörte sich die Frau.

Als Owto den Ausdruck unverhohlenen Entsetzens auf ihrem Gesicht wahrnahm, versuchte er sie zu beruhigen: »In dem neuen Hotel stinkt es schon nicht mehr. Da sind in einem Extraraum, wo man seine Notdurft verrichtet, Töpfe in den Boden eingelassen, die sehen aus wie mittelgroße, emaillierte weiße Kasserollen. Sie sind durch eine Röhre mit einem eisernen Kasten verbunden, der bis obenhin voll Wasser ist. Wenn du die Notdurft verrichtet hast, ziehst du an einem Strick, und in den Topf ergießt sich ein Wasserstrom, der alles so sauber spült, daß man aus der Pfütze, die auf dem Boden zurückbleibt, sogar trinken könnte ... Aber Kakerlaken gibt es trotzdem«, beendete Owto seufzend seinen Bericht.

2

Einige Jahre waren vergangen, und Unna Owto erinnerte nicht im entferntesten mehr an das scheue, schweigsame Mädchen, das an einem Wintermorgen auf einem Schneepfad in die heimatliche Siedlung laufen wollte. Russisch sprach sie geläufig, und es war kaum zu glauben, daß sie vor nur knapp drei Jahren nicht mehr als zwei, drei Worte gekannt und sogar die auszusprechen sich geniert hatte. Auf dem Nachttisch hatte sie immer einige Bücher liegen, die sie abends neben der Pflichtlektüre las, darunter den recht umfangreichen Band über den unerschrockenen jungen Pionier Pawlik Morosow. Als Unna das Buch zum erstenmal las, dachte sie mit bebendem Herzen: Hätte sie so handeln können wie dieser tapfere Junge? War vielleicht nur der Anfang schrecklich, der erste Schritt? Danach aber kam das erhebende Gefühl, seine Pflicht erfüllt zu haben, der Ruhm eines Helden, Aufmerksamkeit nicht nur von seiten der Altersgefährten, sondern auch der Lehrer. Bei festlichen Veranstaltungen ein Platz im Präsidium oder zumindest neben der Fahne. Laute Musik, feierliche Reden, bedeutsame Worte, und von der Wand blicken freundlich Lenin und Breshnew.

Unna hatte schnell begriffen, was sie tun mußte. Vor allem: gut lernen, die russische Sprache vorzüglich beherrschen. Das Lernen an sich erwies sich als nicht so schwer, wenn man akkurat und fleißig war. Das Wichtigste war: in den Stunden aufmerksam den Erläuterungen des Lehrers zu folgen, die Hausaufgaben pünktlich zu erledigen, solange das, was sie in der Stunde gehört hatte, noch frisch im Gedächtnis war. Erst dann kam jede Menge Freizeit. Sie konnte lesen oder in der Großen Siedlung spazierengehen, an der Hauptstraße entlang, die von fünfgeschossigen Häusern gesäumt war, an dem zweigeschossigen grünen Haus vorbei, in dem die Behörde untergebracht war, bis hinter das Kesselhaus mit dem hohen eisernen Schornstein, der so schwarzen Kohlenrauch ausstieß, daß der Schnee wie Asche aussah. Unna bemühte sich immer, möglichst schnell auf reinen Schnee zu gelangen, der begann erst weit hinter dem kleinen Haus, in dem die Tuberkulosekranken aus dem ganzen Kreis untergebracht waren.

Hinter einer Ödfläche befand sich ein Walknochenfriedhof. Die hiesigen Jäger waren berühmte Walfänger gewesen. Doch das lag weit zurück, als sie noch auf der schmalen, von Kieselsteinen bedeckten Landzunge lebten, die weit ins offene Meer ragte. Auf Fellbooten oder hölzernen Schaluppen waren sie hinausgefahren.

Der Hauptproduktionszweig im Sowchos war die Pelztier- und die Rentierzucht. Pelztierzüchter gab es relativ wenige, damit befaßten sich hauptsächlich Frauen, die Männer aber fanden im Winter keine Beschäftigung, denn zur Jagd hätten sie weit hinausfahren müssen, an die alte Stelle, doch jetzt gab es bereits weder Hundegespanne noch andere Transportmöglichkeiten. Etwas taten sie aber doch: Für das Kesselhaus hackten sie Kohle aus dem großen Haufen am Ufer, brachten Wasser aus einem fernen See, und wenn der im Winter bis zum Grund zufror, herausgehauene blaue Eisbrocken. Der eine oder andere schleppte Kisten aus dem Lager in den Laden und durfte dafür Alkohol kaufen, oder er fegte den Schnee beim Ortssowjet und beim Sowchosbüro.

Jeden Sommer kam das Walfangschiff »Sternblick« in die Bucht und hatte zwei oder auch drei Wale im Schlepp. Es ging auf der Reede vor Anker, Schaluppen fuhren zu ihm hin, um die Walkörper ans Ufer zu bugsieren, dort wurden sie dann von einem Traktor an Land gezogen und mit großen alten Messern, die noch aus der Zeit stammten, da die Männer selbst Wale erlegten, zerteilt. Am Ufer versammelten sich dann wie in guten alten Zeiten alle Alteingesessenen, schnitten sich Itgilgyn – Walhaut mit Fett – ab und kauten genüßlich.

Am Ufer brannten Feuer, darum versammelten sich Betrunkene, unterhielten sich laut, sangen und erinnerten sich an die Jugend, als sie selbst noch Wale gefangen hatten.

»Und jetzt bringt man sie uns wie ein Almosen, wie ein erniedrigendes Geschenk!« schrie der einäugige Rultyn, ein alter Jäger in speckiger Kamlejka aus Wachstuch, die er nicht mal im Kino ablegte, obwohl er dort starken Trangeruch verbreitete.

Unterm Schutz der Nacht vollzogen die betagten Walfänger ein altes, halbvergessenes Ritual, das jedoch, wie sie meinten, unentbehrlich war, um sich selbst wenigstens etwas aufzurichten, den fast verlorenen Stolz und die Selbstachtung wiederzugewinnen, auf die Menschen das Recht haben, die einstmals mit den größten Meeresbewohnern kämpften.

Unna stand in einiger Entfernung und sah schweigend zu. Sie wußte von den Lehrern, daß dies Hokuspokus war, ein Relikt der Urgesellschaft. Dennoch fühlte sie eine innere Unruhe, seltsame Erregung stieg aus den geheimsten Winkeln ihres Herzens, eine sonderbare Melodie ging ihr lange nicht aus dem Kopf, in den Ohren widerhallten ihr unbekannte Worte mit dunklem Sinn, lange fand sie mit wild klopfendem Herzen keinen Schlaf.

Je mehr sich Unna Owto von der Rückständigkeit jenes Lebens überzeugte, das ihr noch vor kurzem wunderschön und als das einzig annehmbare erschienen war, empfand sie nun zunehmend nur Mitleid mit ihren Anverwandten. Doch nicht nur das, allmählich wuchs in ihr eine Verachtung für diejenigen, die noch immer in Dunkel und Unwissenheit dahinvegetierten. Anfangs kämpfte sie gegen dieses Gefühl an, schämte sich seiner, dann aber gewöhnte sie sich daran, und sogar die seltenen Besuche des Vaters wurden ihr peinlich. Es war ihr unangenehm zu sehen, wie er – mit einer über die Fell-Kuchljanka gezogenen rosa Kamlejka, einer Ohrenklappenfellmütze, in die oben auch noch ein Loch geschnitten war, schütterem Bart und spärlichen Schnurrbartborsten, seinem von tiefen Schrammen durchfurchten Gesicht – sie einschmeichelnd anblickte, ihr in die Augen schaute und versuchte, ihr Leckereien aus der Tundra zuzustecken: Stücke von Prerema – einer Rentierwurst mit daran klebenden weißen Rentierhaaren –, gedörrtes, geräuchertes, von grau gewordenen Fettadern durchzogenes Fleisch, was sie dann ohnehin alles den Hunden vorwerfen mußte; und sie wartete voller Ungeduld, wann dieses beklemmende, sich in die Länge ziehende Wiedersehen zu Ende sein würde.

Wie erleichtert war sie, wenn der Vater gegangen war!

Es ergab sich von selbst, daß Unna aufhörte, im Sommer in die Tundra zu fahren. Sie verbrachte ihre Ferien in der Gegend von Magadan, wo richtige hohe Bäume wuchsen – Birken mit Stämmen, die aussahen, als wären sie mit weißen Papierstreifen umwunden.

Noch eine andere Reise hatte sich ihr eingeprägt: in den fernöstlichen Süden, an ein warmes Meer, in dem man baden konnte.

Zum erstenmal sah Unna Owto eine richtige große Stadt mit hohen, mehrstöckigen Häusern und Straßen voller Autos, Straßenbahnen und Trolleybussen. Eine glatte Asphaltstraße lief am freundlichen Meer entlang – auf der einen Seite warmes Wasser, auf der anderen dichter grüner Wald, den zu betreten man sich nicht traute.

Unna Owto war die Älteste in ihrer Gruppe und achtete darauf, daß die Kinder sich ordentlich benahmen, Tschukotka keine Schande machten.

Alles wäre gut gegangen, wäre da nicht Awgust Shirindan gewesen, ein lebhafter, neugieriger und ausgelassener Junge von der Nordküste. Trotz seines russischen Vornamens und des sonderbar klingenden Familiennamens war er ein reinblütiger Tschuktsche und beherrschte im Unterschied zu Unna seine Muttersprache vorzüglich. Die Erzieherin hatte Unna ermahnt, ihn besonders im Auge zu behalten.

Seinen Vornamen hatte er bekommen, weil er am ersten August das Licht der Welt erblickt hatte. Der klangvolle Familienname Shirindan aber gründete sich auf seinen tschuktschischen Spitznamen Ryryntat, was soviel heißt wie »einer mit Haaren auf den Zähnen«. Als Shirindan hatte ihn der Direktor Mitrochin eingetragen, der die tschuktschischen Laute auf seine Weise wahrnahm. So machte er aus dem Vornamen Tschypyn, das heißt Taucher, den russischen Familiennamen Schipin, und aus Rotschgynto, wörtlich: dem vom anderen Ufer, schuf er den typisch ukrainischen Familiennamen Rostschenko.

Mit dem Namen von Unna Owto war es übrigens auch nicht glattgegangen. In der Geburtsurkunde stand eindeutig: Unna Owtowna Owto, aber Mitrochin fand das unüblich, wollte Unna, den Namen des Mädchens, durch Anna ersetzen. Doch diesmal hatte sich die Vorsitzende des Sowjets, Larissa Munikan, widersetzt: Es blieb bei dem Namen, den die Eltern gewählt hatten: Unna, die Tundrabeere.

Die Pracht der blühenden grünen Welt überwältigte

Awgust; den Mund vor Verwunderung weit aufgerissen, sah er sich um.

»Mach den Mund zu!« schrie ihn Unna an.

»Ich habe doch so was noch nie gesehen! Sogar der Film oder der Farbfernseher können das nicht wiedergeben ... Wie die Leute leben! Nicht zu vergleichen mit unserem unwirtlichen Neschkan!«

Am glücklichsten war Unna, wenn sie im Pionierlager zu den Klängen einer richtigen Blaskapelle marschieren konnte, auf der Tribüne stand und vor Ehrengästen und der Lagerleitung salutieren durfte. Das war ein echtes Fest, und wenn die ununterbrochene Musik, die feierlichen Reden zu Ende gingen, schnürte es ihr das Herz zu vor Bedauern.

Während die Kinder in Anadyr auf das Flugzeug für die Heimreise warteten, führte man sie in das Heimatkundemuseum, wo im ersten Stock auf künstlichen Felsen aus gefärbter Pappe abgeschabte Vertreter von Tschukotkas Tierwelt zu sehen waren. Ein mächtiges Rentier stand da mit haarendem Fell, obwohl die Rentiere zu dieser Jahreszeit, wie Unna sich dunkel erinnerte, das kräftigste Fell hatten. Hinter dem Ren stand ein Schneehammel mit Glasaugen und davor auf krummen Beinen ein grauweißer Polarfuchs und ein staubig wirkender Hase, nur die Lemminge auf dem bräunlichen Watteschnee sahen lebendig aus.

In der historischen Abteilung betrachteten die Kinder mit stockendem Herzen die Reliquien des ersten Revolutionskomitees auf Tschukotka. Erst kürzlich hatte man entdeckt, als die Überreste der ersten Revolutionäre des Nordens auf Tschukotka umgebettet werden sollten, daß die Körper der erschossenen Mitglieder des Revolutionskomitees im ewigen Eis des Massengrabs noch nicht verwest waren. Und hier lagen nun die Überreste.

Awgust Shirindan lief in die zweite Etage, und als er zurückkam, zog er mit rätselhafter Miene Unna mit.

»Du wirst gleich staunen!« rief er vielsagend.

In einem kleinen Saal hing an der Wand eine anschauliche graphische Darstellung, die zeigte, wie sich der Mensch auf Erden entwickelt hatte. Den Anfang bildete eine Reihe von Figuren in gebückter Haltung, tief gebeugt stand da ein behaarter menschenähnlicher Affe, von Zeichnung zu Zeichnung aber verwandelte er sich in ein Ebenbild des heutigen Menschen. Am Ende der Reihe prangte ein hochgewachsener blonder Europäer mit ausgeprägter Muskulatur und prachtvollen weißen Zähnen.

Awgust führte Unna zu dem Diagramm und sagte leise, fast geheimnisvoll: »Siehst du?«

»Na und?« fragte Unna verwundert.

»Sie stammen vom Affen ab!«

»Wer?«

»Die Engländer!« verkündete Awgust feierlich. »Ich habe davon schon früher gehört, jetzt aber sehe ich es selber.«

Unna betrachtete das Diagramm genauer: Ja, es zeigte sehr überzeugend, wie sich mit der Zeit der Vorfahr des Menschen verändert und er sich allmählich vom Affen zu seinem heutigen Aussehen gewandelt hatte.

»Warum ausgerechnet die Engländer?« fragte Unna.

»Bei denen gab es einen Gelehrten namens Charles Darwin«, teilte ihr Awgust mit. »Ich habe über ihn gelesen. Er hat diese wissenschaftliche Entdeckung gemacht.«

»Stammen nur die Engländer vom Affen ab?« fragte Unna neugierig.

»Ich glaube, nicht nur sie, sondern alle Tangitanen, alle Fremdländischen«, meinte Awgust.

»Und wir?«

»Wir – das ist was ganz anderes«, erwiderte Awgust. »Ich

habe von meiner Großmutter die Legende gehört, daß wir, die am Meer leben, von der Wal-Urmutter abstammen.«

»Und die Leute aus der Tundra wie ich?« fragte Unna verwundert.

Awgust überlegte. »Sicherlich stammen die Luorawetljane, die Tschuktschen aus der Tundra, auch von den Walen ab«, meinte er nicht sehr überzeugt.

Unna betrachtete noch einmal, diesmal aber sehr aufmerksam, das bunte Diagramm. Ja, wirklich, aus ihm ging hervor, daß die Engländer und die anderen Tangitane von diesen unförmigen behaarten Wesen abstammten, die an die legendären, zottigen unglücklichen Teryky erinnerten – zottige, unglückliche Wesen, die auf einer driftenden Eisscholle ins Meer hinausgetragen wurden und fern von den Menschen verwilderten. Wenn aber ihre Vorfahren, wie Awgust sagte, von Walen abstammten, von wem stammten dann die Schwarzen und die anderen Völker ab? Zugleich fühlte sich Unna den Engländern und anderen Menschen, die ihre Herkunft nicht von Walen ableiteten, in gewisser Weise überlegen und empfand sogar Stolz gegenüber der russischen Lehrerin und Erzieherin, die sie auf der Reise begleitete.

3

Im Internat war es ziemlich leer – die meisten seiner Bewohner waren noch nicht aus den Ferien zurück. Unna erinnerte sich an den Besuch des Anadyrer Museums. Inzwischen schon gut mit der Evolutionslehre des großen englischen Naturforschers Charles Darwin vertraut, mußte sie innerlich schmunzeln, aber manchmal überlegte sie doch, daß es in der Tat gar nicht so übel wäre, Nachfahre eines so großartigen und mächtigen Tieres wie des Wals zu sein.

Unna Owto hatte sich geweigert, nach Hause in die Nomadensiedlung zu fahren, denn sie stellte sich vor, wie sie wohl nach dem sommerlichen Pionierfest und im weißen Pionierhemd dort in der Tundra in den verräucherten, halbdunklen Tschottagin ihrer Jaranga treten, im Fell-Polog mit den kratzigen Rentierhaaren schlafen würde und sich morgens weder ordentlich waschen noch duschen könnte. Und das Essen … nichts als Renfleisch, oft nicht mal frisch, oder blutiger grünlicher Brei aus dem Mageninhalt eines Rens. Am schlimmsten aber war, daß sie mit niemandem reden könnte. Die Mutter schwieg ständig, und auch der Vater war nicht gerade redselig. Das Tschuktschische hatte sie obendrein fast verlernt, sie mußte ihr Gedächtnis schon sehr anstrengen, wenn es sich mal ergab, daß sie in ihrer Muttersprache reden mußte. Dafür erntete sie viel Lob von den Lehrern: »Du sprichst ja wie eine echte Russin!«

Gern betrachtete Unna ihr Gesicht im Spiegel. Jemand hatte einmal gesagt, sie sehe gar nicht wie eine Tschuktschin aus. Das hatte sie aus irgendeinem Grund erregt, und sie hatte begonnen, sich aufmerksam zu betrachten. Die Augen schienen nicht schmal zu sein, eher ziemlich groß, jedenfalls größer als bei vielen Stammesgefährten. Auch die Wangenknochen standen nicht so hervor. Die Haare zeigten einen braunen Schimmer. Nur auf der linken Wange, über dem Mund, war ein kleiner blauer Kreis. Viele hielten das für ein Muttermal, aber Unna wußte, es war ein heiliges Zeichen, das der Vater eintätowiert hatte, als sie noch ganz klein war. Schon des öfteren hatte Unna versucht, es loszuwerden, sie hatte das Fleckchen gerieben, bis es blutete, aber die Wunde verheilte, und das Fleckchen zeichnete sich wieder auf ihrer rundlichen Wange ab, ärgerte sie.

Es regnete, Unna las in ihrem Zimmer, als sie hörte, wie jemand die Tür öffnete.

Erst auf den zweiten Blick erkannte sie den Vater in der durchnäßten Kamlejka aus Wachstuch. Sein Gesicht war feucht vom Regen. Er schluchzte und sagte: »Deine Mama ist durch die Wolken dahingegangen.«

Unna brauchte eine Weile, um den Sinn von Vaters Worten zu verstehen, aber dann füllten sich ihre Augen unwillkürlich mit Tränen, sie begann laut zu weinen und zitterte am ganzen mageren Körper. Plötzlich hatte sie mit erbarmungsloser Klarheit erfaßt, daß sie die Mutter nie wieder sehen, ihre Stimme nie wieder hören, aber auch nicht wieder ihre wundersamen Hände auf sich spüren würde – ihre schwieligen, von schwerer Arbeit und Kälte verkrümmten Finger, die unendlich weiche Wärme ausströmten.

»Jetzt sind wir beide allein auf der ganzen Welt«, sagte Owto schluchzend und drückte das Mädchen an sich.

Diesmal stieß Unna den Vater nicht zurück, obwohl er nicht nur den unangenehmen Geruch der Tundra-Jaranga ausströmte, sondern auch nach Alkohol roch.

Sie saßen eine Weile beisammen und weinten, dann ging der Vater schwankend hinaus in den Regen.

In dieser Nacht fand Unna lange keinen Schlaf in dem leeren, mit kahlen Betten vollgestellten Internatszimmer.

Erinnerungen an die Jaranga vermischten sich mit den unvergeßlichen Eindrücken von der Reise ins Pionierlager. Wie arm war doch das eigene Leben, verglichen mit dem hellen Leben im milden Klima, am warmen Meer, das nur wenige Flugstunden von der trostlosen, kalten und armen Heimat entfernt toste und funkelte. Die Menschen da waren schön, gut angezogen, fröhlich und lächelten. An das Pionierlager grenzten Erholungsheime, und eine festlich gekleidete Menge bevölkerte nicht nur die Sandstrände der Pazifikküste, sondern auch alle elektrischen Bahnen, die Läden, Restaurants und Bierhallen. Sogar die betrunkenen Urlauber unterschieden sich von Unnas betrunkenen Landsleuten. Sie sangen laut, lachten, suchten Gesellschaft und benahmen sich ganz anders als die vergrämten Rentierzüchter, die sich bis zur Bewußtlosigkeit betranken, sich dann in Gräben, Hinterhöfen und Müllgruben wälzten, von Passanten geschlagen und ausgeraubt wurden, erfroren, unendlich jämmerliche Wesen, die ihre menschliche Würde verloren hatten.

Unna spürte, wie in ihrem kleinen Herzen unüberwindliche Abneigung gegen dieses Leben wuchs. Sie wollte weg vom Geruch der Tundra-Jaranga, aber auch diese Sprache nicht mehr hören, die ihr schon wie ein Strom mißtönender Verbindungen mit vielen schwer aussprechbaren, gurgelnden Lauten vorkam.

Als sie einmal spätabends an ihrem Lieblingsort spazierenging, wo die von Wind, trockenem Winterschnee und Regen glattpolierten und gebleichten Walknochen lagen, nahm sie zuerst den charakteristischen Geruch von verbranntem Papier wahr und entdeckte schließlich ein flackerndes Feuer, neben dem der Internatsdirektor Mitrochin stand und mit einer langen Eisenstange in der Asche stocherte. Ihm half die einheimische Lehrerin Valentina Petrowna. Einem großen Haufen entnahm sie Bücher, riß Seiten heraus – offenbar, weil sie dann besser brannten – und reichte sie dem Direktor.

»Ja, Makulatur hat sich gerade genug angesammelt«, meinte Mitrochin und warf erneut ein Buch ins Feuer.

»Oh!« rief plötzlich Valentina Petrowna. »Das ist doch die Fibel, mit der ich lesen lernte! Darf ich sie behalten?«

»Aber ja, natürlich!« sagte Mitrochin gnädig.

»Und das sind die Märchen der ›Tschautschu‹, der Rentierleute. Das erste Buch, das ich gelesen habe. Von der ersten Seite bis zur letzten ... Darf ich auch das nehmen?«

»Nimm es nur.«

»Und schon wieder das Kenmu-Gesetz.« Valentina Petrowna zog einen kleinen Band in festem Stoffeinband aus dem Haufen.

»Wieder die Verfassung!« rief Mitrochin verärgert. »Davon haben sie viele gedruckt ... Und sie brennt schlecht.«

»Ein Band Gedichte von Këulkut ... Auch dieses Buch nehme ich mir.«

Unna kam näher ans Feuer. Das Schauspiel hatte etwas Entsetzliches an sich. Nicht zufällig haben Mitrochin und Valentina Petrowna einen so abgelegenen Ort gewählt, dachte sie. Es war unschwer zu erraten, daß hier Bücher aus der Schulbibliothek in tschuktschischer und in Eskimosprache ins Feuer geworfen wurden. Es waren ziemlich viele, darunter sogar Ausgaben in lateinischer Schrift, offenbar die ersten Bücher in ihrer Muttersprache, die in Leningrad ganz zu Beginn der Einführung einer Schrift für Tschuktschen und Eskimos herausgegeben worden waren.

Schwarzer Rauch stieg auf, trieb dann, heruntergedrückt von einer feuchten, tiefhängenden Wolke, über die Erde, heftete sich an die weißen Walknochen, breitete sich dann über dem nahen Meerwasser aus, der nassen Tundra mit den von kalter Feuchtigkeit durchtränkten Mooshügeln.

Plötzlich spürte Unna eine Kälte, die tief aus ihrem Innern stieg, so als wäre wie durch ein Wunder ein Splitter von blauem Flußeis mitten in ihr Herz geraten. Das Mädchen fröstelte, obwohl vom Feuer mit fettem schwarzem Ruß auch Hitze zu ihr strömte. Graue Flocken von Papierasche fielen auf die feuchten, glänzenden Kiesel, auf die stillen dunklen Meereswogen.

Mitrochin und Valentina Petrowna unterhielten sich sachlich, sprachen über ein jüngstes Opfer der politischen Reform. Zu Füßen der Lehrerin lagen verloren einige vor dem Feuer gerettete Bücher.

Eine Weile noch trat Unna von einem Fuß auf den andern, dann raffte sie sich auf, machte unbemerkt kehrt und schlenderte ziellos an den zu Anfang der fünfziger Jahre gebauten Häusern entlang.

Hier und da lagen auf dem nassen Geröll neben Barakken Hunde. Sie bellten nicht, knurrten nicht, saßen an Pfähle gebunden da und folgten mit den Augen verloren dem freien Wesen. In den Tschuktschensiedlungen ließ man die Hunde im Sommer gewöhnlich frei, schenkte ihnen nicht nur Freiheit und Erholung nach dem schweren Joch, das sie im Winter als Zugtiere zu tragen hatten, sondern gab ihnen auch die Möglichkeit, sich selbst mit Nahrung zu versorgen.

Der Geruch von angebranntem Papier verfolgte Unna bis zur Tür des Internats.

Im geschlossenen Speiseraum standen auf einem mit Wachstuch gedeckten Tisch ein kaltes Abendessen und eine große chinesische Thermoskanne mit heißem Tee. Unna wusch sich die Hände, setzte sich an den Tisch und schraubte die Thermoskanne auf.

Die Tür knarrte, und in den Eßraum trat Awgust Shirindan. Er wirkte still und gesammelt, was für ihn ganz ungewöhnlich war.

»Du bist nicht nach Hause gefahren?« fragte Unna.

»Ich war schon zu Hause«, sagte Awgust leise.

»Und warum bist du zurückgekommen?«

»Zu Hause ist es schlecht.« Awgust schniefte und schmierte sich Butter aufs Brot. »Sie schießen.«

»Warum schießen sie?« fragte Unna verwundert.

»Papa hat seinen Bruder erschossen«, antwortete Awgust ruhig. »Hat sich betrunken, ist total durchgedreht, hat die Schrotbüchse genommen und den Bruder erschossen.«

»Und was wird jetzt mit ihm?« fragte Unna entsetzt.

»Es heißt, man wird ihn verurteilen und auch erschießen«, erklärte Awgust sachlich, offensichtlich, ohne sich über die Tragik des Geschehens im klaren zu sein. »Es gibt ein Gesetz. Wenn einer jemanden tötet, wird auch er getötet.«

»Und bei mir ist die Mutter gestorben«, teilte ihm Unna mit.

»Hat man sie auch getötet?«

»Nein, sie ist von allein gestorben«, sagte Unna, Trauer in der Stimme. »Vater ist gekommen, hat es gesagt. Er meint, sie sei lange krank gewesen, habe Blut gehustet.«

»Bei uns im Dorf husten viele Blut«, sagte Awgust. »Die werden auch in Gefangenschaft geschickt. Nur heißt das nicht Gefängnis, sondern Hospital. Die Krankheit aber heißt Perdikulose.«

»Tuberkulose«, verbesserte Unna.

Lange saßen sie noch im leeren Eßraum, zwei kleine Menschen in Erwartung einer herrlichen Zukunft.

Unna dachte stets daran und war überzeugt, daß alles, was die Lehrer taten, was sie lehrten, sie diesem Ziel näherbrachte.

»Ich habe gesehen, wie Bücher verbrannt wurden ...«

»Ich habe es auch gesehen«, erklärte Awgust. »Das ist, weil im Kommunismus die Tschuktschensprache nicht mehr gebraucht wird.«

»Ich habe sie schon fast vergessen.«

»Ich kann meine Sprache nicht vergessen«, sagte Awgust, Bitternis in der Stimme. »Der Lehrer schimpft dauernd mit mir, weil ich nicht richtig Russisch spreche.«

»Du mußt mehr lesen«, sagte Unna altklug. »Vor allem Gedichte. Lern sie auswendig.«

»Vielleicht mache ich das auch«, versprach Awgust.

In den Speisesaal kam die Erzieherin Jelisaweta Markowna, eine große weiße, teigige Frau. Die größeren Kinder nannten sie hinter ihrem Rücken »Makkaronina«. Ihre ältere Schwester war Vorsitzende der hiesigen Abteilung des Sowchos.

»Zeit fürs Bett!« sagte die »Makkaronina« streng.

Die Kinder beeilten sich, denn sie wußten, von ihr war nichts Gutes zu erwarten. Gelegentlich konnte sie einem sogar eine solche Kopfnuß geben, daß man danach noch lange Schmerzen hatte. Manchmal quälte Unna die Frage: Woher kommen wohl so böse Menschen? Oder sind sie nur bei der Arbeit böse, im Internat, im Geschäft hinterm Ladentisch, im Sowchosbüro ... Und wenn sie nach Hause kommen, werden sie zu normalen Leuten, sprechen normal mit ihren Männern, Kindern und Verwandten. Die »Makkaronina« konnte man sich freilich kaum freundlich und lächelnd vorstellen.

4

Nach Neujahr und den Winterferien, die sie auch hier, in der Großen Siedlung, verbracht hatte, erhielt Unna Owto einen Personalausweis.

Es war schon Abend, als sie mit dem neuen Ausweis das Milizgebäude verließ. Im tiefen, rötlichen Schein der Wintersonne funkelte auf den Bergkuppen ringsum blutroter Schnee. Die im Eis der Bucht festgefrorenen Schiffe »Leuchtturm« und »Wega« weckten mit ihren vereisten Aufbauten romantische Gefühle. Unna stieg aufs Eis hinunter, überzeugte sich, daß niemand sie sah und hörte, und rezitierte – an die funkelnden Bergkuppen und an das offene Meer hinter dem kilometerweiten Festeis gewandt – laut Majakowskis Verse vom Sowjetpaß. Das Vorgefühl von einer noch rätselhaften, aber vielversprechenden Zukunft bewegte sie, nahm ihr den Atem. Nachdem sie eine Weile einsam übers Eis der Bucht gegangen war, stieg sie am Ufer der Landzunge hoch. Dann ging sie am Laden »Delphin« vorüber und langsam wieder hinunter.

Beim Laden »Schneeflocke« erblickte Unna einen Geländewagen der Miliz. Zwei kräftige Milizionäre stießen einen betrunkenen Tschuktschen in den Wagen, der aber brüllte über die ganze Straße:

Mainy – ten – memlyetschgyt
Ynky nutek any kole!

Sie stießen den armen Kerl in den Dienstwagen, der Motor heulte auf, und die Milizionäre kletterten in die Kabine. Aber noch lange hörte Unna durch den Lärm des davonfahrenden Autos die Stimme des starrsinnigen, betrunkenen Landsmanns.

Kann man denn solche Menschen lieben oder Mitleid mit ihnen haben? Das ist doch peinlich. Und statt Mitgefühl entsteht der Wunsch, wegzugehen, wegzulaufen, um nur nicht einen schmutzigen, betrunkenen oder vor einem Milizionär oder sonstigen untergeordneten Beamten scharwenzelnden, eingeschüchterten und verängstigten Tschuktschen hören und sehen zu müssen.

Unna ging auf die andere Straßenseite und eilte ins Internat.

Ihr Zimmer lag im Erdgeschoß, abseits nicht nur von den anderen Schlafräumen, sondern auch vom diensthabenden Pförtner. Daher pflegte Jelenas Grenzsoldat Gluchich unbesorgt ins Zimmer der Mädchen zu kommen. Auch diesmal war er zu Besuch, und nach dem zerknautschten Bett zu urteilen, das Jelena hastig in Ordnung zu bringen suchte, während der Grenzer langsam die Tür öffnete, hatten sie, wie es in Büchern heißt, »Liebe gemacht«.

Jelena entschuldigte sich stotternd bei Unna.

»Du mußt nicht denken ... mußt nicht denken, was du jetzt denkst ...«

Schweigend, aber mit ihrer ganzen Haltung zeigte Unna, daß sie mit alldem höchst unzufrieden sei; sie setzte sich auf ihr Bett und ließ demonstrativ den Grenzer nicht aus den Augen, bis der sich eilig angezogen, die vielen Knöpfe zugeknöpft und das Koppel festgeschnallt hatte. Jelena wollte schon mit ihm hinausgehen, aber Unna verbot es ihr in herrischem Ton: »Bleib hier!«

Gehorsam kehrte Jelena zu ihrem Bett zurück und zog sich langsam den Mantel aus. Böse, mit zusammengekniffenen Augen, sah sie Unna an und flüsterte plötzlich mit haßverzerrtem Gesicht: »Uuuh! Du Speichelleckerin, du miese Karrieristin! Denkst du wohl, es sieht niemand, wie du in Wirklichkeit bist? Du bist nicht stolz, sondern gemein, du bist nicht höflich, sondern duckmäuserisch, und deine Prinzipienfestigkeit ist eine Maske! Jawohl!«

Unversehens spürte Unna, wie sie von Kopf bis Fuß in Glut geriet. So ein Gefühl hatte sie noch nie erlebt. Schämte sie sich etwa? War sie derart gekränkt? Außer sich stürzte sie sich auf Jelena und krallte sich in ihre dichten, hellen welligen Haare, um die sie sie so beneidete. Jelena kreischte auf. Die aus dem Schlaf gerissene Alewtina Popowa betrachtete verwundert die kämpfenden Mädchen und sagte laut, aber ruhig: »Seid ihr verrückt geworden? Schluß damit, aber sofort, sonst kommt noch die Erzieherin!«

Kraftlos vor Kränkung und Scham, ließ Unna von Jelena ab, spürte aber noch immer Büschel von ausgerissenen Haaren in ihren Fingern und ließ sich mit dem Gesicht nach unten aufs Bett fallen. Sie weinte. Unwillkürliche Tränen und krampfhafte Schluchzer begleiteten ihre kränkende Entdeckung, daß sie keineswegs beliebt war. Die Überzeugung, sie würde allgemein geliebt und geachtet und daß ihre Freundinnen sie bewunderten und vergötterten, war plötzlich zusammengebrochen, verflogen. Hätte Jelena sogar die Worte zurückgenommen, die sie gerade erst ausgesprochen hatte – es hätte sich nichts geändert, denn in ihnen spürte Unna bittere Wahrheit.

Nicht im Traum hätte sie daran gedacht, daß sie bei jemandem einen derartigen Haß hervorrufen könnte.

Von jetzt an gab es in ihrem Mädchenzimmer keinen Frieden mehr. Die Mädchen zankten sich oft, vor allem Jelena und Unna. Und die Entfremdung zwischen ihnen wurde immer größer.

Ein Künstler aus Moskau kam in die Große Siedlung – Mstislaw Rostropowitsch. Sein Konzert sollte im Kulturhaus stattfinden, einer langen einstöckigen Baracke, in der immer Eiseskälte herrschte und wohin man sonst nur zu Tanzveranstaltungen ging, denn nur bei ständiger Bewegung war es in dieser Kälte auszuhalten.

An der Wand des Klubs sah Unna einen Aushang, kaum größer als ein Papierbogen, der dieses Konzert ankündigte – von einem Professor des Moskauer Konservatoriums, einem Staats- und Leninpreisträger, einem Volkskünstler der UdSSR!

Zur festgesetzten Stunde zog Unna ein festliches Kleid an, obwohl sie gut wußte, daß sie im kalten Saal des Klubhauses bestimmt nicht den Mantel würde ablegen können.

Sie kam zehn Minuten vor Beginn, aber es waren nur sehr wenige Besucher da. Auf den etwa hundertfünfzig Plätzen saßen allenfalls fünfzehn Leute: einige Lehrer der hiesigen Musikschule, der Redakteur der Kreiszeitung, der zu festlichen Anlässen Gedichte verfaßte und am Ort als Dichter galt, sowie etliche angetrunkene Tschuktschen und Eskimos, die allem Anschein nach gekommen waren, um sich aufzuwärmen.

Die Bühne war noch leer. Von Zeit zu Zeit trat aus einem dahinter befindlichen Zimmer der Leiter der Kulturabteilung Edward Kochanowski und betrachtete den Saal.

Unna ging nach vorn und setzte sich. Auf der Bühne standen zwei Stühle und zwei Notenpulte.

Unmittelbar vor Beginn des Konzerts erschienen der Augenarzt Naum Pudder und der Chefbrauer der im Bau befindlichen Bierbrauerei Ilja Pewsner. Sie setzten sich in die erste Reihe. Ilja hielt eine Tüte aus Zeitungspapier in der Hand, und Unna erriet, daß darin Blumen aus dem kleinen Gewächshaus beim Schwitzbad waren.

Weitere fünfzehn Minuten vergingen.

Unna blickte sich um: Niemand war mehr dazugekommen.

Die Eingangstür mit der derben Spiralfeder wurde geräuschvoll aufgestoßen. In einer Wolke von frostigem Dampf trat der Mitarbeiter des örtlichen Komitees für Staatssicherheit, Artur Michnenko, ein junger tschuktschischer Tschekist, in den Saal.

Kochanowski sah erneut hinter den Kulissen hervor, wechselte einen Blick mit Michnenko und verschwand, aber schon eine Minute darauf erschien er wieder mit zwei Musikern.

Was eine Ziehharmonika ist, wußte Unna: Manchmal war ins Nomadenlager der Absolvent der Kultur-Hochschule von Birobidshan Gleb Akan gekommen. Er wurde von allen Tundramädchen geliebt und konnte daher nicht heiraten. Nach dem Ziehharmonikaspieler trat ein Mann heraus, der sogleich Unnas Aufmerksamkeit erregte. Er war großgewachsen, füllig. Auch wenn er kein blendendweißes Hemd mit Fliege, sondern eine Fell-Kuchljanka getragen hätte, so hätte man selbst aus der Entfernung sagen können: Ja, das ist ein Künstler! Mit funkelnder Brille blickte er ins Publikum und verneigte sich leicht. Die vorn sitzenden Pewsner und Pudder begannen zu applaudieren, aber niemand unterstützte sie, weil Michnenko reglos dasaß und das übrige Publikum sich aus irgendeinem Grund nach ihm richtete.

»Wir beginnen das Konzert des berühmten Musikers, des Staats- und Leninpreisträgers, Volkskünstlers der Sowjetunion, Professors des Moskauer Konservatoriums, Mstislaw Rostropowitsch!«

Diesmal klatschte Michnenko, und das Publikum schloß sich ihm an. Auch Unna klatschte in die Hände.

»Die Harmonika spielt Juri Kasakow!«

Erneut Beifall.

Das Cello glich einer großen Geige, war aber offensichtlich sehr leicht, denn der Künstler trug es ohne Mühe. Als er sich auf seinen Stuhl gesetzt hatte, stützte er das Cello mit dessen spitzem Stachel auf den Holzboden auf. Etliche Male strich er den Bogen über die Saiten und erzeugte einen unbekannten, nicht sehr angenehmen, aber hellen Ton, der überraschend laut und scharf klang, drehte an irgendwas und stimmte offenbar das Instrument. Der Harmonikaspieler reagierte auf das Cello mit einem einsamen Ton.

Nachdem Rostropowitsch das Instrument gestimmt hatte, setzte er sich fester, so als bereite er sich auf eine schwere, aufreibende Arbeit vor, was Unna daran erinnerte, wie ihre Mutter sich in der Jaranga ebenso auf einen Walwirbel zu setzen pflegte, bevor sie begann, mit einem Stein ein getrocknetes Renfell zu schaben.

Das Instrument besaß eine menschliche Stimme, die getragen klang, bald froh und bald traurig. Es sang, vibrierte, verschwand in dem unter den Saiten gähnenden Schallloch und erfüllte die niedrige lange Holzbaracke mit ihren halbblinden, von Schnee zugewehten Fenstern.

Das menschliche Wesen des Instruments berührte das Herz, rief statt des Vergnügens, das Unna immer empfand, wenn sie die Musik einer Knopfharmonika, eines Akkordeons oder einer Gitarre vernahm, Unruhe und sogar eine unangenehme Erregung hervor.

In der kleinen Pause rief ein angetrunkener Landsmann laut und enttäuscht: »Und ich hatte gedacht, ein Cellist ist ein Zauberer!«

Pewsner zischte ihn an, und auch Michnenko warf ihm einen vorwurfsvollen Blick zu.

Die meisten Zuhörer allerdings taten so, als wären sie von der Musik hingerissen. Vielleicht, weil Michnenko konzentriert dasaß. Sein schmales, sich nach unten verlängerndes Gesicht drückte Staunen aus. Der tschuktschische Tschekist stammte von der Nordküste der Halbinsel. Sein Großvater war Goldsucher in Alaska gewesen. Da er im Wettstreit mit glücklicheren amerikanischen Konkurrenten eine Niederlage erlitt, hatte der alte Michnenko an einem stillen Sommertag zusammen mit seinem Partner kasachischer Abstammung, dem Inguschen Achmetow, auf einem geraubten Schiff die Beringstraße überquert. Achmetow hatte sich in einer Eskimosiedlung niedergelassen, der Ukrainer Michnenko aber war weiter nach Westen gezogen, in die schwer zugänglichen Küstensiedlungen, die jedoch auf dem Winterweg von Amerika nach Kolyma liegen, und hatte einträglichen Handel betrieben.

Artur Michnenko hatte versucht, in eine Nachimow-Lehranstalt aufgenommen zu werden, aber das hatte nicht geklappt, dafür war er bei der Staatssicherheit gut vorangekommen. Gerüchte besagten, er habe schon etliche Male die Staatsgrenze überschritten, sich für einen Eskimo ausgegeben und in amerikanischen Niederlassungen gelebt.

Sonst ein harter Mann, der seiner Stellung entsprechend und in Anbetracht der nahen Staatsgrenze häufig zur Wachsamkeit aufrief und von der bedrückenden Situation der Eskimos jenseits des Wassers berichtete, die in Trunksucht und Unterdrückung dahinvegetierten, schien er hier, unter dem Einfluß der Musik, völlig verändert und viel weicher geworden zu sein. Einen Augenblick dachte Unna sogar, in einer solchen Verfassung könne ihn ein Feind ohne weiteres überwältigen.

Jener große, schlaffe, äußerlich sehr gütige Mann stand aber völlig im Bann der Musik. Da blickt er in die Noten, führt den Bogen hin und zurück, seine Finger eilen über das Griffbrett wie erschrockene Mäuse, und alle diese scheinbar einfachen Bewegungen verwandeln sich in Klänge, die die Aufmerksamkeit nicht nur des tschuktschischen Tschekisten Michnenko fesseln, sondern auch die des Bierbrauers Ilja Pewsner, des Chefarztes Pudder und des Redakteurs der lokalen Zeitung sowie Dichters Stanislaw Wychodzew.

Unna wußte nicht, wieviel Zeit vergangen war. Ihr kam nicht einmal der Gedanke, auf die elegante Armbanduhr Marke »Majak« zu blicken, die sie von einer Geldüberweisung ihres Vaters gekauft hatte. Der Lauf der Zeit hatte sich in Töne verwandelt, sie bestimmten den Gang des Lebens, seine Bedeutung und seinen Sinn.

Doch es gab noch eine andere Empfindung. Das Gefühl, eine erregende Welt entdeckt zu haben, einen neuen Kontinent, den Kontinent eines anderen Lebens.

Als die letzten Töne verklungen waren und nach einer langen Pause endlich Beifall erklang, den der vor die Kulissen getretene Leiter der Kulturabteilung Kochanowski begonnen hatte, war Unna sogar froh, daß alles vorbei war. Die Töne waren verklungen, in dem langen Barackengebäude herrschte wieder der gewohnte, alltägliche Lärm, und eine halblaute Unterhaltung von Pudder und Pewsner endete damit, daß der jüngere und leichtere Pewsner hastig auf die Bühne stieg, im Gehen die Zeitung aufwickelte und dem Musiker einen Strauß roter Nelken überreichte. Rostropowitsch drehte mit unverhohlener Bewunderung den Strauß in der Hand und fragte: »Sind das wirklich echte?«

»Ganz echte!« versicherte Pewsner. »Sie kommen sozusagen von Herzen ...« Und nach kurzem Zögern setzte er hinzu: »Von den Völkern der Tschuktschen und Eskimos.«

»Und Sie selber, mein Herr, sind ein Eskimo?«

Pewsner wußte nicht sogleich eine Antwort. »Noch nicht«, entgegnete er für alle Fälle, denn er zog offenbar in Betracht, daß die Brauerei noch keinen Liter Bier produziert hatte.

»Gestatten Sie mir, in Ihrer Person allen Musikfreunden des fernen Landes von Herzen zu danken, insbesondere den Vertretern der einheimischen Bevölkerung.« Rostropowitsch umfing mit den Augen den Saal, entdeckte Unna, sah ihr in die Augen und wiederholte: »Vor allem den Vertretern der einheimischen Bevölkerung ...«

Das Konzert verließ Unna wie benommen.

Einige Tage darauf verbreiteten sich in der Großen Siedlung sonderbare Gerüchte über den Musiker. Besonders wurde betont, daß er ein Jude sei. Dagegen gab es aber auch überzeugende Einwände: sein Aussehen, der urrussische Name Mstislaw. Jemand sagte, der Cellist sei wohl eher Pole oder Weißrusse. Juden konnte Unna nicht von Russen unterscheiden, und sie hätte gern gewußt, worin der Unterschied zwischen ihnen bestand. Es war wohl ein ähnlicher wie zwischen den Eskimos und den Tschuktschen. Während aber jedes dieser Völker eine eigene Sprache hatte und man sie daran leicht unterscheiden konnte, hatte Unna noch nie jemanden Jüdisch sprechen hören. Doch es gab eine gewisse Geringschätzung der Juden seitens anderer Nationalitäten, sogar der Georgier Nazwaladse, der polytechnischen Unterricht erteilte, erlaubte sich einige kränkende Worte. Da hielt Unna es nicht länger aus: »Aber er hat doch sehr gut gespielt!«

Doch dann stellte sich heraus, es ging gar nicht darum, daß der Musiker Jude war. Es ging um etwas ganz anderes.

Einige Tage nach der Abreise des Musikers hielt Artur Michnenko in demselben kleinen Saal des Kulturhauses einen Vortrag. Er sprach wie immer über sein Thema. Eingeladen waren auch die oberen Schulklassen.

Michnenko stand hinter der mit rotem Kattun eingedeckten Tribüne und wiegte sich leicht auf seinen kurzen, etwas krummen Beinen, die davon zeugten, daß er als Kind viel Zeit auf dünnem Meereseis zugebracht und bei der Verfolgung von Tieren große Entfernungen auf Tundrahügeln zurückgelegt hatte.

Er erinnerte die Hörer an die geographische Lage von Tschukotka, daran, daß dieser fernste Randbezirk der Sowjetunion, die Küste, »wo die Heimat beginnt«, der einzige Ort auf der Erdkugel sei, wo die Vereinigten Staaten an die Sowjetunion grenzen. Auf der anderen Seite warte man nur auf eine günstige Gelegenheit, unser Land zu überfallen, könne sich jedoch nicht dazu entscheiden, weil klar sei, welche Abfuhr das sowjetische Volk dem Aggressor erteilen werde. Aber der Feind schlafe nicht. Er schade uns auf jegliche Weise, versuche, durch feindliche Radiopropaganda die Einheit des Landes und die Freundschaft der Völker von Tschukotka zu untergraben. In der Tundra höre man gern die »Stimme Amerikas«, obwohl das, wie Michnenko sagte, für die ideologische Gesundheit der Menschen sehr gefährlich sei.

Jemand aus dem Saal schrie: »Aber in der Tundra bekommt man doch nur die ›Stimme Amerikas‹ gut rein, Radio Anadyr reicht gar nicht bis dahin!«

Michnenko machte würdevoll eine Pause und blickte in den Saal. »Nun, wir werden jetzt nicht untersuchen, wer das gesagt hat.«

Die Worte fegten unter der tiefen Decke durch den Raum wie ein eiskalter Wind. Michnenko sprach weiter. Wie sich herausstellte, sei in unserem Land der Schriftsteller Solshenizyn aufgetaucht, der herabsetzende Bücher über unser Land schreibe. Darin erzähle er allerlei Verleumdungen, verschweige aber unsere Erfolge beim Aufbau des Kommunismus, der gar nicht mehr fern sei, wie es auf dem Parteitag geheißen habe. »Wie bekannt wurde«, fuhr Michnenko, von einem Papier ablesend, fort, »haben einige ideologisch nicht gefestigte sowjetische Kunstschaffende den Verleumdungen Glauben geschenkt und sind dem Einfluß dieses Solshenizyn erlegen. Darunter gibt es auch welche, die dem Renegaten direkt geholfen haben, indem sie ihm Wohnraum zur Verfügung gestellt hatten ... Einer von denen war der kürzlich bei uns zu Gast gewesene Cellist Mstislaw Rostropowitsch.«

Michnenko teilte mit, daß Rostropowitsch den Bezirk schon verlassen habe, seine feindliche Tätigkeit aber sei während der Tage seines Aufenthalts vom wachsamen Auge der Staatssicherheit verfolgt worden.

Michnenko fuhr fort, die einheimische Bevölkerung sei bisweilen sorglos. Auf der Jagd nach Walrossen überschritten die Meeresjäger die Grenzen unserer Gewässer, und die Grenzer könnten sie nicht kontrollieren. In einigen Dörfern versuchten die alten Frauen, wenn sie in die Tundra Wurzeln und Beeren sammeln gingen, den Grenzposten auszuweichen. Doch der Feind schlafe nicht! Diesen Satz wiederholte er etliche Male, und Unna Owto stellte sich diesen Feind sogleich als ein Wesen vor, das kein Schlafbedürfnis habe, sondern ewig wach sei. Es stellte sich heraus, daß in der Großen Siedlung Familien lebten, die Verwandte auf der anderen Seite der Beringstraße hatten und Sendungen in Eskimosprache hörten.

Der tschuktschische Tschekist verurteilte diese Eskimos scharf. Unna sah den alten Gaimissin vor sich, einen hochgewachsenen finsteren Mann mit langem Stock. Erst vor wenigen Monaten hatte man Gaimissin auf einer Festveranstaltung zum Jahrestag der Oktoberrevolution als einen der ersten Eskimo-Kolchosbauern ins Präsidium gewählt. Und nun kam heraus, daß er Verwandte im Ausland hatte! Aus Michnenkos Worten ging hervor, daß im benachbarten Unasik fast jede Familie durch verwandtschaftliche Beziehungen mit den Bewohnern der amerikanischen St.-Lawrence-Insel verbunden war.

»Wir wissen, daß einige unreife Menschen daran denken und davon träumen, sich mit ihren Verwandten zu treffen«, fuhr Michnenko fort. »Das aber wird nie geschehen! Die Grenze ist dicht. Die Tschekisten von Tschukotka wachen über die Interessen des Volkes, über die Sicherheit unseres Landes, das überzeugt auf dem Weg zum Aufbau des Kommunismus voranschreitet!«

Beifall übertönte die letzten Worte des ersten Tschekisten von Tschukotka.

Was Unna aus dem Vortrag erfahren hatte, versetzte ihr einen Schock. Wie verschlagen mußte der Feind sein, wenn er selbst so heilige Dinge wie die Musik ausnützte! Dennoch hatte sie großes Interesse an klassischer Musik gefunden. Wenn sie nun solche Musik hörte, stellte sie zum Mißvergnügen ihrer Zimmergefährtinnen das Radio lauter und versank in einen nicht zu beschreibenden Gemütszustand.

Im Frühling wurde Unna Owto zur Sekretärin des Schul-Komsomolkomitees gewählt, und die Sommerferien verbrachte sie als Pionierleiterin an Tschukotkas Heißen Quellen. Noch nie war Unna an diesen Quellen gewesen, obwohl sie schon viel davon gehört hatte. Vor allem Funktionäre fuhren dahin, während die einheimische Bevölkerung nicht viel davon hielt, sich in dem übelriechenden Wasser zu wärmen.

Der Sommer war regnerisch und langweilig, und Unna wartete ungeduldig auf das Ende ihres Lageraufenthalts, zumal der Chef an den langen trüben Abenden mit den älteren Pionierleiterinnen heimlich trank und diese Gesellschaft, nachdem sie die Pioniere in die Schlafzelte gejagt hatten, sich die ganze Nacht im Becken verlustierte. Sie versuchten, auch Unna in ihre Runde hineinzuziehen, aber sie verschwand lieber in ihr Zelt, stellte das Radio an und hörte stundenlang Musik.

Wieder zurück in der Großen Siedlung, erfuhr Unna, daß Alexander Wenediktowitsch Komarowski abgereist war. An seiner Stelle war eine Frau ins Exekutivkomitee gekommen. Sie war hager und groß, rauchte ununterbrochen Zigaretten und betrachtete alle streng und forschend.

Von nahem aber erwies sie sich als eine gutmütige Frau, die auf ihre Weise unglücklich und einsam war und sich um das Schicksal ihres verlotterten und alkoholsüchtigen Bruders sorgte, dem sie eine Stelle nach der anderen beschaffte.

Sie nahm an der feierlichen Aushändigung der Abiturzeugnisse teil, und ihr Kuß hinterließ auf Unnas Lippen noch für lange den Beigeschmack und den Geruch von Tabak.

Unna bewarb sich um die Immatrikulation an der historischen Fakultät der Leningrader Universität und mußte in der Bezirksstadt ein Examen ablegen.

Zusammen mit ihr hatte auch Awgust Shirindan das Reifezeugnis erhalten; unmerklich war er von einem unansehnlichen mageren Burschen zu einem hochgewachsenen jungen Mann gereift. Nach dem Abschiedsabend gingen sie am Friedhof vorbei zum Kap.

Die sich in weiter Ferne verlierende Wasserfläche rührte an ihre jungen Herzen.

Meeresvögel flogen dort; kaum noch sichtbar, aber ganz nahe am Eingang zum Liman spielte ein junger Wal und stieß eine Fontäne nach der anderen aus.

Vor ihnen lag das Leben, so gewaltig wie der sich endlos erstreckende Ozean!

5

Sooft Unna später über den Whäner Liman fuhr, ob von der zehnten Anlegestelle aus, von der es zum Flughafen ging, oder der dritten, wo die Siedlung der Erdölarbeiter lag, oder der fünften, wo Kohle gelöscht wurde, und auf was für einem Schiff auch immer sie sich befand, ob auf einem kleinen Bugsierboot oder dem großen Passagierschiff »Borsenko« – bei jedem Wetter stand sie an Deck: So schön war der Liman, war das freie Meer, das sich weit hinter die Insel Aljumka, zum Ozean erstreckte.

Zum erstenmal sah sie aus solcher Nähe die Rücken der Weißwale, die aus besonders festem Plastik zu bestehen schienen und die nach Lachsschwärmen tauchten, schwarzäugige Seehunde, die mit aufmerksamer Neugier das vorüberfahrende Schiff beobachteten und die seltsamen Zweibeiner, die an Deck standen, randalierten und schrieen.

Die ganze Wasserfläche war erfüllt von Leben. Neben den Weißwalen und den Seehunden ahnte man unter der Oberfläche zahllose Schwärme von Lachsfischen, in der Luft kreischten schrill Möwen, auf den Wellen saßen, soweit das Auge reichte, Enten, und hier und da wiegten sich auf dem von einem vorbeifahrenden Schiff hervorgerufenen Wellengekräusel stolze blauschwarze Kormorane.

Von fern zeigte sich die Stadt mit mehrstöckigen weißen Bauten, die aus der sumpfigen kahlen Tundraebene auftauchten. Von der Mitte des Limans aus sah sie gar nicht einmal schlecht aus, sie wirkte ein wenig rätselhaft, voller unentdeckter Geheimnisse, vom Rauch zahlreicher Kesselhäuser verhangen.

Doch je mehr sich das Schiff der Anlegestelle, einem versenkten, großen metallischen Lastkahn, näherte, desto deutlicher traten hinfällige, mit zerrissener Dachpappe gedeckte Hütten in den Vordergrund, Baracken, Lagerhäuser aus Wellblech, unsägliche Bruchbuden. Dazwischen Haufen zerschlagener Kisten, rostiger Fässer, Berge von Unrat, Schrott, leeren Konservendosen und kaputten Flaschen. Einige Menschen angelten direkt auf der Anlegestelle kleine Fische, obwohl nur zwei Schritt weiter ein anderer Fischer ein Netz mit zitternden fetten Lachsen schleppte.

Zur Anlegestelle führte eine aufgeschüttete Zufahrt, da wartete ein schwarzer »Wolga« auf einen ankommenden Chef. Daneben erkannte Unna Owto Alexander Wenediktowitsch Komarowski. Er hielt Ausschau nach einem der an Land gehenden Passagiere.

»Unna, Unna!« rief er freudig und stürzte ihr entgegen. »Bist du das, Unna? Ganz erwachsen ist sie geworden! Ein richtiges Fräulein ... Warte nur, warte, ich nehme dich mit.«

Unna Owto wollte schon ablehnen, obwohl sie sich selbst über die Begegnung freute: Immerhin war das ein vertrauter Mensch in der so unbekannten großen Stadt.

»Bleib hier neben dem Wagen stehen!« kommandierte Komarowski. »Geh nicht weg! Ich bin gleich wieder da!« Er rannte zu einem hochgewachsenen Mann mit einer großen Aktentasche und einem winzigen Koffer. Beim Auto stellte er vor: »Sergej Matwejewitsch, und das ist Unna Owto! Aus meiner Nomadensiedlung!«

»Guten Tag, Unna«, begrüßte Sergej Matwejewitsch sie freundlich. »Sind Sie zu den Ferien hier?«

»Nein, zum Examen«, antwortete Unna leicht verlegen und sagte, wo sie sich einschreiben lassen wollte.

»Tüchtig, Unna!« sagte der Besucher herablassend und nahm auf dem Vordersitz Platz.

Unna und Komarowski setzten sich hinten hin, und als der Wagen anfuhr, versäumte Komarowski nicht, dem Besucher zu erzählen, wie die kleine Unna einst aus dem Internat weggelaufen war.

»Ich hoffe, aus der Universität werden Sie nicht weglaufen?« meinte Sergej Matwejewitsch und setzte drohend hinzu: »Passen Sie nur auf!«

Als Komarowski mit dem Gast beim Hotel ausstieg, bat er den Fahrer: »Bringen Sie das Mädchen zum Wohnheim der Pädagogischen Hochschule.«

Unna Owto fuhr an der Hochschule vor und stieg vor den Augen des verwunderten Pförtners aus dem Auto, der Fahrer öffnete den Gepäckraum und reichte ihr den neuen gelben Koffer, den sie in der Großen Siedlung gekauft hatte. Die Erledigung der Formalitäten dauerte nicht lange: Unna eilte in die Aufnahmekommission, zeigte ihr Reifezeugnis, in dem nur Fünfen, die besten Noten, prangten, und erfuhr, daß sie kein Examen ablegen müsse, sondern nach zwei Tagen zu einem Gespräch erscheinen solle, dann könne sie auch schon die Fahrkarte nach Leningrad bestellen.

»Das ist alles?« fragte sie aufrichtig verwundert.

»Sie haben doch eine Goldmedaille erhalten!« sagte der Sekretär der Aufnahmekommission betont hochachtungsvoll.

Die Pädagogische Hochschule und das Wohnheim waren vor gar nicht langer Zeit am oberen Ende der Hauptstraße errichtet worden. Unna ging hinunter und ließ die dröhnende Baustelle des Energiebau-Trusts hinter sich, der bereits ein Jahrzehnt am Whäner Wärmekraftwerk arbeitete – das zog sich schon seit der Zeit hin, als statt der Fünfjahrespläne der Siebenjahresplan eingeführt worden war.

Unterwegs sah sie in ein Lebensmittelgeschäft hinein. Zu ihrer Verwunderung wurde hier schwarzes Bartrobbenfleisch verkauft, auch Seehundfleisch und Walhaut mit Speck – Itgilgyn.

Weiter unten schien die Straße in einen Platz zu münden. Auf dessen einer Seite stand das Kulturhaus, dessen Beige verwittert war, gegenüber erhob sich ein aus Granitblöcken errichtetes Lenin-Denkmal. Hinter dem Denkmal befand sich das Gebäude der Partei und Administration. Auf einer zementierten Fläche parkten zwei schwarze »Wolga« und etliche Geländewagen. Links blickte aus einer Reihe neuer Steinhäuser wie ein Fremdkörper ein mit Waggonbrettern gedecktes grünes Wohnhaus, noch fest und solide, und daneben ragte als grauer Kasten ein Kesselhaus mit hohem Blechschornstein.

Noch weiter unten war das zweistöckige Dienstleistungsgebäude »Die Nordländerin«, rechts daneben das Fernsehstudio mit dem Fernsehturm, die Poliklinik, und ganz rechts auf einer Anhöhe stand der graue, zunächst wie eine Produktionsstätte wirkende Pionierpalast.

Dann führte die Straße weiter hinab zu einer Holzbrücke über den sehr seicht gewordenen Fluß Kasatschka, und hinter einem Haushaltswarengeschäft nahm sie eine jähe Wendung nach rechts zu den Häuschen des Sowchos.

Noch eine Kurve, und vor Unna lagen ebensolche Häuschen wie in der Großen Siedlung, wo sich ihr Internat befand. Mit Wänden aus schwarz gewordenem, nie gestrichenem Holz standen sie in zwei gleichmäßigen Reihen, hier und da hingen ärmliche Wäsche und angegraute Laken zum Trocknen an der Leine.

Unna ging bis zu einem Geschäft, trat ein und erblickte gleich am Eingang ein Rentierzüchter-Paar. Trotz der Sommerhitze trugen sie weite Kamlejkas. Sie rochen nach Schweiß, waren fast schwarz verbrannt, blickten die Eintretende erschrocken an und bemühten sich fieberhaft, Flaschen in einen festen Soldatensack zu stopfen.

Die alte Frau, die das Mädchen offenbar für eine Russin hielt, nuschelte mit zahnlosem Mund: »Tuntra, Geschänk, Geschänk für Renzüchter.«

»Warum sprichst du mit ihr russisch?« sagte der Mann vorwurfsvoll. »Sie sieht doch aus wie eine von uns.«

»Selbst wenn sie eine von uns ist, die können doch alle ihre Sprache nicht mehr.«

Der Rentierzüchter wuchtete sich den Sack auf den Rücken, und sie verließen hastig das Geschäft.

Die frohe Stimmung war verflogen, nun ging Unna schon betrübt die städtische Straße hinauf, vorbei an dem grünen Zaun der Grenzkommandatur, zum Restaurant.

Das Erdgeschoß des Restaurants diente als öffentlicher Mittagstisch mit Selbstbedienung.

Während Unna ihr süßes Kompott aß, erblickte sie plötzlich in der Schlange ein bekanntes Gesicht.

Es war Awgust Shirindan. Er war schon vor ihr gefahren – mit der Absicht, ein Examen an der journalistischen Fakultät der Fernöstlichen Universität abzulegen. Unna freute sich über ihn wie über einen Verwandten und rief: »Komm her, Awgust!«

»Ich werde das Examen wohl bestanden haben«, erklärte Awgust träge. »Schließlich gehöre ich zum Sonderkontingent ... Wie übrigens auch du.«

»Ich habe doch aber eine Medaille«, bemerkte Unna beleidigt.

»Eine Medaille ist ja gut und schön, aber ein Gespräch muß man trotzdem absolvieren ... Weißt du, mir ist die ganze Zeit nicht wohl dabei, ja ich schäme mich sogar«, sagte Awgust plötzlich.

»Und wofür schämst du dich?«

»Na deswegen, es ist sogar kränkend.«

»Ich begreife nicht.«

»Von Kind an werden wir umsorgt. Vorn und hinten vom Staat gefördert. Wie Urmenschen. Ich habe darüber gelesen.«

»Und wo war das?«

»Im alten Griechenland und im alten Rom.«

»Da war doch kein Sozialismus.«

»Na eben!« rief Awgust schnell. »Sozialismus gab es da nicht, wohl aber Versorgung von Staats wegen!«

»Was du da redest, Awgust.« Unna lächelte spöttisch.

»Die Sklavenhalter bestritten rundum den Unterhalt ihrer Unfreien. Auch die Kinder nahmen sie ihnen sofort weg, erzogen sie, fütterten sie, um aus ihnen gefügige Werkzeuge zu machen.«

»Was du redest, Awgust!« rief Unna streng, denn sie besann sich, daß sie in der Schule Komsomol Organisatorin gewesen war. »Du hast zu oft ›Stimme Amerikas‹ gehört, da verzapfst du lauter Unsinn.«

»Die ›Stimme Amerikas‹ lügt übrigens nicht immer.«

Unna sah sich erschrocken um. Aber diesmal war die Gaststätte halb leer, nur an den Fenstertischen saßen Leute.

»Nein, mit solchen Ansichten darfst du nicht nach Wladiwostok fahren.« Unna wiegte den Kopf. »Oder machst du Spaß, willst du mich veralbern?«

»Vielleicht veralbere ich dich wirklich!« Plötzlich lächelte Awgust breit und lenkte das Gespräch auf etwas anderes. Er teilte ihr mit, daß er einen alten Freund getroffen habe, der hier privat Fischfang betreibe.

Der nächste Morgen war sonnig und für den Norden ungewöhnlich warm, und Unna erwachte mit einem Gefühl, als bringe ihr der Tag Glück. Solch ein Vorgefühl hatte sie schon lange nicht gehabt, und sie lief schnell zur Dusche, wollte gleich nach dem Frühstück zum Liman hinuntergehen, dahin, wo die privaten lizenzierten Fangplätze lagen, von denen Awgust Shirindan am Vortag erzählt hatte.

Die Sonne stach ihr in die Augen, die Luft war trotz des fetten Rauchs der Kesselhäuser rein und klar, und von hier, vom höchsten Punkt der Stadt, eröffnete sich ein herrlicher

Blick auf den Liman, auf die einsame Insel Aljumka. In Richtung Siedlung fuhr ein Linienbus, es war übrigens das einzige städtische Verkehrsmittel. Aber Unna ließ die Haltestelle unbeachtet, sie rannte den bekannten Weg hinab, vorbei an dem grünen Grenzzaun, dem Haushaltswarengeschäft, dem alten Holzbau der Pädagogischen Hochschule, der jetzt als Wohnheim für Bauarbeiter diente, und kam dann, hinter den letzten Häusern, auf der mit Gräsern bewachsenen Steilküste heraus.

Jeder Fischer besaß ein fünfzehn bis zwanzig Meter langes Netz und eine lange, aus einigen miteinander verbundenen Stöcken bestehende Stoßstange. Lagerfeuer brannten, überm Feuer hingen Kessel. Aus dem kochenden Wasser ragten Fischschwänze und -köpfe mit weißen Augen, auf Zubereitungsbrettern leuchteten rot Fischinnereien, Kaviar, bleiche Fischmilch und flach ausgebreitete Fischfilets. Durchdringend kreischten Möwen, sie stritten sich, und ihre Schreie vermischten sich mit der auf volle Lautstärke eingestellten Musik der Transistorradios.

Unna ging am Wasser entlang zur fern blauenden niedrigen Landzunge. Je weiter sie die Stadt hinter sich ließ, desto weniger Fischer traf sie.

Schon tauchten vereinzelt Zelte auf.

An einem der Feuer entdeckte Unna Awgust.

Ihr Landsmann trank Tee aus einem großen grünen Becher, aber er sah finster drein, schien völlig aufgelöst. Aus einem Zelt trat ein Mann, so schwarz, daß er gut und gern ein Neger sein konnte, und fragte Awgust, ohne das Mädchen zu beachten: »Willst du einen Schluck zum Ausnüchtern?«

Awgust verschluckte sich am Tee und stieß hervor: »Ich kann keinen mehr sehn!«

»Na, wie du meinst«, sagte der Schwarze friedlich und

wandte sich an das Mädchen: »Und was willst du hier? Wer bist du?« Der Schwarze sprach tschuktschisch, und das meiste, was er sagte, verstand Unna nicht.

»Das ist eine Landsmännin von mir«, erklärte Awgust auf russisch. »Sie hat eine Goldmedaille erhalten!«

Der Schwarze gab ihr die Hand und stellte sich vor: »Shenja Bugrow aus Uëlen. Journalist.«

Shenja sah gar nicht wie ein Tschuktsche aus. Vielleicht hatte er einen Schwarzen unter seinen Vorfahren? Die Einwohner von Uëlen leben an der Küste des Ozeans, nicht weit von Amerika.

Shenja goß etwas Wein in einen Becher, trank ihn aus, füllte Tee nach, nahm einen Schluck und sagte zufrieden: »Jetzt ist mir wieder gut«, und, an Awgust gewandt: »Obwohl du vielleicht recht hast. Neulich habe ich für die tschuktschische Rundfunkredaktion einen Zyklus von Gesprächen über den Schaden des Alkoholismus übersetzt. Da hieß es, der richtige Alkoholiker beginnt da, wo einer zum Ausnüchtern trinkt.«

Unna wurde es ungemütlich. Noch nie hatte sie ihre Landsleute so unverhohlen zynisch gesehen. Die aus der Tundra kamen, aus dem heimatlichen Nomadenlager, benahmen sich unauffällig und scheu, selbst wenn sie sich betranken.

Sie wollte schon kehrtmachen, da bot ihr Awgust plötzlich an: »Gleich ist die Fischsuppe fertig, wir können zusammen essen.«

Vom Kessel duftete es so appetitlich, daß Unna sich überreden ließ und der Versuchung nachgab.

»Wie hast du es fertiggebracht, deine Muttersprache zu vergessen?« fragte Shenja Bugrow, während er in eine große emaillierte Schüssel Fischsuppe mit riesigen Stücken Stör schüttete.

»In unseren Internaten«, warf Awgust ein, »kennen nur ganz wenige noch ihre Muttersprache. Das sind die, deren Eltern in der Nähe lebten oder sie im Sommer mit in die Tundra nahmen. Unna aber hat, soviel ich weiß, die ganze Zeit im Internat gelebt.«

Als sie die Fischsuppe gegessen hatten, verabschiedeten sie sich von Bugrow und gingen in die Stadt, über Ufergras, aber an Gruben vorbei, in denen sie da und dort auch von der Zeit gebleichte Bretter und Knochen entdeckten.

»Weißt du eigentlich«, fragte plötzlich Awgust geheimnisvoll, »wo wir hier gehen?«

Unna sah ihren Gefährten fragend an.

»Wir gehen über den alten Whäner Friedhof«, sagte Awgust fast feierlich. »Hier ruhen die Überreste der ersten russischen Forschungsreisenden und Kosaken. Vielleicht gehen wir über die Gebeine der Nachfahren von Semjon Deshnjow.«

Unna sah Awgust erschrocken an.

»Ja, ja, das ist ein alter Friedhof. Man hat mir erzählt, hier hätten noch vor kurzem zahlreiche Kreuze gestanden. Die haben sie 1946 abzuschlagen begonnen, als nach dem Krieg die Armee von Marschall Rokossowski hierher verlegt wurde. Die Soldaten trafen im Herbst ein, unmittelbar vor Einbruch der Kälte.

Gerüchte besagen, daß man sich darauf vorbereitete, Amerika vom Joch der Kapitalisten zu befreien, dazu würden Truppen von Kap Deshnjow aus auf Alaska landen. Whän mit seinen Holzhäusern war damals nur eine kleine Siedlung, eher sogar ein Dorf. Die Soldaten bauten Zelte auf und stellten eiserne Öfen hinein, die aus Fässern gefertigt wurden. Der Liman war noch nicht zugefroren, da trieb Eisgrieß. Kohle aus den Gruben heranzuschaffen war unmöglich. Nun aber setzte Frost ein. Als die Soldaten nirgends Brennholz fanden und es in der Nähe auch keinen Wald gibt, entdeckten sie schnell, daß man als Ersatz die Kreuze verwenden konnte. Eigentlich schlugen sie die Kreuze nicht mal ab, sondern zogen sie einfach aus dem Boden, schleppten sie zu den Zelten und verbrannten sie dort in den Öfen. Innerhalb eines Winters war der ganze Kosakenfriedhof vernichtet ... Nicht weit von hier, wo genau, weiß ich allerdings nicht, waren auch die Mitglieder des ersten Revolutionskomitees von Tschukotka beerdigt, die von Koltschak-Leuten erschossen worden waren. Die aber wurden noch schnell umgebettet. Es heißt, als man das Grab öffnete, lagen sie noch genauso da, wie sie im Februar 1919 in den Eisboden hineingelegt worden waren. Der ewige Frost hatte sie erhalten.«

Während Unna zuhörte, sah sie angeekelt und entsetzt unter ihre Füße, bemüht, nicht auf verdächtige Gegenstände zu treten.

Vor dem Eingang zur Pädagogischen Hochschule stürzte Unna der Abteilungsleiter für Volksbildung, Kim Iwanowitsch Wan, der sie schon von fern erblickt hatte, entgegen. »Unna Owto! Endlich! Sie werden gesucht. Vom Fernsehstudio.«

Erst jetzt bemerkte Unna einige ihr unbekannte Leute. Einer von ihnen trug sogar eine transportable Filmkamera, das Kommando über alle aber hatte eine große, hagere Frau mit riesigen Augen, durchdringender Stimme und dem Gesicht eines Kormorans.

»Hallo, Mädchen! Sie heißen Unna? Sehr schön! Das hier sind Genossen vom Magadaner Fernsehen. Sie filmen dich für den Bezirk, danach sprichst du noch bei uns für die Einwohner der Stadt ... Eine Medaille hast du also? Sehr schön! Tüchtig!«

Sie war erstaunlich energisch, diese hochgewachsene,

starkknochige Frau mit den wie für eine andere Figur bestimmten Augen.

Unnas Herz begann heftiger zu schlagen, sie spürte sogar ein leichtes Schwindelgefühl. Im Fernsehen? Einen Fernseher hatte sie nur bei Alexander Wenediktowitsch in der Großen Siedlung gesehen.

Awgust, offensichtlich gekränkt, weil man ihn nicht aufforderte und ihn nicht zu bemerken schien, erkundigte sich giftig: »Ist es Farbfernsehen?«

»Das hiesige ist einstweilen noch schwarzweiß«, antwortete die Frau mit dem Kormorangesicht. »Aber bald erhalten wir eine Apparatur aus Japan und werden in Farbe senden.«

»Wie schön!« bemerkte Awgust ironisch. »Sind Sie auch in der Tundra zu empfangen? Oder nur hier in der Bezirksstadt?«

Die großen Augen der Frau verengten sich plötzlich, und sie erkundigte sich nun ihrerseits argwöhnisch: »Wer sind Sie eigentlich?«

»Er ist ein Landsmann von mir«, erklärte Unna, »wir haben zusammen die Schule besucht. Er will sich an der Pazifik-Universität immatrikulieren lassen.«

»Interessant«, sagte die Kormorangesichtige nachdenklich und fügte dann entschlossen hinzu: »Kommen Sie mit. Sie werden an der Sendung teilnehmen.«

»Nicht doch«, sperrte sich Awgust plötzlich, »ich habe ja nur gefragt.«

»Macht nichts, macht nichts, kommen Sie!«

Es war schwer, sich einem so resoluten Menschen nicht zu fügen, und während Unna hinter ihr herging, überlegte sie, was für einen Mann eine so starke und gebieterische Frau wohl haben mußte. Entweder war er noch gebieterischer und resoluter, was fast unmöglich war, oder …

Im Fernsehstudio saß in einem Häuschen am Ende eines kurzen Flurs eine Pförtnerin. Sie sagte streng: »Passierscheine!«

»Sie kommen mit mir! Mit mir!« sagte die »Kormoranin«, so hatte Unna die Frau in Gedanken getauft. »Gehen wir ins Studio!« Das Studio war ein großer Raum. Auf der einen Seite standen zwei Fernsehkameras von beeindruckenden Ausmaßen. An einer Kamera machte sich ein kleiner, rothaariger Mann mit Kopfhörern zu schaffen.

An der Rückwand erkannte Unna ein grob gezeichnetes Panorama der Bezirksstadt, so wie es sich von Bord des Kutters darbot, der zwischen Flugplatz und Stadt verkehrte. Zwei Tischchen standen im Raum und auf jedem eine kleine Vase mit je einer künstlichen Blume, wie sie in der Tundra gewiß nicht wuchsen.

Die »Kormoranin« wies allen Teilnehmern die Plätze zu. An einem Tisch saßen Unna, Awgust und ein junger Mann aus Konergin, der ein landwirtschaftliches Technikum besuchen wollte. An dem anderen ein Eskimomädchen aus Lawrentija, das zur Leningrader Pädagogischen Herzen-Hochschule wollte, und zwei junge Männer, künftige Bergleute – sie hatten sich um die Immatrikulation am Magadaner Polytechnikum beworben.

Sie schalteten die Scheinwerfer ein. Unerträglich weißes Licht erfüllte das Zimmer, und es wurde im Nu heiß.

»Haltet aus, Kinder, haltet aus!« schrie die »Kormoranin«. »Wo ist Tanja? Tanja?«

»Tanja kommt schon, sie kommt«, erklang es von oben, und ins Studio trat eine junge Frau, ziemlich dünn, aber im Unterschied zur »Kormoranin« hatte sie ein rundes Gesicht.

»Genossen«, wandte sich die »Kormoranin« an die Sitzenden, »das ist unsere Aufnahmeleiterin: Tatjana Wassiljewna Atschuldina. Zuerst zeichnen wir, wie verabredet, für Magadan auf, und dann …«, sie warf einen Blick auf ihre Armbanduhr, »beginnt unsere Direktsendung für die Einwohner von Whän.«

Tatjana Atschuldina nahm trotz ihres nervösen und zarten Äußeren die Angelegenheit rasch in die Hände. Sie wandte sich an jeden einzelnen der Sitzenden, erkundigte sich, wer er sei und welche Ziele er anstrebe, und erklärte ihm mit kurzen Worten, was er zu sagen habe.

Unna spürte, wie ihr der Schweiß kitzelnd den Rücken hinablief. Sie wollte das unangenehme Gefühl loswerden und rutschte unwillkürlich auf dem Stuhl hin und her. Kaum aber war sie an der Reihe, nahm sie allen Mut zusammen und begann: »Jeder von uns hatte, als er zur Schule ging, einen geheimen Traum. Ich träumte davon, einmal die Schule mit ›Ausgezeichnet‹ zu beenden und an der Universität Geschichte zu studieren. Für uns Völker des Nordens besteht die Hauptaufgabe darin, die Vergangenheit zu überwinden, die Überreste der Urgesellschaft hinter uns zu lassen und zu Zeitgenossen fortschrittlicher Menschen zu werden. Wie es im Programm der Kommunistischen Partei der Sowjetunion heißt, wird noch unsere Generation im Kommunismus leben. Das ist gar nicht mehr fern. Bis dahin möchte ich mir die Geschichte des alten Griechenland und des alten Rom angeeignet haben. Vielleicht werde ich hier in der Schule unterrichten, vielleicht auch woanders, das ist nicht entscheidend. Entscheidend ist, daß wir zu anderen Menschen werden. Ich habe meinen Landsleuten zugehört und freue mich – die Menschen wollen Lehrer werden, Bergleute, Journalisten. Ich weiß, es gibt auch welche, die Flieger werden möchten und Kosmonauten … Mögen unsere Träume in Erfüllung gehen! Die Wege stehen uns offen!«

Unna beendete ihre Rede mit heller Stimme, keck, so wie sie es als Pionierin und später als Komsomolsekretärin getan hatte.

Die Aufnahmeleiterin betrachtete das Mädchen mit Wohlgefallen und einiger Verwunderung, als aber Unna verstummt war und die Kamera, hinter der gebückt der rothaarige Kameramann stand, ihr den Rüssel zugewandt hatte, sagte sie: »Ich habe Unna Owto zugehört und mir gedacht: Welche Höhen, welche unvorstellbaren Erfolge haben unsere einst zum Aussterben verurteilten Völker dank der Fürsorge der Partei und der Verwirklichung der Leninschen Nationalitätenpolitik erreicht! Immer zahlreicher werden gebildete Menschen aus den Tiefen der Tundra und von der Eisküste. Aus unserem Volk sind Flieger hervorgegangen, Schriftsteller, Pädagogen, Ärzte, Sowjetfunktionäre und Parteiarbeiter. Sehen Sie nur Unna Owto an! Wer würde glauben, daß sie in der Tundra geboren wurde und aufwuchs, in einer verräucherten Jaranga? Wieviel Kraft, Beharrlichkeit, Hartnäckigkeit und angeborenes Talent sind vonnöten, um sich von der Vergangenheit loszureißen? Ich habe ihr gemeinsam mit euch zugehört und mich gefreut, daß unsere Völker, die Tschuktschen und die Eskimos, mit allen Völkern der Sowjetunion eins sind im Streben, stark, gebildet und ideologisch gefestigt in den Kommunismus einzugehen, fest geschart um die Partei und ihr Zentralkomitee mit Leonid Iljitsch Breshnew an der Spitze!«

Bei den letzten Worten Tatjana Atschuldinas erloschen die Scheinwerfer, die Hitze ließ merklich nach, und Unna seufzte erleichtert auf, auch wenn ihre innere Anspannung und die gehobene Stimmung nicht nachließen.

»Tüchtig! Tüchtig!« erklang von oben die Stimme der »Kormoranin«.

Unna hob den Kopf und erblickte eine eiserne Treppe, die einer Schiffstreppe glich und zu einer kleinen Tür neben einem großen rahmenlosen Fenster führte. Die Sprossen herab kam die »Kormoranin«, applaudierte und wiederholte: »Tüchtig! Tüchtig!«

Wie sich herausstellte, war das noch nicht alles. Das war eine Aufzeichnung für das Magadaner Fernsehen gewesen und nannte sich: »Dir, Jugend von Tschukotka, stehen alle Wege offen!«

Die ganze Aufzeichnung wurde nach einer Stunde wiederholt, und erneut empfand Unna den früheren Schwung, ihr schien sogar, diesmal habe sie noch bedeutsamer und überzeugender gesprochen.

Sie merkte und sah, daß die Kameraleute vor allem sie aufnahmen, den dunkelblau blitzenden Rüssel des Aufnahmegeräts besonders lange ihr zuwandten. Der Rothaarige klebte geradezu am Okular, nur seine feuerroten Haare starrten nach allen Enden.

Seitlich stand in einiger Entfernung ein Bildschirm, ein Monitor, wie ihn die Aufnahmeleiterin nannte. Aus dem Augenwinkel konnte man sich sehen, und Unna bemerkte, daß sie zweifellos unter den anderen Teilnehmern durch ihre Sicherheit, vor allem aber durch ihre flüssige Rede hervorstach. Selbst Awgust, der nicht auf den Mund gefallen war, verlor vor der Fernsehkamera etwas an Forschheit und wirkte gehemmt.

Als die Übertragung zu Ende und die zufriedene »Kormoranin« wieder die eiserne Treppe hinabgekommen war, trat sie zu Unna: »Wir hatten sehr viele Anrufe. Einen eigens für dich. Das war Alexander Wenediktowitsch, der Stellvertreter des Vorsitzenden. Du fährst in unserem Redaktionswagen hin.«

Die Fahrt dauerte höchstens zwei Minuten. Unna dachte

sogar, zu Fuß wäre sie schneller dagewesen. Komarowski bewohnte das zweistöckige grüne Holzhaus, das Unna mit seinem hohen Schornstein und dem Kesselhaus aufgefallen war. Das enttäuschte sie ein wenig, sie hatte gedacht, Alexander Wenediktowitsch müßte zumindest im »Aluminiumhaus« wohnen. So wurde ein fünfstöckiges Wohnhaus genannt, das aus Aluminiumplatten montiert war und wie eine von Hunden glattgeleckte Konservendose glänzte. Es war ein Experimentalbau und, wie behauptet wurde, die komfortabelste Wohnstätte in der Stadt.

Komarowskis Wohnung lag im ersten Stock, und als Unna die knarrende Holztreppe hochging, vernahm sie durch die angelehnte Tür schon die ihr bekannte Stimme.

Im Zimmer befand sich außer Alexander Wenediktowitsch und seiner Frau ein Gast aus Magadan. Alle drei saßen an einem reich gedeckten Tisch, auf dem neben Vorspeisen – Lachs, Kaviar und anderen Delikatessen des Nordens – Flaschen mit Kognak und Wodka standen.

»Das hätte ich dir gar nicht zugetraut!« rief Alexander Wenediktowitsch freudig. »Gut hast du gesprochen! Wir sind richtig stolz auf dich!«

»Stimmt«, pflichtete Komarowskis Frau bei.

Der Gast aus Magadan setzte hinzu: »Das zeugt von Ihrer politischen Reife, der Richtigkeit Ihrer Weltanschauung. Wie alt sind Sie eigentlich?«

»Achtzehn«, antwortete Unna verlegen und setzte sich auf den Platz, den ihr Komarowski zuwies.

»Unna hat lange in der Tundra gelebt«, erläuterte Alexander Wenediktowitsch. »Und als sie in die Schule kam, mußte sie erst ein Jahr die Nullklasse besuchen, weil sie überhaupt nicht Russisch konnte.«

»Als ich Sie reden hörte«, warf der Gast aus Magadan ein, »hätte ich das nie gedacht. Sie sprechen besser Russisch, Unna, als so manche Russen. Übrigens – Unna, ist das ein tschuktschischer Name?«

»Ja, ein typisch tschuktschischer!« versicherte Komarowski dem Gast. »Auf Russisch heißt das Beerchen.«

»Schön«, sagte der Gast versonnen.

»Iß nur, greif zu«, ermunterte Komarowskis Frau Unna. Sie goß dem Mädchen Tee ein und schob ihr ein Glas mit Konfitüre hin.

Komarowski goß Kognak ein. »Ich schlage vor, wir trinken auf Unna Owto, das Mädchen aus der Tundra, auf meine Landsmännin, auf ihre Zukunft, ihr Glück.«

Die Männer stießen an und tranken.

»Wir haben da so eine Idee«, sagte der Gast aus Magadan nachdenklich. »Einen ernsthaften Gedanken. Aber darüber später. Ich will nur sagen: Übereilen Sie die Abreise aus Whän nicht. Zeit haben Sie noch genug, das Studienjahr beginnt erst in zwei Monaten, eine Aufnahmeprüfung brauchen Sie nicht.«

Diese Worte und die unbegreifliche Begeisterung der alten Bekannten beunruhigten Unna ein wenig.

Die Tage gingen dahin. Unna verbrachte die Zeit beim Fischfang, wo Shenja Bugrow ihr beibrachte, wie man Keta- und Buckellachs herrichtet – sei es zum Dörren als »Jukola«, zum Räuchern der Rückenteile als »Balyk«, zum Einsalzen von Filets oder von »Wampen«, fetten, zarten Lachsbäuchen –, und wie man Kaviar gewinnt.

»Alles das muß ein Einheimischer können«, sagte Jewgeni Bugrow nachdrücklich. »Dafür bist du dann im Winter gut raus! Denk daran, diese ganze Fischproduktion besteht aus Delikatessen, und ausländische Feinschmecker sind bereit, dafür konvertierbare Valuta hinzublättern. Wir aber essen das ohne jede Valuta zur Winterszeit, wenn wir klirrenden Frost haben, der Schneesturm tobt und niemand die Nase aus dem Haus steckt. Bei dir liegt dann neben dem freundschaftlichen ungarischen Budafok-Weinbrand auf dem einem Teller ein Berg roter Kaviar, auf einem anderen bernsteingelber Balyk, auf einem dritten in dünne Scheiben geschnittene eingesalzene Wampe. Zusammen mit gekochten Kartoffeln ist das alles unvergleichlich! Und hast du gar noch ›Stroganina‹ dazu, geschnetzelt gefrosteten Fisch – was brauchst du da noch Valuta! Das kriegst du – auch wenn du Dollar oder Pfund hast – nicht mal in den feinsten Restaurants von Paris, London und Rio de Janeiro.«

Von diesen Gesprächen bekam Shenja Appetit und unstillbaren Durst. Er zog eine mit Schuppen bedeckte Flasche billigen hiesigen Wermuts aus einem Eimer, nahm einen großen Schluck und aß ein Stück weißrosa gekochten Lachs dazu.

Bald darauf flog Awgust Shirindan ab, nachdem er den letzten Abend noch beim Fischfang verbracht hatte. Er war traurig und bemühte sich, nicht zu trinken. Shenja Bugrow, der mit allen nützlichen und unentbehrlichen Leuten bekannt war, hielt einen Milizwagen an, setzte Awgust und Unna hinein und sagte nicht etwa bittend, sondern eher im Befehlston: »In die Stadt. Der Junge muß ausschlafen, ehe er morgen abfliegt, und passen Sie auf das Mädchen auf.«

»Na klar!« Der Sergeant warf einen Blick auf Unna und grinste breit. »Die kennen wir. Sie war doch im Fernsehn.«

»Genau!« bestätigte Shenja Bugrow.

Ja, Unna wurde bereits in den Straßen erkannt. Zwar gab sie sich verlegen und schaute weg, wenn jemand laut sagte, wie gut und richtig sie gesprochen habe, aber insgeheim war sie sehr zufrieden und wünschte sich noch mehr Zeichen von Aufmerksamkeit.

Ihre Zimmergefährtinnen legten ihre Aufnahmeprüfungen ab, ohne sich allzusehr mit Vorbereitungen zu plagen, da sie wußten, daß ihnen dank des Kontingents für die Völker des Nordens die Immatrikulation an den Hochschulen ohnehin sicher war.

Abends, wenn draußen langweiliger Nieselregen fiel, blieben die Mädchen im Zimmer und prahlten voreinander mit ihren Jungen.

Als Unna eines Tages zurückkam, bemerkte sie, daß die Gesichter ihrer Freundinnen seltsam erregt und gerötet waren, und mit ihrer feinen Nase nahm sie sofort Weingeruch wahr. »Habt ihr getrunken?« fragte sie streng.

»Nur ganz wenig, etwas Champagner«, antwortete eines der Mädchen verlegen und zog unterm Tisch ungeschickt eine fast leere dunkle Flasche hervor. »Ein bißchen ist noch übrig. Magst du? Wir haben den Abschluß der Prüfungen gefeiert.«

»Daß ihr euch nicht schämt!« schrie Unna. »Nicht genug, daß eure Eltern hemmungslos trinken, sich in den Straßengräben der Bezirksstadt wälzen – jetzt macht ihr es genauso!«

Verunsichert und erschrocken bedauerten die Mädchen allem Anschein nach schon selber, daß sie beschlossen hatten, eine Flasche Champagner zu trinken.

Am nächsten Morgen ging Unna in die Direktion der Pädagogischen Hochschule und erzählte, was vorgefallen war. Zu ihrer Verwunderung hörte sich die Direktorin ihren Bericht unbewegt an und dankte ihr nicht einmal, sondern sagte nur trocken beim Abschied: »Na schön, wir werden das klären.«

Als Unna abends in ihr Zimmer zurückkam, saßen die Mädchen schon auf ihren Koffern und plapperten lustig; ihre Flugbilletts hatten sie bereits, und bis zur Abfahrt des

Kutters zum Flughafen blieb noch eine Stunde. Als Unna erschien, hatten sie es aber plötzlich eilig, und ohne sich von ihrer Freundin zu verabschieden, flatterten sie in fröhlichem Schwarm aus dem Zimmer und trugen ihre Koffer zur Bushaltestelle.

Unna blieb allein zurück.

Sie hatte alles begriffen.

Aus tiefstem Herzen stieg ein solches Gefühl der Kränkung auf, daß es ihr sogar den Atem verschlug. Diese gutmütige Frau mit den gefärbten Haaren und dem stark aufgetragenen Lidschatten, dick geworden und geschmacklos gekleidet, die sich bis zur Direktorin hochgedient hatte, war höchstwahrscheinlich eine pädagogische Niete! Und die Mädchen ... Säuferinnen von morgen. Einige wenige werden mit Diplomen zurückkommen. Die meisten werden sich dem Erstbesten hingeben, werden anfangen zu trinken, die Vorlesungen schwänzen und dann mit einem Kind oder mit dickem Bauch, schuldbewußt, jämmerlich, wie geprügelte Hunde wieder nach Hause zurückkehren, um ihren Eltern zur Last zu fallen ... Nein, so werde ich nie, ich werde es ihnen beweisen!

Plötzlich wurde Unna Owto noch schmerzlicher bewußt, daß sie niemanden hatte, mit dem sie über ihre Verbitterung oder über ihre Gedanken hätte reden können. Etwas Unüberwindliches trennte sie sogar von nahen Bekannten, auch von der Familie Komarowski, obwohl diese die Güte selbst waren, Unna aufrichtig als Verwandte ansahen und ihr zu helfen suchten. Nahe Freundinnen hatte sie nicht. Der Vater, der sich nur mit regelmäßigen Geldüberweisungen in Erinnerung brachte, schien so weit weg zu sein, als existierte er in einem anderen Leben. Der einzige Mensch, mit dem sie leicht und ungezwungen reden konnte, war seltsamerweise Awgust Shirindan. Doch er war schon fern und würde bald die schöne Uferstraße von Wladiwostok entlang schlendern, an die sich Unna noch gut vom Pionierlager her erinnerte, würde an dem auf einem Sockel stehenden U-Boot und dann an dem in die Revolutionsgeschichte eingegangenen Schiff »Roter Oktober« vorbeikommen, er würde die Leninstraße hochgehen und von dort oben die Aussicht auf den Liman, auf die Kriegs- und Handelsschiffe, die »Russische Insel« genießen.

Tränen traten Unna in die Augen, zu einer anderen Zeit hätte sie nie und nimmer einer solchen Schwäche nachgegeben, nun aber wurde sie plötzlich von Schluchzern geschüttelt, ihrer Kehle entrang sich ein Stöhnen, und damit es auch ja niemand auf dem Flur hörte, warf sie sich mit dem Gesicht nach unten aufs Bett und weinte in das dünne Internatskissen.

Zwei Tage danach begegnete ihr auf der Straße ein adrett gekleideter junger Mann und fragte sie: »Sind Sie Unna Owto?«

Nachdem sie es bejaht hatte, sagte der adrett gekleidete junge Mann: »Sie werden im Bezirkskomitee erwartet.«

Achselzuckend folgte ihm Unna und stieg die Eisenstufen der hohen Freitreppe zum cremefarbenen Gebäude hinter dem granitenen Lenindenkmal hinauf. Sie legte ihren Mantel ab und ging weiter hinter dem jungen Mann her. Im dritten Stock führte er sie in ein Vorzimmer, wo eine ebenso akkurat gekleidete junge Sekretärin saß. Das Mädchen schnell und abschätzend musternd, nickte sie und sagte: »Gehen Sie rein, Sie werden erwartet.«

Unna konnte gerade noch auf der mit schwarzem Kunstleder beschlagenen Tür den Namen des Ersten Sekretärs vom Bezirkskomitee lesen.

Wladimir Petrowitsch saß an einem großen Schreibtisch, mit dem Gesicht zur Tür. Und obwohl er die Eintretende mit schwachem, beifälligem Lächeln ansah, gelang es Unna, blitzschnell das weiträumige Arbeitszimmer zu betrachten. Drei große Fenster: eins auf den Platz hinaus, auf dem Lenin stand, und zwei zur Leninstraße hin, die hinunter zum Liman führte. Helle Sonne tauchte das Zimmer in warmes, gleichmäßiges Licht. An den großen Schreibtisch stieß ein langer Sitzungstisch, zu beiden Seiten standen Stühle. Unna blickte sich kurz um und sah einen großen Wandschrank mit Erzen und Mineralien von Tschukotka, sogar Erzeugnissen aus Walroßbein.

Alexander Wenediktowitsch Komarowski und der Gast aus Magadan saßen zu beiden Seiten des Tisches von Wladimir Petrowitsch einander gegenüber.

»Nehmen Sie Platz«, sagte der Erste Sekretär freundlich lächelnd.

Komarowski wies auf einen Stuhl neben sich.

»Wie geht es Ihnen?« erkundigte sich Sergej Matwejewitsch, der Gast aus Magadan, und blickte in ein offen vor ihm liegendes Notizheft.

»Gut«, sagte Unna achselzuckend. »Bald muß ich abfahren.«

»Wir haben ein ernsthaftes Anliegen an Sie.« Wladimir Petrowitschs Stimme klang vielsagend, und Unna spürte wachsende Beunruhigung.

»Ja, ein sehr ernsthaftes«, wiederholte Alexander Wenediktowitsch mit einem Seufzer.

»Entscheiden müssen Sie sich aber selbst«, ergänzte Sergej Matwejewitsch, nachdem er ein paarmal mit seinen dicken, schwerer Männerarbeit längst entwöhnten Fingern auf sein Papier geklopft hatte.

Unna sah Komarowski erregt an.

Es handelte sich um folgendes. Der Zweite Sekretär des Komsomol-Bezirkskomitees reiste aus familiären Gründen unerwartet ab. »Verließ« den Bezirk und das Gebiet, wie es damals hieß, für immer. Damit verwaiste ein wichtiger Führungsposten. Zudem sollte der Erste Sekretär übers Jahr zum Studium wegfahren.

»Wir haben uns untereinander beraten, auch mit der Gebietsleitung, und möchten Sie fürs Bezirkskomitee des Komsomol vorschlagen«, sagte Wladimir Petrowitsch.

»Und das Studium?«

»Übers Studium haben wir auch nachgedacht. Aber hier haben wir so eine Situation, die eine schnelle Entscheidung erforderlich macht. Das Studium läuft Ihnen nicht weg. Sie können ja ein Fernstudium an der historischen Sektion der Parteihochschule aufnehmen. Werden also Ihr Lieblingsfach studieren. Aber zugleich werden Sie eine Leitungsfunktion ausüben.« Wladimir Petrowitschs Worte klangen überzeugend.

»Wir haben keinen Grund, Ihnen etwas zu verheimlichen«, setzte Sergej Matwejewitsch hinzu. »Sie wissen ja, und wenn Sie es nicht wissen, dann sage ich es Ihnen geradezu. Mit den nationalen Kadern steht es bei uns nicht zum besten. Die Partei fordert aber, daß auf entscheidenden Leitungsebenen im Bezirk auch Vertreter der eingeborenen Bevölkerung tätig sind ... Sie beginnen im Komsomol. Besondere Arbeit gibt es da nicht – Sie können in aller Ruhe ein Fernstudium oder die Parteischule absolvieren: Wir helfen Ihnen dabei. Ich sage es Ihnen geradezu, Unna, die Leitung hat Großes mit Ihnen vor, setzt große Hoffnungen in Sie. Deputierte des Obersten Sowjets Unna Owto ... Klingt das nicht gut?« sagte Sergej Matwejewitsch halb im Spaß und halb im Ernst und sah das völlig verdutzte Mädchen forschend an.

»Für Tschukotka eröffnen sich große Perspektiven«, fuhr der Sekretär des Bezirkskomitees Wladimir Petrowitsch fort. »Sie wissen es sicherlich nicht, aber auch ich wurde nicht als Parteifunktionär geboren. Ich habe hier begonnen, im Schacht, in der Kohlengrube am andern Ende des Whäner Limans. Da wurde ich dann gewählt. Zuerst in die Parteileitung des Schachts, dann ins Kreiskomitee, und nachdem ich ein Fernstudium an der Parteihochschule beendet hatte, kam ich hierher und wurde zum Bezirkssekretär der KPdSU gewählt.«

»Wie es so heißt«, bekräftigte Sergej Matwejewitsch, »alle Wege stehen offen.«

»Aber ich habe doch gar keine Erfahrung«, sagte Unna bestürzt. »Ich war gerade mal Komsomol-Sekretärin in der Schule.«

»Ist das etwa keine Erfahrung?« wandte Sergej Matwejewitsch ein. »Die Frage ist nur, wie man sich zu gesellschaftlichen Aufgaben verhält. Soweit wir feststellen konnten, haben Sie ausgezeichnete Beurteilungen. Wladimir Petrowitsch hat sich telefonisch beim Direktor der Schule in der Großen Siedlung erkundigt. Und dann: Sie haben doch gehört – wir helfen. Alle werden Ihnen helfen.«

»Jetzt stehen gewaltige Aufgaben vor unserem Land«, fuhr Wladimir Petrowitsch fort. »Ich hatte im Schacht keinen einzigen Vertreter der örtlichen Bevölkerung zur Seite. Weder beim Abbau noch beim Transport, noch oben. Nirgends. Da hat man ein Gefühl, als wäre man gar nicht auf Tschukotka, sondern weiß der Teufel wo.«

Wladimir Petrowitsch war untersetzt, stämmig. Das zeigte sich, als er aufstand und in seinem geräumigen Arbeitszimmer auf und ab ging. Er war bemüht, richtig zu sprechen, gebildet, aber hin und wieder schlichen sich doch ungehobelte Ausdrücke ein.

»Ich denke, es ist Zeit, daß wir von allgemeinen Reden

weg und zur Sache kommen … Der sowjetische Tschuktsche wie auch sein Bruder, der sowjetische Eskimo, müssen sich kühn moderne Berufe aneignen. Tschukotka soll doch nicht ewig ein Land von Rentierzüchtern und Meeresjägern bleiben. Wir müssen unsere eigene Arbeiterklasse schaffen, gebildet und frei von der Last der Vergangenheit, von Relikten der Urgesellschaft.«

Unna Owto verstand nicht, warum Alexander Wenediktowitsch die ganze Zeit über schwieg.

Es sprachen nur zwei – Sergej Matwejewitsch und Wladimir Petrowitsch.

»Wir bestehen nicht darauf, daß Sie uns heute schon antworten. Sie können bis Montag darüber nachdenken«, sagte Wladimir Petrowitsch. »Dann kommen Sie und sagen uns Bescheid. Wie Sie sich entscheiden, so soll es sein. Schließlich geht es um Ihre Zukunft.«

Das Arbeitszimmer des Ersten Sekretärs verließen sie zu zweit – Alexander Wenediktowitsch Komarowski und Unna.

Verwirrt und benommen fragte Unna leise: »Was soll ich nur tun?«

Alexander Wenediktowitsch schwieg. Er ging nicht zu seinem Arbeitszimmer hinauf, sondern begleitete das Mädchen zum Ausgang.

»Ich werde dir nichts raten. Das einzige, worum ich dich bitte – überleg es dir gut.«

»Vielleicht soll ich gleich ablehnen?« meinte Unna plötzlich. »Ehrlich gesagt, mir ist angst und bange.«

»Dazu hast du überhaupt keinen Grund.« Komarowski lächelte. »Zu befürchten hast du nichts. An dem, was sie dir angeboten haben, ist nichts Schreckliches. Mehr noch – ich selbst weiß keine bessere Kandidatur. Aber überleg es dir dennoch.«

Die Tage, die Unna Owto als Bedenkzeit verblieben, verbrachte sie größtenteils beim Fischfang mit Shenja Bugrow. Trotzdem hielt etwas sie zurück, und sie sagte ihm nichts über das Gespräch im Bezirkskomitee.

Aber alle diese Tage versuchte sie, während sie durch die Straßen ging, sich in ihre künftige leitende Tätigkeit hineinzudenken. Gegenüber dem neuen Warenhaus rissen sie das morsche Gebäude der alten Apotheke ab, und die Bauarbeiter hatten sorgsam einige Tundrasträucher, die sich da ausgebreitet hatten, mit einer Verschalung gesichert.

Das ist gut, überlegte Unna, überhaupt sollte man über die Begrünung der Bezirksstadt nachdenken ... Man könnte Tundraerde samt Gräsern und Blumen hierherbringen ... Da kommt ein schwarzer »Wolga« gefahren, und da werde vielleicht ich drin sitzen ... Morgens werde ich über die eisernen Stufen, die einer Schiffstreppe ähneln, zum Portal des Verwaltungsgebäudes hochsteigen, in mein eigenes Arbeitszimmer gehen ... Unterwegs grüßen mich ehrerbietig die Sekretärinnen ... Ich werde wichtige staatliche Angelegenheiten entscheiden ... Der Vater trägt den Schutzhelm eines Bergmanns ... Tschuktschen und Eskimos werden zu Bauleuten, Arbeitern, Goldwäschern ... Alle leben in großen Siedlungen, in schönen, geräumigen Wohnungen ...

Deputierte des Obersten Sowjets ... Nationalitätensowjet ... Das klingt nicht schlecht.

Am Montag, dem achten August, erklärte Unna Owto ihr Einverständnis, Sekretärin des Komsomol-Bezirkskomitees zu werden.

6

Drei Jahre waren seit jenem denkwürdigen Augustmorgen vergangen, an dem Unna Owto – wie ihr damals schien, fürs ganze Leben – ihre Wahl getroffen hatte. Noch deutete nichts darauf hin, daß sie einen Fehler gemacht, einen falschen Schritt, den sie bedauern müßte, getan haben könnte. Eher im Gegenteil – das Leben bestätigte ihr immer mehr, daß sie auf dem richtigen Weg war. Sie studierte schon im dritten Studienjahr an der Parteischule von Chabarowsk, hatte den Posten eines stellvertretenden Vorsitzenden des Bezirkskomitees inne und wohnte in einer wunderschönen Einzimmerwohnung mit allen Bequemlichkeiten und mit Blick auf den unübersehbaren Liman. Im Winter allerdings, wenn beim Schneesturm vom Oberlauf des großen tschuktschischen Flusses eisiger Wind über das Haus herfiel, drang Kälte in die Räume, und doch nicht so spürbar wie in andere, tiefer oder höher gelegene Wohnungen, denn bereits im vergangenen Sommer hatte man die Heizkörper auf die ganze Wandbreite erweitert. Die Wärme war nun mehr als ausreichend, so daß Unna an anderen, normalen windstillen Frosttagen sogar das Klappfenster offen lassen konnte.

Das Essen nahm sie nun in einem besonderen Raum des Verwaltungsgebäudes ein, zu dem nur Auserwählte Zutritt hatten. Dort konnte man auch einkaufen, darunter Lebensmittel, die im gewöhnlichen Handel nicht zu bekommen waren. Außerdem rief Unna von Zeit zu Zeit, wenn sie ihre Garderobe erneuern mußte, die Leiterin der städtischen Handelsabteilung an, bestellte einen Wagen und fuhr ins Lager. Unna hatte die für den Handel zuständige Mitarbeiterin des Magadaner Bezirksparteikomitees kennengelernt, eine üppige, grellblond gefärbte Dame, und die besorgte ihr ein japanisches Tonbandgerät. Für den Kauf hatte sie den Vater um Geld bitten müssen. Der Vater war zwar schon in Rente gegangen, arbeitete aber noch als Hirte, verdiente gut und konnte mit seinem Verdienst ohnehin nichts anfangen. Die seltenen Besucher, die zu Unna kamen, bewunderten die Behaglichkeit und die geschmackvolle Ausstattung der Wohnung.

Teppiche lagen nur auf dem Boden, den sie ganz bedeckten. An den Wänden aber standen fast volle Bücherregale. Unter den Bildern waren zwei tschuktschische Landschaften, die ihr ein Maler aus einer Beinschnitzerei in Uëlen geschenkt, und ein Farbporträt von ihr selbst, das ein Korrespondent der Zeitschrift »Die Sowjetfrau« bei einem Besuch in der Tundra gemacht hatte – mit einer Jaranga und einem Hubschrauber im Hintergrund.

Unna sammelte vor allem Tonbandaufzeichnungen klassischer Musik. Davon gab es nicht sehr viele. Unter den Musikliebhabern der Bezirksstadt war der Litauer Palauskas, ein Fleischhauer der städtischen Feinkosthandlung Nr. 1, der sogar Mitschnitte des derzeit streng verbotenen Rostropowitsch besaß. Als der Fleischer dies Unna verstohlen mitteilte, zuckte sie mit keiner Wimper, als hätte sie diesen Namen noch nie gehört, ließ aber zu, daß er für sie einige Konzerte überspielte. Der Litauer besaß nicht nur eine für diese Breiten seltene Kollektion klassischer Musik, sondern verfügte auch über ein Gerät derselben hohen Qualität wie Unna. Er überspielte für sie auch Werke von Händel, Bach und Tschaikowski, Choräle, Messen, Passacaglien und Requiems.

Manchmal nach der Arbeit, wenn sie abends keine Verpflichtungen hatte, zog Unna sich in ihre Wohnung zurück, schaltete das Licht, das Telefon und den Fernseher ab, zog die dichten Fenstervorhänge auf, um die weite Tundra jenseits des Limans und den langen Sonnenuntergang zu sehen, und hörte Musik. Das waren ihre schönsten, glücklichsten Stunden, von denen sie niemandem erzählte. Die gehörten ihr allein.

Unterbrochen wurde das ruhige Leben durch häufige Fahrten nach Magadan, zu verschiedenen Konferenzen, und Unna hatte dort sogar an einem recht komfortablen Zimmer im ersten Stock eines kleinen Hotels Gefallen gefunden, das noch aus den Zeiten des Dalstroi stammte – der zu trauriger Berühmtheit gelangten Hauptverwaltung für das Bauwesen im Hohen Norden. Die Hoteladministration kannte ihren Geschmack, sie mußte nur ein, zwei Tage vorher anrufen oder ein Telegramm schicken. Auf dem Flugplatz wartete immer schon ein Wagen aus dem Fuhrpark des Exekutivkomitees mit einem bekannten Chauffeur, der zuvorkommend ihren leichten Koffer ergriff, ihn behutsam im Gepäckraum verstaute und die Besucherin auf dem vorderen Sitz neben sich Platz nehmen ließ.

Der Weg war ihr bis in alle Einzelheiten vertraut, sie kannte jede Kurve, jede Bergkuppe, jeden kleinen Fluß und jede Brücke. Sie konnte dösen oder mit dem Fahrer belanglose Worte wechseln, sich auf das wohnliche Hotelzimmer freuen, aufs Telefonieren mit Bekannten und dann auf ein langes Abendessen mit ihren Magadaner Bekannten.

In die Hauptstadt der Kolymaer Metropole, wie die Stadt nach den Worten eines Liedes von trauriger Berühmtheit manchmal ironisch genannt wurde, war schon vor geraumer Zeit Alexander Wenediktowitsch Komarowski gezogen. Doch mit ihm traf sich Unna fast nie, abgesehen von den unumgänglichen Kontakten bei Konferenzen, Sitzungen und Plenen. Komarowski arbeitete im

Gebietskomitee der Gewerkschaften, in das viele Kader hinüberwechselten, die aus diesen oder jenen Gründen mit der Arbeit auf verantwortlichen Posten nicht klargekommen waren oder dem launischen und schroffen Ersten Sekretär, einem ehemaligen Bergbauingenieur und großen Freund eines fröhlichen Lebens, nicht paßten. Unna war schon einige Male in seine sorgfältig ausgesuchten Gesellschaften geraten, aber gefallen hatte es ihr da nicht.

Den Grund für Komarowskis überraschende Versetzung in die Gewerkschaft kannte Unna gut. Ihr alter Bekannter gehörte zu denen, die man »tschuktschische Nationalisten« nannte, obwohl es Tschuktschen unter ihnen eigentlich nicht gab. Sie kritisierten die Umsiedlung und Vernichtung sogenannter perspektivloser Dörfer und befürworteten die Erhaltung der tschuktschischen Sprache, der Kultur und der alten Lebensweise. Zu dieser Gruppe gehörte Doktor Wolfson, der schreckliche Zahlen über die Sterblichkeit der örtlichen Bevölkerung gesammelt und sie auf schlechte soziale Bedingungen und die Trunksucht zurückgeführt hatte. Zum »Nationalisten« war auch der Ethnograph und Schriftsteller Wladilen Leontjew erklärt worden. Unna hatte ihn kennengelernt, als er vom Institut komplexer Forschungen in die Bezirksstadt gekommen war. Leontjew sprach ausgezeichnet Tschuktschisch und übersetzte, wie es hieß, sogar Majakowski. Er bereiste die fernsten Tschuktschen- und Eskimodörfer, registrierte verschiedene Schattenseiten und negative Erscheinungen des Lebens und verallgemeinerte das alles in Berichten. Unna bekam einige davon zu lesen, und sie las voll Bitternis und sogar Scham, wie die Sprache und Kultur dieser Völker zugrunde gingen, wie verächtlich sich Zugereiste der örtlichen Bevölkerung gegenüber verhielten, die sie oft auch noch ausplünderten und mit Alkohol betäubten. Die Wirtschaft verfiele – die

Rentierzucht werde zurückgedrängt, die Jagd auf Meerestiere geriete in Vergessenheit ... Die Menschen blieben ohne Arbeit, würden sich dem Trunk und dem Müßiggang ergeben, und, was am schlimmsten sei, sie entledigten sich der Sorge um ihre Nachkommen. Einmal sagte eine der verantwortlichen Damen unverhohlen zu Unna: »Dieser Nationalist wird es noch so weit bringen, daß man ihn abholt.« Sie meinte damit die Behörde, in der Unnas Landsmann Artur Michnenko Karriere gemacht hatte; er war bereits im militärischen Rang eines KGB-Majors.

Unna hatte jedoch sehr wohl begriffen, daß die unschönen Seiten der Wirklichkeit und das, was die Obrigkeit zu sehen und wissen wünschte, zwei ganz verschiedene Dinge waren. Aber es gab ja auch genügend positives Material. Stimmte es denn nicht, daß die gesamte örtliche Bevölkerung von Tschukotka nun lesen und schreiben konnte? War es früher nicht ganz anders gewesen? Sie hatten doch noch nicht mal eine eigene Schrift gehabt! Der Prozentsatz von Leuten mit Hochschulbildung war sogar höher als in manchem hochentwickelten Land. Und er wäre noch größer, kämen nicht aus Universitäten und Instituten Studenten vorzeitig zurück, die ihr Studium abgebrochen hatten.

Na ja, die Mädchen konnte man ja noch verstehen: eine unglückliche Liebe, Schwangerschaft ... Aber die jungen Männer? Neulich war Awgust Shirindan nach nur drei Jahren Universität nach Whän zurückgekommen. Man hatte ihn wegen Trunksucht und mangelhaften Leistungen exmatrikuliert. So ein begabter Junge – und dann mangelhafte Leistungen!

Unna traf ihn in Whän auf der Straße. Awgust sah niedergeschlagen aus, wie ein herrenloser Hund. Ja, er habe getrunken, bekannte er, habe die Vorlesungen geschwänzt. Der Grund? Einen besonderen Grund gebe es nicht, mal abgesehen davon, daß er großes Heimweh hatte … Was er nun tun wolle? Das wisse er nicht.

Unna verschaffte ihm Arbeit in der tschuktschischen Redaktion der Bezirkszeitung.

Awgust brachte seine Sachen in Ordnung, kleidete sich neu ein und schien sogar vom Trinken ein wenig abgekommen zu sein. Unna hörte oft seine Stimme, wenn sie morgens bei der Arbeit den örtlichen Sender einschaltete, und bedauerte ein wenig, daß sie außer einigen Worten fast nichts von ihrer Muttersprache verstand.

Das aber war jetzt nicht erforderlich. Es war klar, daß die Sprachen kleiner Völker nicht mehr sehr lange leben würden. Das jedenfalls hatte der Lektor vom Zentralkomitee gesagt, der im vorvorigen Winter zu ihnen gekommen war. In Magadan erschienen allerdings noch Bücher in Tschuktschen- und Eskimosprache und sogar so etwas wie eine Zeitschrift, »Der Magadaner Rentierzüchter«. Im Bezirk wurde eine in diese Sprachen übersetzte Zeitung herausgegeben, die niemand las, weil alle die Materialien schon in Russisch hatten lesen können. Das Radio aber war etwas anderes. Radio hörte man immer, sogar in den entlegensten Gebieten der Tundra, vor allem die »Stimme Amerikas«, die überall sehr gut zu verstehen war.

In Magadan traf sich Unna meistens mit Ljubow Nikolajewna, die im Gebietskomitee für den Handel zuständig war. Sie aßen abends im Hotelzimmer, um nicht die Aufmerksamkeit von Außenstehenden zu erregen. Die Kellnerinnen wußten, wen sie bedienten, und sie wußten, was sie zu bringen hatten. Manchmal nahmen an ihrem abendlichen Mahl auch die Sekretäre entfernter Kreiskomitees teil, aufgehende Sterne am Administrationshorizont. Unna trank fast nichts, denn sie hatte bemerkt, daß sie dann am nächsten Morgen schwere, gerötete Augen hatte und ihre

Haut eine erdfarbene Schattierung annahm. Ihr genügten zwei, drei Gläser Champagner oder ein Gläschen Kognak.

Von Ljubow Nikolajewna konnte man das nicht sagen. Ihr massiger Körper vertrug unwahrscheinliche Mengen eines Gemischs aus Kognak und Champagner, genannt Cocktail »Nordlicht«.

Hatte sich Ljubow Nikolajewna erst aufgewärmt, setzte sie sich ans Telefon und rief befreundete Männer an. Sie war liebestoll und hatte eine Schwäche für Militärangehörige und Seeleute. Das Einlaufen eines bekannten Schiffes mit einem bekannten Kapitän war für sie ein Feiertag. Dann riefen sie beim Fahrdienst des Bezirkskomitees an, bestellten einen Wagen und fuhren zum Hafen.

So trostlos der Abhang war, den der Wagen zunächst passieren mußte – vollgebaut mit elenden Hütten und Baracken, unter denen unversehens, ukrainischen Häuschen gleich, sauber geweißte Katen oder mit Schnitzwerk verzierte Hütten ins Auge fielen –, so erfreulich war die Sicht, die sich ihnen dann plötzlich auf die Bucht mit der Farbenvielfalt von Schiffen und Kränen bot, die von felsigen Steilufern umrahmt war. Der vorher informierte Pförtner öffnete das große Tor, und das Auto fuhr in den Hafen zu der hell erleuchteten Schiffstreppe, an der bereits der Kapitän in Uniform stand.

Zuerst ging es in die Sauna, manchmal sogar ins Schwimmbad, wenn es ein Eisbrecher finnischer Bauart war, dann folgten Abendessen, Musik …

Gewöhnlich fuhr Unna allein zurück, trotz allen Zuredens, aller Ermahnungen und allen Drängens der jungen, selbstsicheren Seeleute.

Am nächsten Morgen, schon im Hotel, fragte Ljubow Nikolajewna beim aufmunternden Kaffee jedesmal verwundert: »Was bist du nur für ein Mädchen? Ich kenne so viele hübsche junge Dinger von hier, die das nicht so verbissen sehen.«

Unna wußte das. Manchmal war sie selbst drauf und dran, sich dem Erstbesten hinzugeben, aber etwas hielt sie zurück. Sie wußte, was es war. Sie spürte, das war das einzig wirklich Reine, was ihr noch geblieben war, das einzige. Sie begriff, daß ihre Sternstunde noch nicht gekommen, aber nahe war. Mit einer Art siebentem Sinn erfaßte sie bereits ihr nahendes Licht, erriet jedoch, daß eine einzige unvorsichtige Bewegung, eine unüberlegte Handlung genüge – und alles könnte verschwinden wie ein Trugbild in der Tundra. Einstweilen aber mußte sie gute Taten vollbringen, die die Menschen bemerkten. Das war übrigens einer der klugen Ratschläge von Ljubow Nikolajewna.

Unna Owtos neuer Posten erforderte häufige Fahrten durch den Bezirk. Manchmal geriet sie in die Gefolgschaft des Ersten Sekretärs, in sein Flugzeug. Das war eine Jak-40. Im Salon hatte man für sie einige Sitzreihen entfernt, da wurde der Mittagstisch gedeckt. Afanassi Sergejewitsch verfügte über eine unerschütterliche Gesundheit, und sogar der Chef des Bezirkskomitees für Staatssicherheit, Kolomijzew, ein ehemaliger Boxer, konnte mit ihm nicht mithalten. Doch die Reisen mit dem Ersten bargen auch Gefahren: Er liebte weibliche Gesellschaft und wurde um so zärtlicher, je weiter er sich von seiner eifersüchtigen Ehefrau entfernte. Am meisten litten unter ihm die schutzlosen Stewardessen. Unna aber wußte sich zu widersetzen, und nachdem Afanassi Sergejewitsch einmal schon eine entschiedene Abfuhr erhalten hatte, versuchte er nicht wieder, mit ihr anzubändeln, lud sie aber ohne besondere Notwendigkeit auch nicht mehr ein, an seinen Flügen teilzunehmen.

Unna konnte sich schon nicht mehr vorstellen, daß an

der Gangway kein Chauffeur auf sie wartete. Sie kam langsam die Stufen herunter, bedeutsam und selbstbewußt, und registrierte die auf sie gerichteten neugierigen, ehrerbietigen, neidischen, bisweilen aber auch einfach zornigen Blicke – schließlich gab es verschiedene Menschen. Meistens nahm sie im Wagen einen Bekannten oder eine kinderreiche Frau mit. Das machte einen guten Eindruck – dann veränderten sich die Augen der Menschen.

Gutes zu tun von der Höhe ihrer Position herab war wohl eine ihrer angenehmsten Handlungen. Einen Menschen, der durch bürokratische Winkelzüge und bedeutungsvolle Albernheiten in ein eingeschüchtertes, gehetztes Wesen mit erloschenen Augen verwandelt worden war, zu beglücken, ihm Würde und Stolz wiederzugeben, war ein wunderschönes Gefühl. Zumeist betraf das ihre Landsleute, Menschen, die mit Ränken und Kniffen wenig Erfahrung hatten und sich in den einfachsten Gesetzen nicht auskannten.

7

In die Bezirksstadt kam das Moskauer Fernsehen, um den gewöhnlichen Arbeitstag eines leitenden Funktionärs im Autonomen Bezirk der Tschuktschen aufzuzeichnen, der in etwas Bedeutsamem gipfeln mußte, beispielsweise darin, daß jemandem eine neue Wohnung zugewiesen wurde. Zur vorgesehenen Aufnahmezeit drängten sich in Unnas Vorzimmer viele Menschen und lärmten. Vor allem Mitglieder der Moskauer Aufnahmegruppe mit ihren Kabeln, Mikrophonen und Scheinwerfern, aber auch viele Neugierige. Unter ihnen stach durch seine Kleidung, völlig verwirrt, der Solist des Tschuktschen- und Eskimo-Ensembles

»Ergyron«, Spartak Lilit, hervor. Er wandte sich bald an den, bald an jenen und versuchte ständig herauszufinden, was denn eigentlich vor sich gehe, ob man wirklich seine Wohnbedingungen verbessern würde, oder ob das alles nur ein künstlerischer Auftritt sei ... Zunächst war Spartak in seinem gewöhnlichen Anzug erschienen, nicht im Kostüm, aber Marina Makarowna hatte ihn nach einer kritischen Musterung wieder nach Hause geschickt und ihm aufgetragen, die Nationaltracht anzuziehen. Außer seinem Kostüm für die Auftritte im Ensemble besaß der Solist des »Ergyron« keine Nationaltracht. Als er sich schüchtern erkundigte, ob er für alle Fälle auch die Trommel mitbringen solle, erhielt er keine vernünftige Auskunft, also brachte er das alte Instrument mit, das er fürsorglich in khakifarbenen Stoff gewickelt hatte. Er versuchte, zu Unna Owto vorzudringen, aber die war in ihrem Arbeitszimmer unerreichbar. Nur Marina Makarowna und die Moskauer Fernsehleute hatten Zutritt.

Schließlich kam doch eine gewisse Ordnung in das Durcheinander: Die Scheinwerfer wurden eingeschaltet, die Beleuchtung reguliert, und die Proben begannen. Spartak wurde ins Arbeitszimmer gerufen.

Unna Owto saß an ihrem großen Schreibtisch, aufgeputzt, gut geschminkt und mit Lidschatten, was seit neuestem als Verschönerung von Frauenaugen galt.

Sie stand auf und begrüßte den Besucher freundlich: »Sei gegrüßt, Spartak.«

»Guten Tag, Unna Owtowna.«

Spartak, im Grunde erfahren und auch mit Fernsehauftritten vertraut, unterdrückte sein schmeichlerisches und schuldbewußtes Lächeln, setzte sich in einen Sessel und wollte schon den Mund auftun, um seine Bitte um besseren Wohnraum vorzutragen, als er plötzlich vernahm:

»Geehrter Genosse Lilit! Das Exekutivkomitee hat über Ihre Eingabe beraten. Ihnen wird eine Dreizimmerwohnung im neuen Haus auf der Vitus-Bering-Straße zugewiesen. Hier ist die Einweisung.«

Zuerst war Spartak wie vor den Kopf geschlagen. Er geriet völlig durcheinander. Die Zuweisung einer solchen Wohnung hätte er nie und nimmer erwartet. In seinem Gesuch hatte er geschrieben, daß er mit einer Zweizimmerwohnung einverstanden sei, sogar in einem Altbau.

Doch die Kamera surrte, über seinem Kopf hing an einer langen Stange ein Mikrophon, hier mußte er bei allem, was vor sich ging, mitspielen und die Klärung von Einzelheiten auf später verschieben.

»Vielen Dank!« rief Spartak gefühlvoll wie ein echter Schauspieler. Doch er schaute aufmerksam auf den Einweisungsschein, auf dem nichts unecht schien: Sein Familienname, die Gesamtfläche – 53 Quadratmeter – und die Personenzahl – alles stand da, wie es sich gehört. Doch diese Inszenierung …

»Setz dich, Spartak«, sagte Unna Owtowna freundlich und drehte sich zur Kamera. »Spartak Lilits Vorfahren, Eskimos und Meeresjäger, haben Jahrhunderte in einer schmutzigen, verräucherten Jaranga gehaust, die aus Steinen und Tierhäuten errichtet wurde. Als Beleuchtung dienten Tranlämpchen. Heute kommt die Elektrizität bis in die fernsten Siedlungen und Niederlassungen des Autonomen Bezirks der Tschuktschen, und Iljitschs Lampe leuchtet uns allen auf dem Weg in eine lichte Zukunft, zum Kommunismus …«

»Stop!« schrie der Regisseur. »Das Band ist zu Ende.«

»Geh einstweilen raus«, sagte Marina Makarowna zu Spartak. »Warte im Vorzimmer.«

Spartak ging hinaus.

»Ausgezeichnet!« sagte der Moskauer. »Das wird eine gelungene Szene. Vom Standpunkt der Gegenpropaganda kann man sich nichts Besseres einfallen lassen.«

»Nehmen wir die Szene noch einmal auf?« fragte er den Kameramann.

»Ja, damit wir ganz sichergehen.«

Wieder riefen sie Spartak ins Arbeitszimmer. Marina Makarowna betrachtete ihn und reichte ihm ihr Taschentuch, damit er sich den Schweiß abwischen konnte, der unter seinen harten, kurz geschorenen Haaren hervortrat.

Die zweite Aufnahme geriet fast noch überzeugender als die erste. Spartak beschloß: Auch wenn das alles vielleicht nur einer Aufnahme gedient hatte – eine Zweizimmerwohnung mußte er als überzeugendes Beispiel für die Verbesserung der Wohnverhältnisse der einstigen Bewohner verräucherter und schmutziger Jarangas für sich herausschlagen.

Nachdem also die Szene das zweite Mal aufgenommen worden war, verließ Spartak nicht sofort den Raum. Er hörte sich die Glückwünsche des Moskauer Regisseurs, des Kameramanns und Marina Makarownas an, auch Unna Owtos herablassendes Lob, trat zum Tisch, reichte den Einweisungsschein hin und erkundigte sich zaghaft: »Was mache ich nun damit?«

»Was soll das heißen?« Unna begriff nicht.

»Wo muß ich ihn abgeben?«

»Geh in die Hausverwaltung, dort bekommst du den Schlüssel!« sagte Unna.

»Dann ist alles Wirklichkeit?« fragte Spartak stotternd.

»Hast du etwa gedacht, wir machen dem Moskauer Fernsehen was vor?« fragte Marina Makarowna vorwurfsvoll. »Das wird doch im ganzen Land gesendet!«

»Unser Fernsehen, besonders unser Programm ›Wremja‹,

verfolgt sogar der Generalsekretär, Leonid Iljitsch«, ergänzte der Moskauer.

»Da siehst du – und du zweifelst!« Marina Makarowna lächelte ironisch.

Nun endlich wurde Spartak Lilit klar, daß alles nicht nur eine Aufnahme gewesen war, sondern er tatsächlich eine Dreizimmerwohnung aus den gütigen Händen von Unna Owtowna Owto erhalten hatte. »Ich weiß einfach nicht, was ich sagen soll«, murmelte er, »kann es noch gar nicht fassen ... Ich bin ja so dankbar, so dankbar ...« Die letzten Worte sprach er mit zitternder Stimme, dann lief er aus dem Arbeitszimmer.

»Er kann sicherlich noch immer nicht recht glauben, daß er eine Wohnung erhalten hat«, sagte Unna lächelnd.

Eine Woche war vergangen, und Unna, die Marina Makarowna auf die bevorstehende Sendung aufmerksam gemacht hatte, war eigens rechtzeitig nach Hause gekommen. Sie schaltete den Fernseher ein, deckte den kleinen Zeitschriftentisch, kochte einen starken Tee, schnitt eine Zitrone auf und legte sich auf ihre breite Liege.

Endlich erschien der Vorspann, ertönte die bekannte Musik, und es begann die Reportagen-Reihe »Wremja«. Die ersten Bilder waren dem Erscheinen der Bücher »Wiedergeburt«, »Das kleine Land« und »Neuland« von Leonid Breshnew im englischen Verlag »Pergamon-Press« gewidmet. Der Nachrichtensprecher berichtete von dem grandiosen Erfolg dieses bedeutsamen Werks beim englischsprachigen Leser. Unna entsann sich, wie sie eine tschuktschische Ausgabe von »Das kleine Land« in einer Rentierzüchtersiedlung gesehen hatte. Dort hatte dieses Buch einem Petroleumkocher als Unterlage gedient. Damals hatte sie dem Sowchosdirektor und dem örtlichen Sekretär für Ideologie wegen solch achtlosen Umgangs mit der bedeutsamen literarischen Arbeit des Generalsekretärs einen strengen Verweis erteilt. Mit einem etwas unangenehmen Gefühl erinnerte sie sich an den Bericht des örtlichen KGB-Chefs über Stimmungen unter der dortigen Intelligenz. Wie sich herausstellte, war sie von »nationalistischen Emotionen« angesteckt, dort fiel auch der Name Awgust Shirindan ... Dann zeigten sie den Empfang von Indira Gandhi bei Breshnew. Der Sprecher informierte über eine Baumwoll-Rekordernte in Usbekistan, über den Beginn des Baus einer gigantischen Traktorenfabrik irgendwo in Sibirien. Doch sie überhörte, an welchem Ort das war, denn Unnas Aufmerksamkeit galt etwas anderem.

»Die Beschlüsse des Fünfundzwanzigsten Parteitags über den steilen Aufschwung des Wohlstands des Sowjetvolkes dringen in die fernsten Winkel unseres Landes und zeitigen Früchte sogar dort, wo den größten Teil des Jahres Kälte und Polarnacht herrschen ...«, begann der Sprecher, und Unna Owtowna erblickte das Panorama der Stadt, das vom Liman aus aufgenommen wurde. Auf dem Bildschirm wirkte die Stadt beeindruckend: Die Kamera verdrängte, ja überging mit dem Objektiv die Bruchbuden und Katen am unteren Ufer, die ins Eis eingefrorenen, zur Seite geneigten verrosteten Barken, Schleppkähne und Kutter, die Pfützen von verschüttetem Dieselöl, die leeren Fässer und den Müll, der dem vom Flugplatz Kommenden auf der vereisten Straße als erstes ins Auge fiel.

Auf dem Bildschirm aber wechselten die vorteilhaftesten Panoramen der Stadt. Da war die Kreuzung, an der das große Hotelgebäude stand. Die »Hausgeräte-Reparatur«. Der bergauf führende Prospekt mit den fünfstöckigen Häusern zu beiden Seiten, das Denkmal für das erste Revolutionskomitee, das die Uferstraße gewissermaßen krönte. Hinter einer Brüstung eröffnete sich der Blick auf die ferne

Küste des Limans. In den Strahlen der untergehenden Wintersonne wirkten die Gestalten der Männer vom Revolutionskomitee riesig. Sie schienen sich über die Stadt zu erheben, obwohl sie in Wirklichkeit nur etwas größer waren als durchschnittliche Leute und unvoreingenommen betrachtet von fern wie eine Gruppe gewöhnlicher Menschen aussahen, die aus dem Büffet des Kulturhauses herausgekommen waren, um ein wenig an der frischen Luft zu promenieren. Auf dem Bildschirm erschien das Gebäude, in dem das Bezirkskomitee von Partei und Administration untergebracht war. Es sah so beeindruckend aus, daß Unna Owto es zuerst gar nicht erkannte.

»Mit jedem Jahr werden die Dörfer und Städte von Tschukotka schöner, werden neue Häuser gebaut«, fuhr der Sprecher in munterem Ton fort. »Hier sehen Sie jetzt die Stadt Whän – die Hauptstadt des tschuktschischen, des fernsten nationalen Bezirks in unserem Land. Immer mehr Rentierzüchter werden seßhaft, trennen sich nicht nur für immer von den alten Jarangas, sondern erlernen auch neue Berufe. Unter der örtlichen Bevölkerung gibt es einen hohen Prozentsatz von Lehrern, Ärzten und medizinischem Personal, Journalisten, Ingenieuren, Bauleuten. Unübersehbar sind hier die Früchte verwirklichter Anweisungen des Generalsekretärs unserer Partei, des Vorsitzenden des Präsidiums des Obersten Sowjets, Leonid Iljitsch Breshnews. Ein leuchtendes Beispiel für die Sorge von Partei und Regierung, für ein neues Leben eines früher zum Aussterben verurteilten Volkes ist das Schicksal der einfachen Tschuktschin Unna Owtowna Owto, heute der stellvertretenden Vorsitzenden des Exekutivkomitees eines Bezirkssowjets. Unna Owto …«

Unna gab es einen leichten Stich ins Herz, als sie sich selbst auf dem Bildschirm sah. Gar nicht schlecht! Wirklich nicht schlecht! Da unterschreibt sie einige Papiere und telefoniert. In Großaufnahme zeigte man etliche Telefone auf einem Extratisch, ihr Gesicht …

Unna betrachtete sich aufmerksam, ärgerte sich ein wenig über den Kameramann, weil der häufig die Einstellung wechselte, von ihr weg schwenkte, sie ausblendete. Dabei wirkte sie auf dem Bildschirm überhaupt nicht gehemmt, sondern ganz natürlich, als merke sie gar nicht, daß die Kamera sie beobachtet.

Endlich kam die Hauptszene.

Auf dem Bildschirm erschien Spartak Lilit. Nun ja, seine Kleidung war für einen gewöhnlichen Besucher schon sehr exotisch. Für die Masse der sowjetischen Zuschauer mochte das ja noch hingehen, aber hier in Whän würden einige lachen und Kritik üben. Es würden sich auch welche finden, die das häßliche, wer weiß von wem erfundene Wort Mummenschanz wieder hervorkramten. Na und – was war schon Mummenschanz? Wir dürfen die Gegenpropaganda nicht vergessen, schließlich befindet sich hier, buchstäblich hinterm Liman, unser größter ideologischer Gegner – die Vereinigten Staaten von Amerika, wo unsere Eskimobrüder im Elend, im Alkoholismus dahinvegetieren und zugrunde gehen. Sie besitzen bestimmt kein solches Ensemble wie das »Ergyron« der Tschuktschen und Eskimos. Freilich gibt es in dem Ensemble kaum noch Tschuktschen oder Eskimos. Der neue künstlerische Leiter hat als Solisten Burjaten eingestellt. Aber wer kennt sich dort auf dem Festland schon darin aus!

Der Sprecher fuhr fort: »Gerade wurde in der jungen Stadt des Nordens wieder ein neues Haus fertiggestellt. Die Familie des Solisten vom Ensemble ›Ergyron‹, eines Preisträgers der Weltfestspiele der Jugend und Studenten in Moskau, des Genossen Spartak Lilit, erhält die Zuweisung für eine neue Wohnung, überreicht von der Tochter des tschuktschischen Volkes Unna Owtowna Owto!«

Als Großaufnahme – die Zuweisung. Man konnte sogar Siegel und Unterschrift erkennen.

Dann über den ganzen Bildschirm das glückliche und verwirrte Gesicht von Spartak. Deutlich waren die großen Schweißtropfen auf der Stirn und den Flügeln der breiten flachen Nase zu erkennen.

Alles war gut, abgesehen davon, daß Spartak allzu hastig, fast schon gierig, nach der Zuweisung griff und sein Gesicht unübersehbar seinen Wunsch verriet, möglichst schnell wegzulaufen und mit dem ersehnten Dokument zu verschwinden.

Die nächste Einstellung handelte schon von internationalen Ereignissen, von Vorgängen auf Kuba, von internationaler Hilfe für das Volk von Afghanistan.

Diese Bilder verfolgte Unna nur noch mit halber Aufmerksamkeit.

Da schrillte das Telefon. Alle gratulierten, sagten, wie schön und natürlich Unna auf dem Bildschirm ausgesehen habe. Kaum hatte sie den Hörer aufgelegt, da klingelte es wieder und wieder. Es kamen sogar drei Ferngespräche aus der Hauptstadt des Gebiets.

Unna dankte, und ihr Herz erstarb, als Afanassi Sergejewitsch aus Magadan nach den Glückwünschen beiläufig fallenließ: »Wir haben die Absicht, dich angesichts der Ergebnisse des Fünfjahresplans für eine staatliche Auszeichnung vorzuschlagen. Ich denke, du hast es verdient, zumindest den Orden ›Ehrenzeichen‹.«

In dieser Nacht wälzte sich Unna zum erstenmal in ihrem Leben lange schlaflos auf ihrer breiten Liege.

Sie träumte. Träumte, wie sie die breite Treppe zum weißen Steingebäude des Kremlpalastes hinaufschritt und bekannte, berühmte Menschen des Landes begrüßte – Gelehrte, Kosmonauten, Helden der sozialistischen Arbeit, namhafte Schauspieler und Schriftsteller …

Mit diesem Fernsehinterview hatte Unna ihre Autorität noch mehr gefestigt. Der Buchverlag des Gebietszentrums schickte einen Redakteur mit dem Vorschlag, ein Buch zu schreiben mit dem Titel »Die über die Tundra fliegt«.

Unna Owto äußerte immerhin Zweifel: Würde sie ein literarisches Werk schreiben können? Doch der Redakteur zwinkerte ihr verschwörerisch zu und sagte mit gedämpfter Stimme: »Denken Sie denn, Breshnew schreibt selber?«

Böse Gerüchte über die Werke des Generalsekretärs waren Unna schon früher zu Ohren gekommen, Awgust Shirindan hatte ihr sogar gesagt, für Leonid Iljitsch würde eine ganze Brigade von »Negern«, eigens herangezogenen Schriftstellern, arbeiten. Er war damals in irgendeiner Angelegenheit zu ihr gekommen, angetrunken, zerzaust und irgendwie schmuddelig und ungepflegt. Seine Offenbarungen anzuhören, war Unna so unangenehm gewesen, daß sie Awgust angeschrieen und ihn aus dem Haus gejagt hatte.

Im Verlag hatte man dennoch besprochen, daß Unna Owto den Text selbst schreiben solle, erst nach der Durchsicht in der Redaktion wollte man entscheiden, ob ein literarischer Beistand erforderlich war oder eine Korrektur ausreichen würde. Der Abgesandte des Verlages brachte sie dennoch dazu, den Vertrag zu unterschreiben, wobei er sich darauf berief, daß das Buch bereits im Plan stehe.

Nun mußte sie zumindest ihre Heimatorte besuchen, um sich die Kindheit und die Schuljahre in Erinnerung zu rufen.

Mit Unna flog eine ganze Gruppe Journalisten mit: aus

der russischen und der tschuktschischen Redaktion, vom Radio und vom Fernsehen, und irgendwie war in die Gruppe auch Awgust Shirindan geraten. Er fühlte sich offensichtlich schuldig und war bemüht, sich von ihr fernzuhalten.

Alle in der Redaktion meinten freilich, daß Awgust Shirindan der fähigste der örtlichen Journalisten sei. Über seine Artikel in russischer Sprache konnte Unna selber urteilen, weil sie sie aufmerksam las, doch die tschuktschischen Materialien blieben ihr verschlossen, sie hörte nur von allen Seiten, daß Awgust auch in seiner Muttersprache glänzend schrieb und seine Radiointerviews Erfolg hatten, man empfing sie in den fernsten Winkeln von Tschukotka.

Den Liman im Auto zu überqueren war bereits gefährlich geworden, also flogen sie mit einem Hubschrauber zum Flughafen.

Eine JAK-40 stand bereit, die Passagiere saßen auf ihren Plätzen, und für Unna und ihr Gefolge hatte die Stewardeß einige vordere Reihen reserviert.

Der Flugkapitän kam aus seiner Kabine, begrüßte Unna freundlich und fragte: »Können wir abfliegen?«

»Ja.« Unna nickte. Alles, was da vor sich ging und von ihrer Allmacht zeugte, von allgemeiner Achtung und Verehrung für sie, von Furcht vor ihr, ließ ihr Herz süß erschauern. Viele von denen, die im Flugzeug saßen, konnten immerhin die Arbeit, konnten ihren Posten verlieren, wenn sie es nur wollte. Nun ja, nicht alle, aber viele, vor allem diejenigen, die im Handel arbeiteten, denn gerade für diesen Bereich war sie zuständig.

Auf dieser Fluglinie war Bordverpflegung nicht vorgesehen, aber kaum hatte das Flugzeug seine Höhe erreicht, brachte die Stewardeß ein Glas Tee und Gebäck. Der Pilot lud Unna in seine Kabine ein. Für sie hatte man einen Sessel frei gemacht und etwas zurückgestellt, und zum erstenmal sah sie die Erde von einem Cockpit aus. Das war etwas ganz anderes als das seitliche Bullauge. Von hier aus bot sich ein hinreißendes Panorama, zumal es ein herrlicher Herbsttag war. Nachdem Unna die Landschaft lange genug genossen hatte, hörte sie sich wohlwollend die Erklärungen des Piloten an, welchem Zweck die wichtigsten Geräte dienten, darunter der kleine Monitor des Ortungsgeräts, das vor bläulichem Hintergrund die Umrisse der unten vorüberfliegenden Küsten wiedergab.

»Da, schauen Sie, Unna Owtowna.« Der Pilot zeigte nach rechts. »Sehen Sie dort den blauen Streifen? Das ist die St.-Lawrence-Insel, die den Vereinigten Staaten von Amerika gehört. Das ist natürlich nicht der Kosmos, aber schon von einem Düsenflugzeug aus wirkt die Erde nicht mehr so groß. Schließlich sind es von hier zu diesem amerikanischen Gebiet nur fünfzehn Minuten Flug.«

Unna kehrte erst kurz vor der Landung an ihren Platz zurück, als das Flugzeug nach einer Wende zum Meer flog, hinunterging und schließlich, die aufs Eis gekrochenen jungen Seehunde aufschreckend, die schmale, geröllbedeckte Landenge ansteuerte, hinter der, noch von einer weißen Decke überzogen, der Süßwassersee Estichet lag.

Die Motoren verstummten. In der eintretenden Stille sah Unna zum Bullauge hinaus, erblickte die vertrauten, noch von reinem Winterschnee bedeckten Bergkuppen, die das Rollfeld umgaben, und es überkam sie eine unbegreifliche Beklommenheit, die aber sofort verflog, als sie neben dem Flugzeug etliche Geländewagen entdeckte, den bekannten, unverwüstlichen Regenmantel des Sekretärs vom Exekutivkomitee Fedotkin und das schmale, ausgemergelte Gesicht von Lilija Fjodorowna Pokrowskaja, der Vorsitzenden. Wie sonst auch rauchte sie nervös. Diese beiden schienen mit ihren Posten für immer verwachsen zu sein, bis zum Rentenalter, wie damals üblich. Fedotkin war für seine Trunksucht bekannt, ihn konnte man oft genug angeheitert auf der einzigen Straße der Kreisstadt sehen, aber das wunderte schon niemanden mehr, und ihn selbst hinderte es nicht, öffentlich Genossen zu kritisieren, die den guten Ruf eines Kommunisten durch den unmäßigen Verbrauch alkoholischer Getränke untergruben.

Unna, die als erste das Flugzeug verließ, sank sofort in die Arme von Lilija Fjodorowna und spürte auf ihren Lippen einen festen, stark nach Tabak riechenden, fast männlichen Kuß.

Einige Stunden ging Unna durch ihren vertrauten Ort, erinnerte sich an die Kindheit, an die Schuljahre. Ihr war traurig und seltsam, geradezu rätselhaft zumute. Wer war sie jetzt? War sie mit ihrer Lage zufrieden? Vielleicht war ihr Platz in der Schule, am Lehrertisch? Und erstmals schoß ihr mit grausamer Klarheit der Gedanke durch den Kopf: Wenn sie morgen ihre hohe Stellung verlöre, ihren Posten, wo würde sie Arbeit finden? Leider befähigte sie die Ausbildung, für die sie an der Parteihochschule von Chabarowsk ein Diplom erhalten hatte, nicht, auch nur irgendeinen zivilen Beruf auszuüben.

Im Lärm des Hubschraubermotors verwirrten sich die Gedanken; nicht gerade fröhliche Erinnerungen an jenen langen Wintertag, als das kleine Mädchen über diesen Schnee in ihre heimatliche Nomadensiedlung gelaufen war.

Der Flieger war erfahren, er fand die Nomadensiedlung schnell: drei graue Jarangas inmitten von unübersehbarem weißem Schnee.

Wie immer kamen Menschen zum Landeplatz gerannt.

Unna erkannten sie sofort, sie umarmten sie und beschnupperten sie nach altem Brauch. Sie war ganz gerührt, und Tränen traten ihr in die Augen.

Wie sich herausstellte, war Awgust Shirindan hier sehr gut bekannt.

»Wir kennen dich!« schrieen ihm die Bewohner der Nomadensiedlung zu. »Wir hören dich jeden Tag! Gut sprichst du, verständlich! Dir sollte man mehr Zeit geben!«

Unter den Leuten, die zur Begrüßung gekommen waren, fehlte der Vater, und das gab Unna einen Stich ins Herz.

»Dein Vater ist krank«, teilte ihr Rachtylyn, der älteste Hirt, mit. »Er erwartet dich.«

Unna ging in die väterliche Jaranga.

Wie immer glomm linkerhand ein kleines Feuer. Auf dem Rentierschlitten stand ein altes, mit einem Riemen umwickeltes Transistorradio, und hinter dem mittleren Pfosten der alten Wohnstatt saß auf dem Kopfbalken ein ausgemergelter, fast fremder Mann, in dem Unna kaum ihren Vater erkannte.

Von einem neuen, überraschenden Gefühl ergriffen, stürzte Unna auf ihn zu, drückte sich fest an ihn und schluchzte wie ein kleines Mädchen.

Owto preßte die Tochter an sich, strich ihr über den Kopf und sagte leise: »Du nicht weinen … nicht weinen … Ich pißchen krank …«

Die Begleiter waren taktvoll draußen geblieben.

Nachdem Unna sich beruhigt hatte, kam sie aus der Jaranga.

»Der Vater muß sofort in ein Krankenhaus!« sagte sie.

In die Kreisstadt flogen sie zusammen.

Der Vater saß neben ihr, hielt die Hand der Tochter, streichelte sie und war allem Anschein nach unsagbar glücklich.

Nachdem sie den Vater im Krankenhaus untergebracht und mit dem Chefarzt Giljasow, der auch schon ewig auf diesem Posten in der Kreisstadt saß, gesprochen hatte, setzte Unna Owtowna Owto, die stellvertretende Vorsitzende des Exekutivkomitees, ihre Dienstreise durch den Bezirk fort.

8

Die beste Zeit in Whän war die zweite Augusthälfte, wenn es sogar hier, auf dem eisigen Plateau, das sich, allen Winden ausgesetzt, über den Stillen Ozean erhob, so warm wurde, daß die Menschen die Mäntel auszogen und in Jacketts und Strickjacken herumliefen, ja sich sogar Mutige fanden, die sich in das braune Wasser des fischreichen Flusses trauten.

Unna langweilte sich in ihrem Arbeitszimmer. Zu den offenen Fenstern drang das metallische Klirren vom Hafen herein, schrille Schreie von Hafenarbeitern, das Hupen von Autos. Irgendwo schlugen sie Pfähle für ein Fundament ein, und die Erde erbebte leicht im Takt der Schläge. Die Sonne war gen Süden gewandert, war über den blau am Horizont sich abzeichnenden St.-Dionysios-Berg gestiegen, und in den Arbeitszimmern der Zentralverwaltung wurde es kühler.

Alle, die nicht arbeiteten oder sich frei nehmen konnten, waren ans Ufer des Limans gelaufen – dort gab es jetzt riesige Schwärme von Fischen, und selbst die Ungeschicktesten konnten fangen, soviel sie wollten. Lagerfeuer brannten, man kochte Fischsuppe, in der Sonne blitzte frisch gesalzener Kaviar, überall klebten silbrige Fischschuppen.

Unna entdeckte sogar eine Schuppe an ihrem Schreibzeug. Offensichtlich stammte sie von der Putzfrau, die hatte wahrscheinlich die ganze Nacht Fische gefangen und sich nicht richtig gewaschen, bevor sie am Morgen zum Aufräumen kam.

Heute war nicht einmal die Sekretärin anwesend. Sie war in Urlaub geflogen, für den ganzen Sommer, und Ersatz hatten sie noch keinen gefunden.

Als Unna leises Klopfen an der Tür vernahm, freute sie sich auf einen unerwarteten Besucher und rief laut: »Herein!«

Ins Zimmer trat ein großer, hagerer Mann mit dichtem Kraushaar. Seine Kleidung fiel sofort ins Auge: Der schwarze Anzug, das schneeweiße Hemd und die Krawatte verliehen ihm eine gewisse Eleganz. Man merkte, daß dieser Mann immer so angezogen war. Ein erlesener Geschmack schien ihm eigen zu sein, gehörte zu ihm. Unna dachte sogar, er sei gerade erst angereist.

»Guten Tag, Unna Owtowna«, sagte der Besucher mit leichtem, höflichem Lächeln. »Jakow Lasarewitsch Worobjow, Direktor der Musikschule.«

»Nehmen Sie Platz, Jakow Lasarewitsch.« Endlich wußte Unna, wo sie diesen Mann früher schon einmal gesehen hatte: auf der Bühne, bei einem Konzert im Kulturhaus.

Jakow Lasarewitsch setzte sich in einen Sessel.

Sein Anliegen war das übliche. Der Direktor war gekommen, um Unterstützung für die räumliche Erweiterung der Musikschule zu erbitten.

»Wie wir arbeiten«, fuhr Jakow Lasarewitsch fort, »ist einfach unvorstellbar. Musikstunden erfordern schließlich Konzentration, Bedingungen, unter denen nichts von der hohen Kunst ablenkt. Im Winter war es so kalt, daß die Schüler an den Händen froren, sie konnten weder ein Instrument halten noch auch nur die Noten umblättern. Das ist doch schrecklich!«

Unna blickte auf seine Finger – lange, schlanke Finger, die sie ein wenig an die dünnen, spröden Zweige der Polarweide erinnerten, mit denen sie als Kind in der Tundra-Jaranga das Feuer unterhalten hatte.

»Sind Sie Geiger?«

Jakow Lasarewitsch sah Unna verwundert an und antwortete: »Ich spiele Cello.«

»Wie Rostropowitsch?« platzte Unna heraus.

»Sie haben Rostropowitsch gehört!« Jakow Lasarewitsch fuhr zusammen. »Da haben Sie aber Glück gehabt! Das ist ein großer Musiker!«

Unna biß sich auf die Zunge: Was hatte sie nur gesagt! Dieser Rostropowitsch, der vor einer Handvoll Zuhörer in der Bretterbude der Großen Siedlung gespielt hatte, war doch nach Amerika ausgewandert, und ihm war die sowjetische Staatsbürgerschaft aberkannt worden. Von Zeit zu Zeit beschimpfte man ihn und seine Frau, die Sängerin Galina Wischnewskaja, ehemals Deputierte des Moskauer Sowjets, in der zentralen Presse, in Radio und Fernsehen, als antisowjetische Renegaten.

»Er ist allerdings zum Nichtrückkehrer geworden!« sagte Unna streng und gab dem Gespräch einen sachlichen Ton.

Doch etwas hatte sich in Jakow Lasarewitschs Verhalten, in seiner Stimme verändert. Wärmer war sie geworden, ein unsichtbares Band hatte sich gebildet.

»Die Lage in der Schule ist einfach zum Verzweifeln«, fuhr er fort. »Verstehen Sie mich recht, Unna Owtowna, ich wäre nicht zu Ihnen gekommen und hätte die mir laut Vertrag verbliebene Frist ruhig zu Ende gearbeitet, wenn nicht die Kinder wären. Unter ihnen gibt es vielversprechende Talente. Wir haben da einen Jungen, eine Vollwaise, Semjon Noko. Geboren wurde er in der Tundra, dann ist er aus einem Internat ins andere gesteckt worden, aber wieviel Schönes hat er in sich bewahrt! Aus ihm wird ein echter Musiker! Oder Natascha Makali aus der Eskimosiedlung Uëlkal … Sascha Stepanow, der Sohn eines Arbeiters … Wenn wir auch nur diese drei nicht unter unsere Fittiche nehmen, begehen wir ein Verbrechen, vielleicht an der ganzen Menschheit.«

»Gut«, unterbrach Unna plötzlich. »Verabreden wir einen Tag, dann komme ich zu Ihnen in die Schule.«

»Wirklich?« rief Jakow Lasarewitsch überrascht. »Das wäre wunderbar! Jetzt sind unsere Zöglinge zwar in den Ferien, aber wir werden Ihnen alles zeigen.«

»Vor allem will ich mich selbst überzeugen, in welchem Zustand die Räumlichkeiten sind«, sagte Unna trocken, fast offiziell, und stand auf.

Jakow Lasarewitsch sprang auf, machte einen Schritt auf sie zu, ergriff ihre zum Abschied ausgestreckte Hand, und ehe Unna sich's versah, hatte er ihre Hand gehoben, sich leicht verbeugt und ihr den Handrücken geküßt, ihn mit trockenen, heißen Lippen berührt.

Noch nie hatte jemand Unna die Hand geküßt.

»Auf Wiedersehen! Wir erwarten Sie jederzeit!«

»Ich gebe Ihnen telefonisch Bescheid«, sagte Unna, die noch immer eine sonderbare Wärme von dem überraschenden Kuß auf ihrer Hand spürte.

Einige Tage darauf begab sich Unna, nachdem sie sich telefonisch angemeldet hatte, in die Musikschule. Vorher hatte sie sich aus der Kulturabteilung die Personalakte des Direktors bringen lassen, der sie entnahm, daß Jakow Lasarewitsch Worobjow die Cello-Klasse des Leningrader staatlichen Rimski-Korsakow-Konservatoriums absolviert hatte.

Am Vorabend hatte es geregnet, und seitlich der betonierten Straße liefen schwarze Rinnsale unter einem Kohlenhaufen hervor. Unna verwünschte sich, weil sie leichte

Schuhe angezogen hatte, versuchte dem Schmutz auszuweichen, auf die wenigen Bretter, Ziegel und Steine zu treten und trockene Flecken zu finden.

Die Musikschule lag abseits, dort, wo längst zum Abriß vorgesehene schiefe Baracken standen. Einige galten laut den Unterlagen bereits als abgerissen, aber darin lebten noch immer Menschen, in einigen waren sogar noch Büros und Institutionen untergebracht. Unna kannte sehr wohl die Macht von bürokratischen Zahlen, die Macht von »Kennziffern«, deretwegen auf dem Papier nicht nur ganze Quartale baufälliger Baracken abgerissen, sondern auch mehrstöckige Häuser, ganze Ortschaften errichtet wurden.

In der Ferne sah sie schon das Gebäude des künftigen Wärmekraftwerks, an dem bereits das zweite Jahrzehnt gebaut wurde. Am Fuß des Hügels standen ordentliche zweistöckige Holzhäuser für die Bauleute, genauer gesagt für die Bauleiter, mit geräumigen Wohnungen zweier Kategorien.

Die Tür der Musikschule erreichte man von dem Weg über einige in den schwarzen Brei geworfene Bretter, das Schulgebäude selbst war eine lange Baracke, wahrscheinlich eine ehemalige Kaserne. Der Dachfirst war an einigen Stellen eingesunken. Dafür wurde dicht neben der Baracke mit Hochdruck gearbeitet. Arbeiter kaukasischen Typs machten sich eifrig zu schaffen. Einer von ihnen, wahrscheinlich der Bauleiter, erkannte Unna, grüßte sie und sagte vorwurfsvoll: »Warum haben Sie keinen Wagen genommen, Unna Owtowna?«

»Ich dachte nicht, daß es hier so schmutzig ist.«

Der Bauleiter kam näher.

»Was bauen Sie hier eigentlich?« fragte Unna.

»Eine Bierhalle.«

»Eine Bierhalle?« fragte Unna zurück und entsann sich,

wie bei ihrer letzten Ankunft in Magadan der Vorsitzende des Exekutivkomitees darauf bestanden hatte, die Arbeiten gerade an diesem Bau möglichst schnell abzuschließen. Verwundert hatte Unna von ihm erfahren, daß kultivierter Bierkonsum einiges zum Kampf gegen den Alkoholismus beitrage.

»Hier arbeitet ein Bautrupp aus Jerewan«, teilte ihr der Bauleiter mit. »Ich denke, zum Jahrestag der Oktoberrevolution können wir die Bierhalle eröffnen.«

Endlich war Unna zum Eingang der Musikschule vorgedrungen, der unter dem Erdniveau lag. Offenbar sank das Gebäude langsam ins ewige Eis, wie das häufig mit alten Bauten in der Stadt geschah. Doch an der Tür, die erst kürzlich aus neuem, noch nicht nachgedunkeltem Sperrholz gezimmert worden war, prangte ein verglastes Schild: Kulturministerium der UdSSR, Kulturverwaltung des Magadaner Gebiets-Exekutivkomitees, Abteilung Kultur des tschuktschischen Bezirks-Exekutivkomitees, Musikschule Whän. Dann alles nochmal in tschuktschischer Sprache, die »Übersetzung« aber bestand nur darin, daß die Wortendungen verändert waren. Das alles wirkte nicht nur beeindruckend, sondern rief unwillkürlich Schmunzeln hervor.

Unna hatte die Klinke noch nicht berührt, da ging auch schon die Tür auf, und sie sah Jakow Lasarewitsch vor sich, in einem blendendweißen Hemd mit Fliege.

Als er ihre Verwunderung bemerkte, sagte er: »Zuerst wollen wir etwas für Sie spielen. Sie lieben doch klassische Musik.«

Ein schmaler Flur mit federndem Holzboden führte in ein geräumiges Zimmer mit einigen Reihen altersschwacher Stühle und einer kleinen Bühne, auf der schon zwei Frauen und ein Mann mit ihren Instrumenten vor Notenständern saßen. Alle waren festlich gekleidet wie für ein abendliches Konzert.

Im Saal saß ein einziger Zuhörer, der Fleischer Palauskas. Er erwiderte Unnas Gruß mit einem Nicken.

»Das ist wohl ein Konzert nur für uns?« fragte Unna, hinter einem Lächeln ihre Befangenheit verbergend.

»Wir haben beschlossen, statt Gesprächen über die Bedeutung der Musikschule einfach etwas zu spielen«, antwortete Jakow Lasarewitsch ernst. »Wir spielen etwas für Sie, und dann zeigen wir Ihnen, unter welchen Bedingungen die Musik in der Bezirksstadt existieren muß.«

Er ging leichtfüßig auf die Bühne, setzte sich auf einen Stuhl, an dem ein Instrument lehnte: sein Cello, das von fern unhandlich und schwer wirkte.

Die Musiker begannen auf ein Nicken von Jakow Lasarewitsch hin ohne Ansage zu spielen.

Es waren bekannte Melodien, die sie schon in der Klubbaracke der Großen Siedlung gehört hatte. Ein großer Schwarm wunderschöner Vögel schien plötzlich den engen Raum zwischen den Wänden der ehemaligen Kaserne zu erfüllen. Sie drängten ins Freie, an die frische Luft, in die Grenzenlosigkeit über dem Whäner Liman, um weit, weit weg zu fliegen, hinaus in die Weite des Stillen Ozeans, nach Alaska, an die Kalifornische Küste, dorthin, wo jetzt der bebrillte, dicklippige Zauberer lebte, der den Saiten seines zauberhaften Instruments zum erstenmal für Unna diese Töne entlockt hatte.

Aber woher wußte Jakow Lasarewitsch, was Mstislaw Rostropowitsch in der Großen Siedlung gespielt hatte?

Unna strengte ihr Gedächtnis an und suchte zu erraten: Beethoven, Tschaikowski, Mozart, Händel ...

Was ist das nur für ein Zauber, die Musik? Strenggenommen ist das doch einfach eine Erschütterung der Luft.

Verschiedene Schwankungsfrequenzen einer Gashülle, die den Menschen umgibt; und der Mensch selbst, wenn man ihn chemisch analysiert, besteht zum Großteil aus Flüssigkeit und einer äußerst bescheidenen Menge fester Materie. Aber die Musik wie auch der Mensch gewinnen von irgendwoher eine neue Qualität, eine neue Kraft, die aus den Schwankungsfrequenzen der Gashülle zauberhafte Musik schafft und aus einer bestimmten, von der Natur genau abgemessenen Menge Flüssigkeit und fester Materie einen lebenden Menschen, in dem die Musik Gefühle und Gedanken weckt.

Ob wohl der Fleischer Palauskas genauso empfand, der so in sich versunken war, als habe er sich im eigenen großen Körper aufgelöst, in diesem engen Zimmer mit der niedrigen Decke, aus dem die Zaubervögel der Musik in die Freiheit auszubrechen suchten, der gar nicht vorhanden zu sein schien, wenn man nicht gerade zu ihm hinsah.

Endlich waren die letzten Töne verklungen. Stille trat ein, in die allmählich Laute von außen drangen – das ferne Getöse einer Pfahlramme, die Erschütterung des Bodens im Takt der Stöße, das Dröhnen der vorüberfahrenden Autos und gedämpft, unverständlich, sogar die lauten Zurufe der Arbeiter.

Eine Weile noch saß Unna reglos da, dann wurde ihr bewußt, daß sie sich bei den Musikern bedanken mußte.

»Danke, vielen Dank!« sagte sie bewegt.

»Vielen Dank!« sagte Palauskas dumpf, trat zur Bühne, drückte allen gefühlvoll die Hand, nickte noch einmal zum Abschied und ging dann, ohne sich umzusehen, aus dem Raum.

Die Musiker packten ihre Instrumente weg, und Jakow Lasarewitsch kam, um Unna die Räumlichkeiten der Schule zu zeigen.

Die waren so ärmlich wie viele in der Stadt. Hin und wieder mußte Jakow Lasarewitsch seine Begleiterin unterfassen und warnen: »Vorsicht … Gehen Sie lieber hier … Bücken Sie sich …«

Die Zimmer waren winzig, durch Trennwände aus dünnem Sperrholz oder Hartfaserplatten aus einem ursprünglich einzigen großen Saal hergestellt.

»Wie können Sie hier arbeiten?« fragte Unna verwundert, als sie in das große Zimmer mit der Bühne zurückgekommen waren.

»So arbeiten wir eben«, sagte Jakow Lasarewitsch traurig, »und wir bitten Sie dringend, uns zu helfen.«

»Ich weiß nicht, was ich machen kann«, sagte Unna Owtowna aufrichtig bewegt, »aber was in meiner Macht steht, will ich tun.«

Jakow Lasarewitsch begleitete Unna Owtowna hinaus.

Auf der benachbarten Baustelle wurde mit Hochdruck gearbeitet. Der Bauleiter zog die Mütze.

»Für so einen Bau finden sich Geld und Material«, sagte Jakow Lasarewitsch voll traurigem Neid.

»Jaaa«, meinte Unna. »Dafür gibt es Geld und Material. Wissen Sie, Jakow Lasarewitsch, Sie haben doch sicherlich schon bemerkt, daß es bei uns mit der Trunksucht eine Katastrophe ist. Besonders unter der ortsansässigen Bevölkerung. Wir versuchen dem entgegenzusteuern, es gibt Maßnahmen – alles ergebnislos. Jetzt werden zwei Wege beschritten. Der eine besteht in der beschleunigten Entwicklung von Bierbrauereien und der Eröffnung von Bierhallen in großen Ortschaften – zunächst im Bezirkszentrum und in den Kreisstädten. Und im Nördlichen Ewenken-Kreis wird jetzt ein neues Getränk erprobt. Ich weiß nicht, wer das erfunden hat. Spezialisten behaupten, nach seinem Genuß gebe es kein Rauschsyndrom mehr.«

»Soll das Ernst sein?« fragte Jakow Lasarewitsch verwundert.

»Ja. Der Vorsitzende des Magadaner Exekutivkomitees, Iwan Petrowitsch Kistjakowski, hat darüber einen Vortrag gehalten.«

»Meiner Meinung nach grenzt das an Verhöhnung des gesunden Menschenverstands«, meinte Jakow Lasarewitsch verbittert.

»Aber etwas muß man doch tun!« rief Unna.

»Vor allem muß man das kulturelle Niveau heben!« sagte der Musiker erregt. »Ein Mensch, der die Malerei liebt, die klassische Musik, die Schönheit, Gedichte, wird sich nicht freiwillig in ein Vieh verwandeln. Und bauen muß man nicht Bierhallen und Bierbrauereien, sondern Musikschulen und Konzertsäle, Bibliotheken und Lesestuben!«

Einige Tage darauf flog Unna nach Magadan, doch zuvor hatte sie bei der Behörde das prinzipielle Einverständnis eingeholt, die Bierhalle als Musikschule auszubauen.

Noch im Flugzeug träumte sie davon, das Gebäude durch einen richtigen Konzertsaal zu erweitern. Mochte er auch nicht groß sein – anfangs würden sich ohnehin nicht sehr viele Freunde klassischer Musik finden.

Der vertraute Weg vom Flughafen in die Stadt: Die umliegenden Hügel hatten sich mit Grün überzogen, hier und da grünte noch erhaltengebliebenes Gehölz. Zwischen der Straße und den Hainen lagen ganze Felder hoher dünner Baumstümpfe. Unna wußte schon, daß dies Arbeitsspuren der Gefangenen waren, die für den Dalstroi, den Fernöstlichen Bautrust, die Straße zu den Goldfeldern von Kolyma gebaut hatten.

Ein Alteingesessener der Stadt und Fahrer beim Exekutivkomitee, Matwejew, hatte erzählt, daß man bei Arbeiten an der Begradigung der Trasse vor einigen Jahren direkt unter der Straße Tausende mit Erde vermischter menschlicher Gebeine gefunden hatte. Und jedesmal, wenn Unna diese Straße entlangfuhr, mußte sie an die Worte des Fahrers denken, und es grauste sie bei dem Gedanken, daß sie über Menschenknochen fuhr.

In der Stadt hatte man alle Erinnerungen an die schreckliche Vergangenheit der »Hauptstadt des Kolymaer Landes« ausgemerzt. In der Bibliothek fehlten die Zeitungen von Ende der dreißiger bis Anfang der fünfziger Jahre, und im Museum fand sich kein Wort, kein Hinweis über die Lager.

Nur hier und da konnte man inmitten der neuen Wohnviertel noch zweistöckige Holzbaracken sehen, lang und düster, oft von außen mit Balken gestützt, damit sie nicht endgültig zusammenfielen.

Nachdem Unna sich in ihrem gewohnten Zimmer im Hotel »Zentralnaja« einquartiert hatte, rief sie im Vorzimmer des Vorsitzenden vom Exekutivkomitee an und begab sich in das Gebäude, in dem seinerzeit die Nordöstliche Lagerverwaltung ihren Sitz gehabt hatte. Man erzählte sich, daß im Ziegelmauerwerk ihrer Keller bis zum heutigen Tag Spuren von Kugeln und Blut zu finden seien.

Der Milizionär auf dem Treppenabsatz der zweiten Etage salutierte vor Unna und begrüßte sie lächelnd als alte Bekannte.

Ebenso freundlich und entgegenkommend war auch die Sekretärin des Vorsitzenden.

In Kistjakowskis Arbeitszimmer, einem großen Raum mit drei hohen, breiten Fenstern, die jedoch mit Blick auf eine von den einstigen Baracken übriggebliebene Wand zum Hof hinausgingen, herrschte trotz der hellen Sommerzeit trübes Halbdunkel.

Kistjakowski schaltete das Oberlicht an und kam Unna lächelnd und mit ausgebreiteten Armen entgegen.

Die Hände des Vorsitzenden waren groß, schwammig und warm und erinnerten Unna an die längst vergessenen Tundrafladen, die ihre Mama in Seehundfett gebraten hatte.

»Guten Tag, Unna Owtowna! Wie war der Flug?«

Unna nahm ihren gewohnten Platz ein wenig seitlich vom großen Schreibtisch ein.

Nachdem die Sekretärin Tee mit Kringeln und zerkleinertem Zucker gebracht hatte, begann Unna ihren Bericht über die Angelegenheiten im Bezirk, über den Fortgang beim Bau der neuen Schulgebäude in der Stadt und in der fernen Siedlung Uëlen, an der Eismeerküste der Halbinsel.

Sie sprach hastig, antwortete nachlässig auf ergänzende Fragen, um möglichst schnell zu der Angelegenheit zu kommen, deretwegen sie hierher geflogen war.

»Iwan Petrowitsch«, rückte sie ihm endlich auf den Leib, »ehrlich gesagt, ich habe eine große Bitte an Sie, hoffe auf Sie.«

»Nun, nun, ich höre.« Iwan Petrowitsch lächelte väterlich.

Er war ein äußerlich weicher Mann, nie wich ein Lächeln von seinem mitfühlenden Gesicht. Sein Benehmen war zuvorkommend, und überhaupt strahlte seine große und gesunde Gestalt einschläfernde Wärme aus. Vor seiner Wahl zum Vorsitzenden hatte Iwan Petrowitsch als Leiter der Abteilung Volksbildung gearbeitet und war immer ein wütender Gegner des Unterrichts in den Muttersprachen gewesen. »Je schneller ihr die Eskimosprache vergeßt, desto schneller werdet ihr zum Kommunismus gelangen«, war sein Kernsatz. Sein Traum war, alle Tschuktschen und Eskimos in großen Siedlungen unterzubringen, in Kleinstädte umzusiedeln, wo man für alle Häuser ein Kesselhaus errichten, jede Wohnung mit einem Telefon versorgen und die ehemaligen Jäger und Rentierzüchter als richtige Arbeiter der Lederfabrik, im Hafen oder auf dem Bau beschäftigen kann. »Es ist Zeit, von den Tätigkeiten der Urgesellschaft Abschied zu nehmen«, pflegte er mit gütigem, breitem Lächeln zu sagen. »Lieber sollte es unter den Tschuktschen, Eskimos und Tschuwanzen mehr Flieger geben, mehr Lehrer, Ärzte, Handelsleute, Ingenieure, Wissenschaftler ...«

»Wissen Sie noch, Sie sagten, unter der einheimischen Bevölkerung werden noch mehr Menschen kulturell und künstlerisch tätig sein«, erinnerte ihn Unna.

»Ja, ja, von dieser Notwendigkeit bin ich noch heute überzeugt.« Iwan Petrowitsch nickte.

»In der Stadt gibt es eine Musikschule«, fuhr Unna fort, »vor meiner Abreise war ich da. Dort arbeiten echte Musiker. Aber unter welchen Bedingungen!«

»Jaaa«, sagte Iwan Petrowitsch bedeutungsvoll. »Leider sind die meisten unserer kulturellen Einrichtungen in untauglichen Räumlichkeiten untergebracht. Und das alles, weil wir uns zu sehr zersplittern, statt uns auf einen Ort zu konzentrieren!«

»Ich habe eine Idee.« Unna empfand bereits Dankbarkeit für diesen immer feinfühligen Mann. »Neben dem Gebäude der Musikschule wird eine Bierhalle gebaut. Da wird mit Hochdruck gearbeitet, Bauarbeiter sind aus Armenien gekommen, sind buchstäblich Tag und Nacht auf der Baustelle – ohnehin gibt es gegenwärtig fast keine Nächte. Warum sollten wir diese Bierhalle nicht der Musikschule überlassen? Verstehen Sie, ich habe mit dem Direktor gesprochen – aus der Halle könnte man einen kleinen Konzertsaal machen, da wäre nur ein kleiner Anbau nötig – und schon hätten wir sowohl eine Musikschule als auch einen Konzertsaal. Verstehen Sie – einen Saal für klassische Musik im Zentrum der fernsten Stadt in unserem Land! Und was das Bier anbelangt – den Alkoholismus bekämpft man doch am besten, indem man kulturelle Freizeit organisiert.«

»Jaaa«, sagte Iwan Petrowitsch wieder bedeutsam. »Die Frage ›Alkoholismus und Trunksucht‹ ist schwierig. Partei und Regierung rufen uns ständig auf, im Kampf gegen dieses Erbe der Vergangenheit nicht nachzulassen. Eben deshalb werden ja auch in den Kreisen des Nationalen Bezirks Tschukotka Bierhallen gebaut. Die Aufgabe ist, die Bevölkerung nach und nach von hochprozentigen Getränken abzubringen, an die sie amerikanische Händler und zaristische Kaufleute gewöhnt haben. Es ist eine Schande, daß wir bis heute dem Zentralkomitee nicht melden können, wir hätten Trunksucht und Alkoholismus besiegt.«

»Glauben Sie denn im Ernst, daß Sie mit Bier die Sauferei auf Tschukotka verringern können?«

»Da bin ich mir sicher!« antwortete Iwan Petrowitsch überzeugt. »Warum sollte einer Wodka trinken, wenn er sowohl seinen Durst stillen als auch sich etwas vergnügen kann? Spezialisten behaupten übrigens, Bier enthalte eine große Menge wertvoller Nährstoffe und Vitamine, die ein Mensch braucht, wenn er unter schwierigen Naturbedingungen arbeitet. Nicht ohne Grund nennt man dieses Getränk flüssiges Brot.«

»Aber von Bier kann man doch auch einen Rausch bekommen«, wandte Unna ein.

»Nun ja, wenn man unbedingt will.« Iwan Petrowitsch lächelte gönnerhaft. »Es heißt ja, man kann auch von reinem Wasser berauscht werden! Alles hängt vom Menschen ab, von seinem Gefühl für das richtige Maß.«

Unna dachte an ihre Landsleute. Die meisten kannten gerade kein Maß – sie tranken, soviel sie kaufen oder bekommen konnten. Und deren Hauptziel war keineswegs, sich zu amüsieren, sondern sich eben sinnlos zu besaufen.

»Vielleicht sollten sie aber lieber, statt – sei es auch nur ein wenig – zu trinken und einen kleinen Rausch zu kriegen, ein von guten Kräften gespieltes Konzert hören?«

Iwan Petrowitsch sah nachdenklich zum Fenster hinaus, trank seinen kalt gewordenen Tee aus und sagte: »Natürlich wäre es schön, wenn alle Menschen, statt Wodka, Wein oder Bier zu trinken, ins Kino oder ins Theater gehen, fernsehen oder gute Musik hören würden. Aber so ist das Leben nun mal nicht. Viele, sehr viele ziehen es vor zu trinken.«

»Vielleicht gerade weil es kein Kino, keinen Fernseher, kein Schauspiel und keinen guten Konzertsaal gibt?«

Iwan Petrowitsch musterte seine Gesprächspartnerin aufmerksam. »Vielleicht haben Sie recht ... Möglicherweise haben Sie tatsächlich recht. Aber es ist nun mal so: Wir haben weder Geld für den Bau eines Konzertsaales noch Geld für die Musikschule.«

»Aber für den Bau einer Bierhalle hat sich Geld gefunden!« erinnerte ihn Unna.

»Ja, dafür ist Geld vorhanden«, bestätigte Iwan Petrowitsch.

»Wie kommt es eigentlich, daß sich Geld für eine Bierhalle gefunden hat, aber nicht für die Musikschule? Ich begreife das nicht.«

Iwan Petrowitsch betrachtete seine Besucherin teilnahmsvoll und sogar mitfühlend. »Es wird Zeit, daß Sie es verstehen«, sagte er väterlich. »Sie arbeiten doch nicht das erste Jahr in leitender Stellung. Es geht darum, daß es sich um verschiedene Etats handelt. Die Mittel für die Bierhalle kommen vom Handels- und die für die Musikschule vom Kulturministerium. Das ist die ganze Erklärung.«

»Es sind doch aber Gelder ein und desselben Staates!« erinnerte ihn Unna.

»Alles richtig.« Iwan Petrowitsch gab ihr ohne weiteres recht. »Wir haben zwar gewissermaßen einen Staat, aber die Geldtaschen sind nicht dieselben. Und wenn einmal Geld für den Bau einer Bierhalle eingeplant ist, dann muß es auch dafür ausgegeben werden, nicht für etwas anderes, mag es auch noch so wichtig und notwendig sein.«

»Das ist doch absurd!« rief Unna empört. »Darauf stoße ich nicht zum erstenmal, und ich muß mich immer wieder wundern.«

»Liebe Unna Owtowna!« Iwan Petrowitsch grinste breit. »Je besser und eingehender Sie die Arbeit der Sowjets kennenlernen werden, unser Budget, die wechselseitigen Beziehungen der verschiedenen Behörden und Ministerien, desto mehr werden Sie sich wundern. Das ist sozusagen die emotionale Seite. Nur: Gefühle sind ja schön und gut, aber die Pläne müssen erfüllt werden, und das gilt auch für den Bau einer Bierhalle, wenn das nun einmal im Staatsplan steht.«

»Und wenn ich mir das Unwahrscheinliche vorstelle, und wir bauen statt einer Bierhalle eine Musikschule!« schlug Unna mit gespielter Keckheit vor.

»Dann kommen Sie vor Gericht!« sagte Iwan Petrowitsch kurz und bündig. »Bestenfalls verlieren Sie die Arbeit, werden aus der Partei ausgeschlossen, zumindest aber bekommen Sie eine Rüge mit Eintragung in Ihre Kaderakte … Unna Owtowna, lernen Sie! Vor Ihnen liegt ein weites Betätigungsfeld. Ich will Ihnen im Vertrauen sagen, mit Ihnen hat man noch viel vor. Dafür aber müssen Sie vieles wissen und begreifen.«

»Ich habe ein Diplom der Parteihochschule.«

»Das ist sehr schön. Ich meine aber ein anderes Studium. Lernen muß man vom Leben, wie es die Partei fordert, man muß das Wissen in die Praxis umsetzen können.«

»Ich verstehe Sie, Iwan Petrowitsch, verzeihen Sie meine Begriffsstutzigkeit, aber ich kann die einfachsten Dinge nicht verstehen: Warum ist uns ein von Bier halbbetrunkener Mensch lieber als ein vollkommen nüchterner, der obendrein Musik hört? Warum kann man in unserem Staat, wo alle Reichtümer einem Herrn gehören, eben dem Volk, nicht Geld aus einer Tasche in die andere verlagern? Warum stößt eine offenkundig gute und schöne Angelegenheit auf völlig unbegreifliche, unüberwindliche Hindernisse? Ich hätte noch viele Fragen.«

Iwan Petrowitsch erhob sich, ging durchs Zimmer, immer die Mitte des Teppichläufers entlang, der von seinem Tisch zur Eingangstür führte, trat auf Unna zu und legte ihr seine weiche Hand auf die Schulter. »Ja, Unna Owtowna, wir haben noch viele ungelöste, verzwickte Probleme. Einerseits. Andererseits gibt es eine bestimmte Ordnung, darunter fällt auch die Verwendung von Mitteln, die, wie Sie richtig begriffen haben, dem ganzen Volk gehören. Wenn ein jeder selbständig festlegen wollte: Zuerst muß ich einen Klub bauen und nicht eine Bierbrauerei, ein Wohnhaus oder sonstwas. Wer wird dann für die Produktion sorgen? Wofür gibt es dann das Staatliche Plankomitee, den Ministerrat und schließlich uns beide? Nein, Unna Owtowna, Ordnung muß sein! Da ist nichts zu machen.«

Abends kam die Magadaner Freundin Ljubow Nikolajewna ins Hotel. Bei einem erlesenen Abendessen mit Champagner und einem Berg frisch zubereiteten roten Kaviars erzählte sie Unna Klatsch aus dem Gebiet, vor allem von den Abenteuern des Ersten Sekretärs: Der sei weggeflogen, um den fünfzigsten Jahrestag der entlegensten Parteiorganisation zu feiern, habe sich betrunken und sei der Stewardeß auf den Leib gerückt, worauf er vom Flugkapitän so eine gescheuert gekriegt habe, daß er nach einer zu Hause verbrachten Woche mit einer großen dunklen Brille im Büro erschienen sei.

Unna hörte sich das fast schon gewohnte Geschwätz der Freundin an und überlegte die ganze Zeit, was der so gütige und wohlmeinende Iwan Petrowitsch eigentlich gesagt hatte. Vieles erschien ihr beim Nachdenken seltsam und ungereimt, so vernünftig es auch klang. Nicht das erstemal machte sich Unna Gedanken, in welch schreiendem Gegensatz die Aussagen über die Bescheidenheit eines Funktionärs zur Wirklichkeit standen. Übrigens begann dieser Widerspruch schon ganz oben, wenn der Generalsekretär der Partei, der sie angehörte, sich die breite Brust mit allen möglichen Auszeichnungen vollhängte. Überall waren Gerüchte und fast offen erzählte Anekdoten über den Generalsekretär im Umlauf, man äffte seine unartikulierte Sprache nach, aber auf Kundgebungen, Konferenzen und Versammlungen konnte es kein Redner mit Selbstachtung unterlassen, ihn zu zitieren. Überall hingen Losungen wie »Die Partei – Weisheit, Ehre und Gewissen unserer Epoche!«, »Ruhm der Partei!«, »Partei und Volk sind eins!«, »Es lebe die Kommunistische Partei!« Unna wußte sehr wohl, daß die Partei selbst, ihre Abteilung »Agitation und Propaganda«, über den Zustand dieser von Eigenlob triefenden Inschriften eifersüchtig wachte. Die Losung »Partei und Volk sind eins!« leuchtete über dem gediegensten und schönsten Wohnhaus Magadans, in dem die Funktionäre wohnten.

Dazu paßte, was Ljubow Nikolajewna erzählte.

»Bei uns sind neue französische Kosmetika eingetroffen«, teilte sie der Freundin mit. »Wir können morgen in den Salon gehen.«

Den Hochzeitsausstatter des Magadaner Warenhauses »Sonnenaufgang« suchten keineswegs nur junge Leute auf, die die Ehe schließen wollten. Unna selbst war hier dank der Protektion von Ljubow Nikolajewna schon gut bekannt, man begrüßte sie freundlich und zeigte ihr Dinge, die eindeutig nicht für den Geldbeutel junger Menschen zugeschnitten waren, einschließlich der erlesensten Kosmetika, an die Unna sich bereits gewöhnt hatte.

Sie schwankte: Sollte sie von dem aufkeimenden Gefühl, in dem sie sich selbst noch nicht zurechtfand, sprechen oder es verschweigen und alles mit sich abmachen? All diese Tage, die sie in Magadan zubrachte, mit dem Vorsitzenden des Exekutivkomitees, mit anderen Mitgliedern der riesigen Verwaltung über die Musikschule sprach, hatte sie ständig das Gefühl, als wäre Jakow Lasarewitsch an ihrer Seite. Sie hörte seine Stimme, so sauber wie der Klang eines gut gestimmten Instruments. Manchmal tauchte unter den vorüberhuschenden Gesichtern plötzlich sein längliches Gesicht auf, seine tiefliegenden schwarzen Augen, sein Lächeln.

Aber ihre Gedanken und Gefühle Ljubow Nikolajewna mitzuteilen wäre dasselbe, wie sich auf den größten Platz von Magadan zu stellen und alles durch ein großes Megaphon herauszuschreien.

Plötzlich dachte Unna betrübt, daß sie keinen einzigen Menschen hatte, dem sie ihr Herz öffnen konnte.

Ljubow Nikolajewna erzählte Unna, daß vor kurzem wichtige Leute aus Moskau nach Magadan gekommen seien. Angeblich ging es um Kaderfragen. »Auch über dich hat man geredet«, sagte Ljubow Nikolajewna geheimnisvoll. »Also paß auf, Freundin! Vielleicht steigst du wer weiß wohin auf! Ach, warum bin ich nicht als Tschuktschin zur Welt gekommen! Was hätte ich für eine Karriere gemacht!«

Vor der Abreise lief Unna noch schnell ins Kaufhaus »Sonnenaufgang«. Für sich wählte sie ein paar Flaschen Parfüm und einen Lippenstift, dann erkundigte sie sich etwas unsicher: »Haben Sie nicht auch was für Männer?«

»Wieso nicht?« Die Leiterin grinste. »Natürlich haben wir was! Syrische Krawatten, französisches Eau de Cologne, Rasiercreme.«

Unna wunderte sich, daß die Artikel für Männer nicht billiger waren als die für Frauen.

Mit geheimnisvoller Miene reichte ihr die Leiterin ein rot eingewickeltes Päckchen.

»Was ist denn das?« fragte Unna.

»Ein Rasierapparat. Ein westdeutscher Rasierapparat mit Doppelklinge«, sagte die Leiterin fast flüsternd und setzte hinzu: »So einen hat nur der General Kolomijzew.«

General Kolomijzew war der Leiter des Komitees für Staatssicherheit.

Auf dem Rückweg stellte Unna sich vor, wie sie bei einer günstigen Gelegenheit Jakow Lasarewitsch die Geschenke überreichen würde.

Ein Künstler ... Ein echter Künstler. Er kann nicht nur seinem Instrument wunderschöne Töne entlocken, sondern liest auch Noten, dirigiert ein Orchester, selbst wenn das nur klein ist – insgesamt vier Mann, er selbst inbegriffen. Es ist gar nicht ausgeschlossen, daß er auch ein großes Symphonieorchester dirigieren könnte, so eins, wie Unna es in Chabarowsk gehört hatte, als sie zu einem Kongreß in der Parteihochschule geflogen war.

Das war im Winter gewesen, bei klirrendem Frost, als

über der Stadt dichter Nebel lag, durch den nur elektrische Lichtquellen schimmerten. In den Strahlen der künstlichen Beleuchtung glitzerten Kristalle gefrorener Feuchtigkeit.

Das Publikum im Konzertsaal war nicht allzu zahlreich gewesen, aber die, die gekommen waren, liebten die Musik und verstanden etwas davon. Zwei Stunden lang erklang zauberhafte Musik, und einige Dutzend Menschen waren wie durch einen unsichtbaren Strom zusammengeschweißt. Im zweiten Teil wurde die berühmte »Abschiedssinfonie« von Haydn gespielt. Zuerst erzählte ein gebrechlicher Musikwissenschaftler den Zuhörern die bekannte Geschichte: Der österreichische Magnat Esterhazy, Besitzer eines Orchesters, bekam von den Musikern, denen er entweder keinen Lohn gezahlt oder die er lange nicht nach Hause hatte fahren lassen (genau erinnerte sich Unna nicht mehr an diese Geschichte, die hastig erzählt worden war, während sie schon auf andere Eindrücke – die Musik – wartete), eine Lehre erteilt. Die Musiker verließen nach und nach die Bühne, und ein jeder löschte seine Kerze auf dem Notenpult, bis nur noch ein einziger Geiger übrig war, der die tödliche Sehnsucht eines zu Zwangsarbeit verurteilten Menschen zur Melodie werden ließ, sein Flehen um Freiheit, seinen Traum von Selbstbestimmung, von einem ungezwungenen und langen Weg, einem klaren und hohen Himmel.

Einige Tage vergingen, bevor Unna über den Leiter der Kulturabteilung Jakow Lasarewitsch rufen ließ.

Der Musiker erschien mit einem bescheidenen Strauß Tundra-Rhododendron aus der Tundra, und es gab Unna einen Stich ins Herz, als sie daran dachte, daß ihr noch nie ein Mann Blumen geschenkt hatte.

»Guten Tag, Unna Owtowna!«

Er sah ihr in die Augen: »Ist nichts herausgekommen?«

Unna nickte schweigend.

Jakow Lasarewitsch setzte sich auf einen Stuhl.

»Jaaa«, sagte er nach einer Weile gedehnt. »Und welche Erklärung hat die hohe Obrigkeit im Streit zwischen Musik und Bier vorgebracht?«

»Verschiedene Behörden, verschiedene Geldquellen ...«

»Wird der Bau der Bierhalle etwa von einem fremden Staat finanziert?«

Unna sah Jakow Lasarewitsch aufmerksam an. Der Musiker war sichtlich bestürzt und enttäuscht, sogar wütend. Unwillkürlich blieb ihr Blick auf seinen sorgfältig rasierten Wangen haften, und ihr fielen die Geschenke ein. Wie sollte sie sie ihm überreichen? Vielleicht hatte er bald Geburtstag, oder gab es einen anderen Anlaß? Der Sommer war ja nicht reich an Feiertagen.

»Wir leben in einer Planwirtschaft«, begann Unna seufzend zu erklären. »Niemand ist berechtigt, willkürlich diese Pläne zu ändern und seine Korrekturen anzubringen. Schließlich ist das eine eng mit dem andern verbunden. Wir haben eine Bierbrauerei gebaut, aber wie realisieren wir ihre Produktion? Doch nicht so, daß die Leute auf der Straße vom Faß trinken, sondern ihre Freizeit angenehm verbringen.« Sie verstummte, denn sie spürte, wie unpassend und primitiv solche Agitation war, zudem mit Argumenten aus einem Vortrag oder einer Instruktion gespickt.

»Ich habe versucht, den Vorsitzenden zu überzeugen«, seufzte Unna. »Aber er ist an Händen und Füßen gebunden.«

»Finden Sie nicht, Unna Owtowna, daß wir in einem Staat voller Absurditäten leben, voll blödsinniger Instruktionen, die dem gesunden Menschenverstand widersprechen? Allein der Gedanke, daß das nie ein Ende findet, könnte einen um den Verstand bringen!«

»Die Partei kämpft für die Vervollkommnung der Leitung«, fuhr Unna unsicher fort, denn ihr war klar, daß diese Worte nur eine schreckliche, unbegreifliche Sinnlosigkeit bemäntelten, die weder sie noch Jakow Lasarewitsch ändern konnten.

Jakow Lasarewitsch stand auf, er wollte gehen. Er wirkte niedergeschlagen, schien sogar kleiner geworden zu sein.

Nachdem er gegangen war, rief Unna die Sekretärin, hieß sie eine Vase auftreiben und die Blumen hineinstellen.

Aber tschuktschische Tundrablumen halten sich nicht lange, wenn sie von ihrem kargen, aber heimatlichen Boden losgerissen wurden. Sie waren schon am zweiten Tag verwelkt.

Die Fischfangsaison dauerte an. Wenn Unna abends frei hatte, zog sie ihren Jeansanzug und bunte japanische Gummistiefel an, bestellte einen Dienstwagen und fuhr hinaus zu den Fischern. Einmal, als sie vom Fischfang zurückkehrte, sah sie, daß Jakow Lasarewitsch ihr entgegenkam.

»Vom Fischfang?« fragte der Musiker, nachdem er sie begrüßt hatte, und schielte auf das Paket in ihrer Hand. »Haben Sie die selber gefangen?«

»Ob selber oder nein – der Fisch ist mein!« antwortete Unna keß und setzte plötzlich hinzu: »Wissen Sie was – kommen Sie morgen zu mir, ich lade Sie zu Fischsuppe und Kaviar ein!«

»Ist das Ihr Ernst?« fragte der Musiker verlegen.

»Haben Sie noch nicht begriffen, daß ich ein ernsthafter Mensch bin?« erwiderte Unna leicht gekränkt. »Vergessen Sie nicht: Beringstraße 8, Wohnung 42. Dritte Etage. Morgen um halb acht. Ich erwarte Sie!«

Sie machte einen Bogen um den vor Verwunderung erstarrten Musiker und ging die Straße hinauf zu ihrem Haus.

9

Jakow Lasarewitsch kam pünktlich zur festgesetzten Zeit, wieder mit einem Strauß. Unna war ein wenig enttäuscht über sein Äußeres: Ihr Gast trug einen schlichten schwarzen Pullover, wirkte allerdings auch darin elegant. Beim Eintreten küßte er Unna förmlich die Hand, dann aber blieb sein Blick auf der japanischen Stereoanlage haften.

»Was für eine Pracht, was für ein herrliches Gerät! Wie haben Sie es fertiggebracht, so ein Wunder zu erwerben? Das kostet doch eine Menge Geld! Oder ist Ihr Verdienst so hoch?«

»Na ja, erstens verdiene ich wirklich nicht schlecht. Ich habe hundert Prozent Zuschläge. Und dann – ich bin die einzige Tochter eines reichen Rentierzüchters«, sagte Unna lächelnd.

»Eine Tundraprinzessin! Genauer, eine, ›die über die Tundra fliegt‹!« rief Jakow Lasarewitsch, und Unna bemerkte zufrieden, daß ihr Besucher gar nicht so spröde und verschlossen war.

Er sah sich um und erblickte ein ziemlich großes Regal mit gut ausgewählten Büchern, die nie, unter gar keinen Umständen, in der städtischen Buchhandlung zu haben gewesen wären.

»Jaaa.« Er wurde lebhaft. »Traumbücher. – Der einzige Luxus, von dem ich mein Leben lang träume, ist, eine gute Bibliothek zu haben, damit ich zu jeder beliebigen Zeit einfach die Hand ausstrecken und nach einem Buch greifen kann.«

»Ich kann Ihnen Bücher leihen, wenn Sie wollen«, gestattete Unna großmütig.

»Das Angebot werde ich bestimmt annehmen«, erwiderte Jakow Lasarewitsch und zog die »Göttliche Komödie« von Dante heraus. Er schlug die ersten Seiten auf und las: »Übersetzt von Losinski ... Wissen Sie, Unna Owtowna, ich habe in Leningrad ganz in der Nähe von Losinski gewohnt. Auf der Graftio-Straße, im Petrogradski-Rayon.«

Unna erschrak: Am Ende würde er über den Inhalt des Buches sprechen? Sie hatte es im Hinterzimmer des Buchladens gekauft, in einem dunklen Winkel mit »geheimen« Regalen für die Obrigkeit, und, ohne es auch nur aufzuschlagen, in ihr Regal gestellt. Das Buch war wunderschön, eine geschmackvolle Ausgabe.

»Jakow Lasarewitsch!« rief sie schnell. »Über Bücher reden wir später! Setzen Sie sich an den Tisch! Leider habe ich keinen großen Eßtisch.«

Sie hatte für den Gast einen niedrigen kleinen Tisch eingedeckt, den man für gewöhnlich Zeitschriftentisch nennt, und erlesene Delikatessen daraufgestellt, ganz zu schweigen von Kaviar, Lachs, geräucherten Rentierzungen, Hühnerfleisch; den Tisch zierten grüne Gurken, rote Tomaten, kräftiger Lauch von Tundrazwiebeln.

Unna entriß dem Gast beinah den Dante-Band und stellte ihn zurück ins Regal, aber so, daß er nicht besonders ins Auge fiel.

»Setzen Sie sich, setzen Sie sich«, sagte die Hausfrau fürsorglich. Sie trat zum Tonbandgerät, und das Zimmer wurde von den Klängen einer leisen, melodischen Musik erfüllt, die der Fleischer Palauskas »Musik zur Entspannung« nannte.

Unna nahm dem Gast gegenüber Platz. Der aber sah sich noch immer um. Endlich sagte er: »Entschuldigen Sie, aber ich bin das erstemal bei einer Einheimischen zu Gast ... Nein, in Häusern von Whänern war ich schon, aber bei einer echten Tschuktschin, die obendrein zur Obrigkeit gehört, bin ich zum erstenmal. Entschuldigen Sie.«

»Na, und wie ist Ihr Eindruck?« fragte Unna leicht aggressiv.

»Wissen Sie, wenn ich ehrlich sein soll – ich bin fast begeistert über Ihre Wohnung. Vorhin, als ich auf Ihr Haus zuging, wunderte ich mich zwar ein wenig: bei so einem Posten in diesem Haus zu wohnen. Aber drinnen! Dieser Blick aus dem Fenster! Besonders von hier, wenn man den Hafen und die kaputte Anlage nicht sieht.«

»Ich beobachte sehr gern den Sonnenuntergang gerade von dem Platz, auf dem Sie sitzen«, bekannte Unna. »Jetzt sind die Sonnenuntergänge so lang. Ich sehe sie mir an und höre Musik.«

Seit sie mit ihrem Gast zu Tisch saß, fühlte sie sich sicherer, denn sie begriff, daß seine gespielte Lockerheit durch eigentliche Verlegenheit bedingt war, obgleich Jakow Lasarewitsch weder verlegen noch gehemmt wirkte.

»Was wollen wir trinken?«

Jakow Lasarewitsch betrachtete aufmerksam den Tisch und sagte ein wenig unsicher: »Da stehen so wundervolle Vorspeisen. Wenn möglich, würde ich Wodka trinken.«

»Das Wort des Gastes ist Gesetz!« sagte Unna feierlich und füllte die Gläser. »Worauf trinken wir?«

»Ich weiß nicht ... Auf unsere Bekanntschaft ist es wohl schon zu spät, auf Erfolge ...«

»Wenn uns nichts einfällt«, Unna lächelte, »ein Freund von mir sagt immer: ›Trinken wir auf den Frieden und die Freundschaft unter den Völkern der sozialistischen Länder!‹«

»Warum nicht!« meinte Jakow Lasarewitsch achselzukkend und stieß mit Unna an.

Der Gast trank sein Glas mit Wohlbehagen aus, ohne sich zu schütteln, das Gesicht zu verziehen, zu krächzen, an einer Brotrinde zu schnuppern, tief zu seufzen, und schien dem Geschmack des feurigen Getränks sogar eine Weile nachzusinnen, erst danach langte er zu.

»Ich habe viel von der tschuktschischen Gastfreundschaft gehört, erfahre sie aber erstmals in vollem Maß.«

»Was ist das schon für eine tschuktschische Gastfreundschaft!« Unna lächelte spöttisch. »Wir sind doch nicht in der Tundra.«

»Was ist denn in der Tundra anders?« fragte der Gast.

»Ehrlich gesagt, ich erinnere mich schon gar nicht mehr richtig, wie das in der Tundra vor sich geht«, bekannte Unna. »Mich haben sie aus dem Nomadenlager weggebracht, als ich noch ganz klein war.«

»Meiner Meinung nach ist das unmenschlich«, bemerkte Jakow Lasarewitsch und nahm sich ein Stück schwach gesalzenen Lachsbauch.

»Inwiefern?«

»Es ist unmenschlich, ein Kind der elterlichen Wärme, Zärtlichkeit und Erziehung zu berauben.«

»Ich habe doch aber fast bis zu meinem neunten Lebensjahr in der Jaranga gelebt. Bin sogar ein Jahr verspätet in die Schule gekommen.«

»Ich meine ja nicht, daß die Kinder ohne Schulbildung und andere Segnungen der Zivilisation bleiben sollen«, erklärte Jakow Lasarewitsch. »Ich habe aber gehört, eine solche Erziehung führe dazu, daß viele Tschuktschen und Eskimos nicht nur ihre Herkunft vergessen, sondern auch ihre Sprache, die Lebensweise ihrer Eltern. Sie wachsen mit fremden Vorbildern auf und wollen nicht mehr zurück in die Tundra.«

»Was ist denn schlecht daran, wenn ein Landsmann von mir Flieger, Kapitän, Ingenieur, Arzt und selbst Musiker wird?«

»Gestatten Sie, daß ich nachgieße?« fragte der Gast plötzlich. »Einer Frau ist es doch peinlich, eine Wodkaflasche zu ergreifen.«

»Aber bitte!« Unna war gern einverstanden. »Seien Sie so gut.«

»Ja, also«, sagte Jakow Lasarewitsch nach einem weiteren Glas, »was die Musik betrifft, das ist sehr schön. Je mehr Musiker es gibt, je mehr Lehrer und Schriftsteller, desto besser. Was aber die Ingenieure und Flieger anbelangt, da bin ich mir nicht sicher.«

»Und die Ärzte?« erinnerte ihn Unna.

»Verzeihen Sie, Ärzte muß es natürlich geben.«

»Und warum keine Ingenieure?«

»Ich habe nicht gesagt, daß es keine geben soll«, antwortete Jakow Lasarewitsch. »Mir ist nur nicht klar, wo ein Tschuktsche als Ingenieur arbeiten soll. In einem großen Werk, in einer Grube, im Schacht? Dann wird es an Hirten fehlen im heimatlichen Nomadenlager.«

»Ich habe bei einem Schriftsteller gelesen, daß man auf dem Weg in eine lichte Zukunft bereit sein muß, etwas von der Vergangenheit aufzugeben, was einem heute teuer und unverzichtbar erscheint.«

Unna war über diese Wendung des Gesprächs leicht beunruhigt, erinnerte es sie doch an die Unterhaltungen und Sticheleien bei den Fischern, besonders an die Reden von Awgust Shirindan, an seine unverhohlen feindliche Kritik an der Obrigkeit und der Politik gegenüber der Bevölkerung, die er einen Genozid mittels Wein und Wodka nannte.

»Möchten Sie vielleicht Musik hören?« Unna stand auf und ging zum Tonbandgerät. Sie schaltete es ein, nahm eine Spule weg und wühlte zwischen anderen, die in wie Bücher aussehenden Kartons standen.

Jakow Lasarewitsch erhob sich und trat von hinten an sie heran. Er stand nahe, und Unna spürte voll Erregung seine Nähe, die von seinem kräftigen, gutgebauten Körper ausgestrahlte Zärtlichkeit und Wärme.

»Vielleicht Händel?«

Jakow Lasarewitsch las: »Passacaglia ... Und in welcher Besetzung?«

»Ehrlich gesagt – ich weiß es nicht«, bekannte Unna. »Aber soweit ich es beurteilen kann, ist sie erstklassig.«

»Etwa das Moskauer Kammerorchester von Rudolf Barschai? Wir wollen sie einlegen ... Verzeihung, aber ich weiß nicht, wie man mit diesem prachtvollen Gerät umgeht.«

Als die ersten Töne der erregenden, zarten Musik den Raum erfüllten, flüsterte Jakow Lasarewitsch mit leuchtenden Augen: »Natürlich Barschai. Und den Cellopart spielt die Wassiljewa.«

Dann schloß er die Augen halb und blieb lange so sitzen, sich leicht im Takt der Musik wiegend. Ob Jakow Lasarewitsch die Musik anders als sie erlebte? Immerhin war das sein Beruf. Doch worin lag der Unterschied? Aber solange die Musik erklang, unterdrückte Unna diese Frage.

Die Sonne hatte soeben die Linie des großen tschuktschischen Flusses Whän überschritten, sie streifte die grünen Hügel der fernen Küste des Limans und verschwand langsam hinterm Horizont, färbte den Rand des Himmels zartrot.

Als die letzten Töne verklungen waren, fuhr Jakow Lasarewitsch zusammen, raffte sich auf und sagte lächelnd: »Trinken wir auf diese wunderschöne Musik.«

Der erste Schwips vom Wodka war schon verflogen, Unna wollte etwas anderes, daher schlug sie vor: »Trinken wir Champagner!«

»Aber ja! Natürlich!« Jakow Lasarewitsch war gern einverstanden. »Diese göttliche Musik verdient ein edles Getränk!«

Gewöhnlich hörte Unna nach Händel keine andere Musik mehr, überhaupt liebte sie es nicht, musikalische Eindrücke zu vermengen. Heute allerdings überlegte sie: Ist das gut, ist es richtig für ein echtes Musikverständnis?

Viele Fragen lagen ihr auf der Zunge, bewegten sie, aber sie traute sich nicht, sie auszusprechen, fürchtete, dann dumm auszusehen, ungebildet und primitiv.

Als sie an diesem Abend ihren Gast verabschiedet hatte, der sich in heißen und tiefempfundenen Danksagungen für den wunderschönen Abend erging, fand Unna lange keinen Schlaf.

Zuerst saß sie in der Küche am Fenster und sah auf den flammenden Himmel, als aber dann das Abendrot verschwunden war, ging sie ins Zimmer, lag noch lange auf dem Bett und hing ihren aufgewühlten Gedanken nach. Endlich zog sie den Band der »Göttlichen Komödie« wieder heraus und versuchte zu lesen, aber ihre Gedanken irrten ständig ab, sie konnte dem poetischen Fluß einfach nicht folgen, ein Strom ganz andersartiger Worte und Überlegungen warf sie gleichsam an ein anderes Ufer.

War Jakow Lasarewitsch aufrichtig? Oder waren seine Lobesworte genausoviel wert wie die, die Unna im Verlauf ihres Lebens immer wieder über ihre guten Manieren zu hören bekam – wie richtig sie beispielsweise Messer und Gabel handhabe, wie geschmackvoll sie sich kleide, wie gut sie Russisch spreche und vieles, vieles mehr. Schließlich würde es doch niemandem in den Sinn kommen, bei Jakow Lasarewitsch das zu vermerken, was man bei ihr herausstrich, weil man ständig an ihre Herkunft dachte.

Vielleicht wurden diese mitunter taktlosen Lobesbezeugungen unbedacht geäußert, entsprangen sie aufrichtigem Gefühl und dem Wunsch, hervorzuheben, welch weiten Weg Unna von der Jaranga bis zu ihrem Arbeitszimmer zurückgelegt hatte? Vom Fell-Polog, in dem ein Tranlämpchen brannte, bis zu dieser Einzimmerwohnung? Von der mit einem ausgeschabten Walroßmagen bespannten Trommel bis zum Moskauer Kammerorchester unter Leitung von Rudolf Barschai?

Und doch – wie tief und fest saß diese unterschwellige Angst, sie könne sich als überfordert, unverständig, inkompetent erweisen!

An einem Herbstabend, als Dunkelheit den Anadyrer Liman einhüllte und die Scheinwerfer der auf Reede liegenden Schiffe in die Fenster hineinleuchteten, geschah, was Unna insgeheim befürchtet hatte. Sie konnte dem Drang ihres Körpers nicht mehr widerstehen und gab sich wie von selbst dem ersten Mann in ihrem Leben hin. Alle damit verbundenen Erlebnisse – physische wie psychische – kannte Unna gut aus der Literatur und aus den Erzählungen ihrer Freundinnen, aber nie hätte sie vermutet, daß sie bereits am Morgen danach, als sie in einem Bett mit Jakow Lasarewitsch erwachte, ein anderer Mensch sein könnte. All die vom Himmel ausstrahlende Ruhe und ein solch sonderbarer Seelenfrieden waren unbekannt und schön. Am liebsten hätte sie allen zugelächelt, nur freundliche, gute Worte gesagt. Unna horchte in ihre neue innere Verfassung hinein und bedauerte ein wenig, daß all das nicht schon viel früher geschehen war.

Nach dieser Nacht verbrachte Jakow Lasarewitsch seine ganze freie Zeit mit Unna. Manchmal gingen sie zusammen zu den Fischern, aber Unnas Landsleute begegneten dem Musiker nicht sehr freundlich, sie blieben zurückhaltend und waren immer darauf aus, ihn zum Trinken zu verleiten oder zu einem Streit herauszufordern. Vor allem Awgust Shirindan schien Jakow Lasarewitsch vom ersten Moment an nicht zu mögen.

»Noch so ein ›Eroberer des Nordens‹«, bemerkte er voll unverhohlener Ironie und Verachtung. »Er ist bestimmt nur hergekommen, um sich einen schnellen Rubel zu verdienen.«

»Er – einen schnellen Rubel?« protestierte Unna. »Weißt du, wieviel er verdient? Viel weniger als du. Dabei hast du nur drei Jahre die Universität besucht, Jakow Lasarewitsch aber hat ein Diplom des Leningrader Rimski-Korsakow-Konservatoriums!«

»Na und?« sagte Awgust achselzuckend. »Zum Teil beruht seine Bildung auf einer angeborenen Abweichung.«

»Was meinst du damit?« fragte Unna verwundert.

»Musikalische Begabung ist eine Abweichung von der Norm«, sagte Awgust belehrend. »Schließlich haben die meisten normalen Menschen keine solchen Fähigkeiten. Daß aber jemand seine Abweichung von der menschlichen Norm nutzt, macht doch weiß Gott keinen besonderen Wert aus.«

»Ist es denn schön, daß du keinerlei Abweichungen von der Norm hast?«

Awgust sah Unna aufmerksam an und sagte: »Natürlich habe ich welche.«

»Und zwar?«

»Ich trinke gern ... Wenn allerdings alle um mich herum mehr oder weniger trinken, dann ist es schon keine Abweichung von der Norm mehr.«

»Wenn ich dir so zuhöre«, sagte Unna nachdenklich, »dann tut es mir manchmal sehr leid, daß du nicht weiter studiert hast. Du wärst ein Philosoph geworden.«

»Oder Lektor«, ergänzte Awgust.

Es war nicht recht erkennbar, ob er das im Ernst sagte oder ob er scherzte.

Klarheit schuf Jewgeni Bugrow. »Wir haben mal einen alten Mann im Altersheim besucht und mit ihm ein Interview gemacht. Ein drolliger Kerl. Großer Optimist. Der hat gesagt: ›Früher sind in den Nomadenlagern Märchenerzähler von Jaranga zu Jaranga gezogen, haben Legenden erzählt, heute kommen Lektoren.‹ Da hat er doch recht.«

»So oder so, immer sind es Märchen«, bemerkte Awgust.

»Was du manchmal redest!« sagte Unna mit einem Anflug von Zorn. »Als wärst du ein Dissident!«

»Ein tschuktschischer Dissident«, bemerkte Shenja Bugrow lächelnd.

»Warum eigentlich nicht!« Herausfordernd fuhr Awgust auf. »Wir rühmen unsere Flieger, Lehrer, Schriftsteller, später einmal werden wir auch auf die Dissidenten stolz sein. Auf einmal wird eine Zeit kommen, da wird man uns fragen: Gab es nicht unter den Tschuktschen und Eskimos auch Dissidenten? Und wenn sich dann herausstellt – es gab keinen einzigen? Alle Völker hatten welche, nur wir nicht?«

»Gerade darauf werden wir stolz sein!« rief Unna hell und laut. »Das wäre gar kein schlechter Grund, stolz zu sein!«

Nach kurzem Schweigen sagte Awgust: »Das Volk lebt aber schlecht.«

»Ja, wir haben noch nicht alles tun können«, pflichtete ihm Unna bei. »Aber wir schaffen es noch! Wir legen die Hände nicht in den Schoß!«

»Die Rentierzucht liegt in den letzten Zügen«, meinte Awgust leise. »Die Jagd auf Meerestiere steht vor dem Aus. Die Menschen werden umgesiedelt, ohne daß jemand sie fragt.«

»Was die Rentierzucht anbelangt, da vergißt du, daß bei uns drei Jahre hintereinander alles vereist war, sogar der Schnee!«

»Ich habe mir alte meteorologische Aufzeichnungen angesehen«, wandte Awgust ein. »Vereisungen zu Beginn des Winters sind ganz normal, keine Seltenheit. Darauf darf man das Elend der Rentierzucht nicht schieben.«

»Die Umsiedlung aber – das ist Politik: Aussiedlung perspektivloser Siedlungen und Dörfer ins Nichtschwarzerdegebiet«, erklärte Unna autoritär. »Die Menschen klammern sich natürlich an die Vergangenheit, an die alte Lebensweise. Erinnert euch doch, wie mühsam es war, den Schamanismus auszurotten und Menschen aus verräucherten Jarangas in neue Häuser umzusiedeln!«

»Was diese Häuser anbelangt«, unterbrach sie Shirindan, »früher war es so: Vergrößerte sich die Familie oder entstand eine neue, dann errichtete der Mann eine neue Jaranga. Was aber soll er jetzt tun? Ich war neulich in Unasik, da gibt es Häuser, wo drei Generationen zusammen leben. In einem Raum!«

»Die Konzentration und die Beseitigung der Dörfer werden alle diese Probleme lösen!« behauptete Unna fest. »Man muß nur den Menschen erklären, daß es zu ihrem Vorteil geschieht, muß ihnen ihre eigenen Interessen erläutern mit Hilfe von Agitation und Propaganda.«

»Mit Hilfe der Märchenerzähler vom Komitee.« Shirindan grinste.

»Paß auf!« Unna drohte ihm mit dem Finger. »Mit solchen Gedanken endest du wirklich noch bei den Dissidenten.«

»Da ist er schon«, meinte Shenja Bugrow.

»Was meinst du damit?« fragte Unna.

»Er hat dem Bezirkschef des KGB öffentlich vorgeworfen, daß er aus dem Warenlager Kristall nach Hause geschafft hat.«

»Das hättest du lieber bleiben lassen sollen«, sagte Unna vorwurfsvoll. »Er ist immerhin Oberst, hat Verdienste und war im Krieg.«

»Ja, vielleicht hätte ich es nicht tun sollen«, pflichtete ihr Awgust finster bei.

Auf dem Rückweg erzählte Unna Jakow Lasarewitsch von dem alten Whäner Friedhof, von russischen Pionieren, die schon zu Beginn des achtzehnten Jahrhunderts an diese eisigen Küsten gekommen waren. Jakow Lasarewitsch war ein dankbarer Zuhörer, er stellte oft Zwischenfragen, wollte manches genauer wissen, und Unna war insgeheim stolz, daß auch sie etwas wußte, was dem gebildeten Musiker nicht bekannt war.

Mit der Zeit schwand das Gefühl einer gewissen Fremdheit, sie fühlte sich immer mehr angezogen von diesem starken, unsichtbare Wärme ausstrahlenden Körper, von seiner Stimme und seiner Art zu reden.

Nach wie vor bemühte sich Unna, der Musikschule zu helfen. Sie trieb Geld und Material für eine Renovierung auf und überredete den Direktor des Kulturhauses, die Lehrer der Musikschule einige Konzerte klassischer Musik geben zu lassen. Der kleine, ohnehin nur dreißig Plätze bietende Saal wurde gerade halb voll, und viele Besucher gähnten unverhohlen, aber Jakow Lasarewitsch war sehr zufrieden und wertete das als echten Erfolg.

»In manchen großen Städten kommen mitunter sogar zu den besten Interpreten viel weniger Leute!« tröstete er Unna.

Der größte Teil des Publikums bestand allerdings aus den Eltern von Schülern der Musikschule, allen möglichen Leuten in leitenden Positionen und deren Stellvertretern.

»Wenn sie selber nichts von klassischer Musik halten, warum schicken sie dann ihre Kinder zum Unterricht?« fragte Unna aufrichtig verwundert.

»Sich musikalisch ausbilden zu lassen verleiht Prestige«, erklärte Jakow Lasarewitsch. »Schließlich war es früher selbstverständlich, daß die Kinder von wohlhabenden Eltern ein Musikinstrument spielen lernten, genau wie Fremdsprachen.«

Unna dachte an ihre Jahre im Internat. Dort hatten sich die Musikstunden auf Gesang beschränkt, und was die Fremdsprachen betraf, so hatte die Englischlehrerin in der Schule der Großen Siedlung die Sprache wohl selbst nicht sehr gut beherrscht, zumindest verstand sie das Englisch nicht, das man leicht in Radiosendungen von der anderen Küste der Beringstraße hören konnte. Sie behauptete allerdings, sie wolle diese Sprache gar nicht verstehen, denn das sei »wütende antisowjetische Propaganda«.

Manchmal brachte Jakow Lasarewitsch sein Instrument mit. Obwohl das Cello so gewaltig aussah, war es erstaunlich leicht, fast gewichtlos. Das Musikinstrument verwunderte auch durch seine Beseeltheit, seinen eigenen Charakter. An eine Ecke beim Fenster gelehnt, schien es ins Zimmer zu blicken, alles, was im Raum vor sich ging, im Auge zu behalten, und bisweilen reagierte es sogar mit einem fast lebendigen Seufzer. Aus unerfindlichem Grund erklang dann plötzlich eine Saite, als besonders sensibel erwiesen sich die Baßsaiten.

Einmal ließ Jakow Lasarewitsch sein Instrument in Unnas Wohnung stehen. Das war kurz vor dem Winter, als die ersten Schneestürme fegten, der Whäner Liman zufror und auf dem Eis eine Autostraße ans andere Ufer entstand, zu den Kohlengruben, zur Erdöl-Erkundungsexpedition und zum Flughafen.

Zuerst achtete Unna nicht darauf – es war für sie ein Instrument wie jedes andere. Doch gegen Abend, als es draußen endgültig dunkel geworden war und die Straßenbeleuchtung vom Glitzern fliegenden Schnees abgelöst wurde, vernahm sie vom Cello plötzlich ein tiefes Summen, als murmele es und führe ein Selbstgespräch. Ihr kam der Gedanke, das Instrument in die Küche zu bringen oder, besser noch, ins Vorzimmer, es in den Wandschrank zu stecken, unter alte Mäntel und Pelze, doch als sie zum Cello trat, bekam sie plötzlich unerklärliche Angst. Sie ließ das Instrument an seinem Platz, wo sein lackierter Resonanzkörper geheimnisvoll glitzerte und seine Saiten trüb schimmernd mit leisem Dröhnen auf das Heulen des Wintersturms reagierten.

Als Unna das Licht ausschaltete und wieder in die Ecke sah, wo das Instrument geblieben war, erblickte oder erahnte sie erneut jenes rätselhafte Glitzern, und nun mußte sie schon eine wachsende Erregung unterdrücken, während sie einen alten Wollschal holte, ihn über das Cello warf und als Antwort ein offenkundig unzufriedenes, tiefes Murmeln zu hören bekam.

Als am folgenden Tag Jakow Lasarewitsch erschien, erzählte ihm Unna von ihren Erlebnissen und bat ihn inständig, sie nie mehr mit dem Instrument allein zu lassen oder zumindest nicht zu vergessen, es ins Futteral zu stekken.

Der Musiker hörte sie an und lächelte. »Echte Musiker verhalten sich übrigens zu ihrem Instrument wie zu einem Lebewesen«, bemerkte er. »Aber einem guten und feinfühligen.«

»Eben deshalb sollte dieses Lebewesen entweder mit dir weggehen oder sich im Futteral verstecken. Das einzige andere Lebewesen, das hier mit mir allein sein kann, bist du.«

Sie gingen zusammen ins Kino, bei gutem Wetter spazierten sie auf der Straße und weckten damit bei entgegenkommenden Passanten große Neugier, ernteten manche vielsagende Blicke. Kein Wunder: Unna Owto höchstpersönlich, die ausersehen war, schon bald »Chefin von Tschukotka« zu werden, lustwandelt in aller Öffentlichkeit mit dem Direktor der Musikschule.

Aber nur Awgust Shirindan fragte sie einmal direkt: »Wann werdet ihr denn heiraten?«

Unna gab keine Antwort, wurde aber nachdenklich. Und noch an diesem Abend stellte sie Jakow Lasarewitsch die gleiche Frage.

»Ich bin bereit, dich schon morgen zu heiraten«, sagte er.

»Morgen – das ist zu schnell«, meinte Unna sachlich. »Laß uns lieber im Frühling Hochzeit feiern, sagen wir, zu den Maifeiertagen.«

So wurde es vereinbart.

In dieser Zeit sollte auch die Übergabe eines neuen Wohnhauses stattfinden, in dem das Komitee fünf Wohnungen vergeben konnte, und eine davon, eine Zweizimmerwohnung, hatte Unna schon für sich ausersehen. Sie sagte das beiläufig dem Vorsitzenden, und der versicherte: »Keine Frage! Sie haben längst das Recht auf bessere Wohnbedingungen erworben, und bei einer Vergrößerung der Familie gibt es schon gar keine Probleme!«

Der angebrochene Winter zeichnete sich durch strengen Frost und endlose Schneestürme aus. Die Straße zum Flughafen mußte unentwegt geräumt werden, doch was half das schon: Im Flughafen sammelten sich Hunderte von Passagieren, besonders wenn die Moskauer Flugzeuge wegen des Sturms auf Kap Schmidt, in Jakutsk oder gar in Magadan landeten. Bisweilen gelang Unna doch eine Dienstreise. So besuchte sie die abgelegene Eskimosiedlung Uëlkal, die einst ein blühendes Zentrum der Walverarbeitung gewesen war und später dann, schon in den Kriegsjahren, ein Etappenstützpunkt für Militärflugzeuge, die von Amerika an die sowjetisch-deutsche Front verlegt wurden. Bei Unnas Rückkehr begrüßte sie gewöhnlich Jakow Lasarewitsch. Aber nicht auf dem Flughafen, sondern zu Hause, in der Wohnung: mit einem fertigen Essen und netten Kleinigkeiten – darin war der Musiker sehr erfinderisch.

Diesmal hatte Unna tüchtig gefroren, zuerst auf dem Flugplatz Beringowskoje und dann in dem kalten, frostigen Rumpf des Flugzeugs »Annuschka«. Als sie dann endlich in die gut geheizte Wohnung stürzte und Jakow Lasarewitsch sie in seine Arme nahm, klapperten ihr buchstäblich die Zähne. Jakow Lasarewitsch half ihr beim Ausziehen, gab ihr ein wundersames Gebräu zu trinken, das er Punsch nannte, und sagte, es erwarte sie ein heißes Bad in gelbem Whäner Wasser, veredelt durch den Schaum von grünem Badusan.

Während Unna sich im warmen Wasser aalte, deckte Jakow Lasarewitsch den Tisch.

Als Unna dann auf ihrer geliebten Couch lag, in einen warmen Frotteemantel und darüber noch einen warmen Schal gehüllt, begann eine Stunde wahrer Seligkeit.

Sie lauschte auf das anschwellende Tosen des Sturms, der hartnäckig an die Fenster klopfte, und sagte zufrieden: »Wie gut, daß ich von Beringowskoje weggekommen bin! Ich hatte märchenhaftes Glück! Einmal hat ein Sekretär des dortigen Komitees wegen des Wetters im Raum Beringowskoje eine unerhörte Karriere gemacht.«

»Wie kann man deswegen Karriere machen?« wunderte sich Jakow Lasarewitsch.

»Nach einem Plenum wartete er auf den Rückflug. Er

saß zwei Monate herum, und inzwischen war die Zeit für ein nächstes Plenum gekommen. Da wurde er zum Abteilungsleiter gewählt. Wäre er aber abgeflogen – dann ade Aufstieg in die Bezirksstadt!«

Sie aßen, unterhielten sich, hörten Musik, sahen fern und waren sehr glücklich.

Vor dem Schlafengehen ging Jakow Lasarewitsch ins Bad, und Unna machte das Bett. Sie packte die neue bunte Bettwäsche aus Pakistan aus, die sie in der Abteilung »Hochzeitsausstatter« des Magadaner Warenhauses »Sonnenaufgang« gekauft hatte. Die Wäsche strömte einen kaum merklichen Hauch orientalischer Düfte aus – sie war offenbar eigens parfümiert.

Da klingelte es an der Tür.

Unna erstarrte: Wer konnte das sein? Noch dazu bei diesem Schneesturm. Mit stockendem Herzen ging sie zur Tür und horchte. Es war still. Sogar das Tosen des Sturms drang nicht herauf. Vielleicht hatte sie sich verhört?

Aber kaum ging sie von der Tür weg, klingelte es erneut, und diesmal drückte wirklich jemand von außen auf den Knopf.

»Wer ist da?« fragte Unna.

Keine Antwort. Sie wiederholte die Frage, und als sie nichts vernahm, wollte sie schon wieder ins Zimmer gehen, doch ein neues Klingeln hielt sie zurück. Der Ton war kurz, jemand berührte den Knopf nur und ließ ihn sofort wieder los.

Entschlossen ging Unna zur Tür und öffnete sie.

Sie erkannte den schneeüberstäubten alten Mann nicht sofort. Doch dann ... Nach kurzem Schwanken holte sie aus den Tiefen ihres Gedächtnisses ein tschuktschisches Wort hervor und rief entschieden: »Kyrym! Kyrym! – Nein!«

Sie wiederholte den Ausruf etliche Male und schlug die Tür zu. Wieder im Zimmer, wählte sie schnell eine Telefonnummer. »Diensthabender? Hier ist Unna Owtowna Owto. Ja, ja, ich. Bei mir steht ein Betrunkener vor der Tür. Bitte kommen Sie und holen Sie ihn ab. Nur eine Bitte: Stecken Sie ihn nicht in die Ausnüchterungszelle – schaffen Sie ihn ins Altersheim, mir scheint, er kommt von da. Aber möglichst schnell.«

Jakow Lasarewitsch kam aus dem Bad, gerötet und zerzaust. Eifrig rieb er sich mit einem Frotteehandtuch die widerspenstig gewordenen Haare trocken. Der auf der Brust offene Bademantel legte üppigen Haarwuchs frei.

»Mir kam so vor, als hätte jemand geklingelt«, sagte er.

»Ja«, entgegnete Unna und wandte ihm den Rücken zu. »Ein betrunkener alter Mann. Ich habe schon die Miliz gerufen. Sie werden gleich da sein und ihn mitnehmen.«

»Warum denn gleich die Miliz?« murmelte Jakow Lasarewitsch leicht betreten. »Vielleicht wollte er sich einfach aufwärmen?«

»Seiner Verfassung nach hatte er sich schon hinreichend aufgewärmt«, erwiderte Unna schroff.

Jakow Lasarewitsch machte eine Bewegung zur Tür hin, aber Unna war im Nu vor ihm, stellte sich vor die Wohnungstür und sagte böse: »Mach nicht auf! Ich sagte doch – sie holen ihn gleich ab!«

Wie als Bestätigung ihrer Worte erschollen von der Treppe Lärm und Stimmen, vor der Tür rumorte es, und dann polterte etwas dumpf die Treppe hinab, begleitet von sich entfernenden Stimmen, schließlich schlug mit lautem Knall die Haustür zu.

»Erledigt!« sagte Unna offenkundig erleichtert und sicherte die Tür mit einem Zusatzriegel.

Doch sie fand lange keinen Schlaf. Zuerst stellte sie sich

schlafend, als aber Jakow Lasarewitsch gleichmäßig zu atmen begann und im Schlaf mit den Lippen schmatzte, schlug sie die Augen auf. Das Zimmer war von einem bläulichen Glanz erfüllt, der vom Fenster ausging. Deutlich waren alle Gegenstände zu unterscheiden, im Kristallgehänge der Lüster funkelten kleine Lichter. Oder kam ihr das nur so vor?

Hätte sie den Vater in die Wohnung lassen sollen? Er war doch aber offensichtlich betrunken, hatte irre Augen und ein Gesicht wie aus altem Rentierfell, wie es als Außenhaut für die Überdachung einer Jaranga verwendet wird. Sie hatte ihn ja nicht einmal richtig betrachten können. Am Ende war er es gar nicht? Schließlich hatte sie ihn lange nicht mehr gesehen. Solche alten Männer gab es im Altersheim ja zu Dutzenden, und auf den ersten Blick sahen sie alle gleich aus ... Brennende Scham und Mitleid erfaßten sie, und von Zeit zu Zeit seufzte sie schwer. Jakow Lasarewitschs gleichmäßiger Atem setzte aus, er verstummte, lauschte und fragte flüsternd: »Du schläfst nicht?«

»Ich kann einfach nicht einschlafen.«

»Beunruhigt dich irgendwas?«

Nach kurzem Schweigen antwortete Unna: »Das macht sicherlich der Schneesturm.«

»Mir geht es genauso«, seufzte Jakow Lasarewitsch. »Sowie der Schneesturm einsetzt, überkommt mich Schlaflosigkeit. Kaum aber komme ich mit dem Schlaf zurecht, ist es Frühling. Da kann ich das Fenster noch so gut mit dichtem Stoff verhängen, ich finde keinen Schlaf.«

»Aber du hast dich schon dran gewöhnt.«

»Jetzt – ja. Ich gewöhne mich überhaupt schnell an alles Neue, Fremde.«

Er schwieg eine Weile und sagte plötzlich langsam: »Ich kann mich nur nicht an das ewige Gemunkel hinter unserem Rücken gewöhnen, an die vieldeutigen und verständnisvollen Blicke, wenn wir zusammen auf der Straße gehen.«

»Wir haben doch alles abgesprochen«, sagte Unna müde, »zu den Maifeiertagen.«

Bei Dienstbeginn am anderen Morgen zögerte sie eine Weile. Sollte sie im Heim anrufen? Der Tagesbericht vermerkte nichts Ungewöhnliches. Also beschloß sie nur, beim Leiter der städtischen Milizabteilung anzurufen, und der meldete ihr munter, gestern hätten sie auf ihre Anweisung einen alten Mann direkt ins Altersheim gebracht, und dort hätten sie ihn bereitwillig aufgenommen, da sie ihn bereits gesucht hatten.

10

Bereits beim Bau des Restaurants, einer der ersten Steinbauten, hatte man einen Extraraum abgeteilt, einen kleinen Saal, der ans Arbeitszimmer des Direktors grenzte. In dem schmalen Raum befand sich nichts außer einem langen Tisch, einigen albernen Wandleuchtern, einem großen Kühlschrank und einer Anrichte mit Geschirr. Auf einem besonderen Untersatz stand ein rotes Telefon.

Doch die gesamte Obrigkeit und die Dienstreisenden kannten diesen kleinen Saal und die Leiterin des Restaurants, Vera Fjodorowna, eine üppige Blondine mit vielen goldenen Zähnen im Mund. Hier fanden bedeutsame Treffen statt, wurden hohe Chefs und Betriebsleiter abgesetzt oder ernannt, hier wurde über das Schicksal von Menschen entschieden. Zumeist aber amüsierte man sich, trank unmäßig und aß dazu die erlesensten Speisen, die das gar nicht so karge nördliche Land zu bieten hatte.

Da immer genügend Leute aus der Hauptstadt angereist kamen, stand dieser Bankettsaal selten leer, allenfalls dann, wenn das Wetter den Flugplatz für einige Tage stillegte.

Diesmal versammelten sich Leute, die Schlüsselpositionen innehatten, zu einem Freundschaftsessen. Der Wunsch, Unna möge bei diesem Festessen zugegen sein, wurde zwar nicht direkt geäußert, aber doch so, daß sie ihn nicht mißachten konnte.

Unna machte sich lange vor dem Spiegel schön, zog bald dieses und bald jenes Kleid an.

Jakow Lasarewitsch gab ihr gute Ratschläge, seinem Geschmack vertraute Unna unbedingt. Er hatte ihr abgewöhnt, sich übermäßig mit teurem und glitzerndem Schmuck zu behängen, um sich dafür bisweilen mit einem einzigen, aber vorteilhaften und effektvollen Stück zu begnügen. So trug sie auch diesmal auf einem glatten schwarzen Kleid mit blendendweißem Spitzenkragen nur eine Brosche mit grünem Stein.

Um mit ihren leichten Schuhen nicht in den Schnee zu treten und in den dünnen Strümpfen nicht zu frieren, bestellte Unna einen Wagen und fuhr direkt zum Restaurant, wo sie der Leiter der geologischen Forschungsexpedition, Wladimir Witschugin, ein kleiner Rotschopf, begrüßte. Wie alle Geologen trug er einen Kinnbart, aber bei ihm war er äußerst gepflegt und gesträhnt, was ihn offenkundig viel Zeit kostete. Oft genug ertappte Unna ihn heimlich lächelnd dabei, wie er verstohlen in den kleinen Spiegel sah, den er immer bei sich trug, oder behutsam seinen Bart berührte, als wolle er sich überzeugen, daß er noch vorhanden war. Längst hatte Unna bemerkt, daß der Leiter ihr besondere Aufmerksamkeit schenkte, aber seine Annäherungsversuche ließen sie kalt, zumal Witschugin verheiratet war; seine Frau und die Kinder hatte er allerdings zu Hause zurückgelassen, was er damit erklärte, daß seine Frau das rauhe Klima auf Tschukotka nicht vertrage.

»Guten Abend, Unna Owtowna! Ich freue mich wie immer, Sie zu sehen! Heute haben Sie sich an Eleganz selbst übertroffen«, schwadronierte und gurrte der Geologe, während sie in den ersten Stock hinaufgingen, wo hohe Gäste wie Unna Owtowna ihre Mäntel gewöhnlich im Arbeitszimmer der Direktorin ablegten. Es gab solch seltsamen Brauch: Die Sachen wurden nicht in der üblichen Garderobe abgegeben, sondern unbedingt im Direktorenzimmer, wo die kostbaren Kleidungsstücke auf sorgsam bereitgehaltene Bügel im Schrank aufgehängt wurden.

Im Saal hatten sich die meisten Teilnehmer bereits versammelt. Während Unna sich vor dem an der Innenseite der Tür zum Direktorzimmer angebrachten Spiegel kämmte, schauten einige Leute herein und begrüßten sie. Die Hauptabteilungsleiterin Margarita Felixowna Somowa aber, eine stattliche, hochgewachsene Frau mit riesigen Zähnen, einem großen, glatten und sehr weißen Gesicht und für ein solches Gesicht erstaunlich kleinen Augen, eilte herbei und sagte: »Wir warten schon, warten, Unna Owtowna! Nikolai Iwanowitsch hat bereits ein paarmal nach Ihnen gefragt.«

Im Grunde waren sie wegen Nikolai Iwanowitsch, einer bedeutenden Persönlichkeit aus Magadan, zusammengekommen.

Er saß bereits auf dem Ehrenplatz rechts vom Eingang, ihm gegenüber war ein Stuhl für Unna freigehalten, auf dem man sie unter Ausrufen und Grußworten Platz nehmen ließ. Links von ihr saß Wladimir Witschugin, Margarita Felixowna aber hatte ihren Platz an der Tür, von wo aus sie gut die Kellnerinnen beaufsichtigen oder höflich, aber bestimmt die zufällig hereinschauenden Restaurantbesucher zurückweisen konnte.

In jenen Jahren galt das als völlig normal, die Menschen waren an derlei »geschlossene Gesellschaften« gewöhnt.

Nikolai Iwanowitsch sah nicht aus wie einer, der viel Macht besaß. Hager, fast abgezehrt, rauchte er pausenlos eine Zigarette nach der anderen, hustete und machte keineswegs den Eindruck eines Mannes mit robuster Gesundheit. Aber die Leute, die mit ihm arbeiteten, versicherten einmütig, er sei ungewöhnlich ausdauernd und leistungsfähig. Dazu kam, daß er tüchtig trinken und essen konnte. Dennoch hatte ihn nie jemand auch nur angetrunken oder angeheitert, geschweige denn betrunken gesehen. Wie viel Nikolai Iwanowitsch auch trank, er blieb immer gleich bedachtsam, gründlich und klar in seinen Urteilen. Nur hin und wieder zeigte sein asketisches Gesicht eine Grimasse, die Leute, die ihn kannten, zweifelsfrei für ein Lächeln hielten.

Freundlich sah er die Platz nehmende Unna an, nickte ihr zu und schob ihr ein Glas Wein hin. »Ich weiß ja, daß Sie nichts Hochprozentiges trinken«, sagte er bedeutsam.

»Nun, aber auf Ihr Wohl wird sie doch sogar Wodka trinken«, mischte sich Wladimir Witschugin ein. »Bei diesem Imbiß!«

Er sagte etwas zu Margarita Felixowna, die sprang auf, und schon trugen drei Kellnerinnen gleichzeitig drei große Platten mit weißgelber Stroganina, geschnitzeltem, roh gefrostetem Fisch herein. Das beizeiten vorbereitete Gericht kam aus dem Tiefkühlfach, und von den Fischflocken stieg frostiger Rauch auf, verbreitete den Duft von zugefrorenem See, von Süßwassereis und durchsichtiger Tundraluft.

Das Feuerwasser entzündete im Innern eine Flamme, die kaum mit den in eine spezielle scharfe Soße getunkten Fischflocken zu löschen war; solch besondere »Tunke«, wie sie denn auch hieß, zuzubereiten waren die Liebhaber der

Stroganina sehr erfinderisch, und oft hielten sie ihr Rezept geheim.

Nach dem Wodka kam eine bedächtige Unterhaltung in Gang. Nikolai Iwanowitsch brachte das Gespräch auf die richtige Auswahl von Kadern aus der Bevölkerung, er bemerkte, daß es unter den Wirtschaftsfunktionären keinen einzigen Tschuktschen oder Eskimo gebe, während zur Zeit der Kolchosen die Vorsitzenden meistens Einheimische gewesen seien.

»Das liegt einfach daran, daß das Gehalt eines Sowchos-Direktors so hoch ist, daß ein schüchterner Tschuktsche oder Eskimo gar nicht erst eine solche Stellung bekommt«, erklärte Wladimir Witschugin autoritativ.

Unna Owtowna sah ihren Nachbarn verwundert an: Das gleiche hatte Awgust Shirindan des öfteren gesagt.

Ihr Tischnachbar nahm ihren Blick für ein Zeichen der Sympathie, rückte näher und bemühte sich, sein selbst durch die Hose und die finnische Unterhose Hitze ausströmendes Bein an das Bein seiner Nachbarin zu pressen. Zu Unnas Glück aber war zwischen ihnen ein Tischbein, hinter das sie sich zurückzog.

»Wir hatten ein Gespräch«, fuhr Nikolai Iwanowitsch nach dem zweiten Glas fort. »Ich will Ihnen offen sagen, Unna Owtowna, daß wir uns auch mit Moskau beraten haben und dort Unterstützung finden. Etwas Bestimmtes werde ich jetzt nicht sagen, das ist kein Tischgespräch, nur das eine: Sie haben eine glänzende Zukunft vor sich.«

Er spießte ein angetautes, weich gewordenes Stück Fisch auf die Gabel, steckte es in den Mund, kaute und fuhr dann fort: »Einen sehr hohen Posten und eine glänzende Zukunft. Vergessen Sie das nicht. Und natürlich müssen Sie mit sich selbst sehr streng sein, sehr auf sich selbst achten … sehr«, wiederholte er. »Damit Ihnen, wie man so sagt, nicht mal eine Mücke was anhaben kann. Nun, Genossen, ich schlage vor, wir trinken auf die künftige, mit allen Machtbefugnissen ausgestattete Herrin von Tschukotka.«

Alle stießen mit Unna an, die ihre Bewegung kaum zu bezwingen vermochte und merkte, wie kräftig und laut ihr Herz schlug, wie eine heiße Woge ihr ganzes Wesen erfaßte. Sie wußte nicht, was sie auf all diese Anspielungen entgegnen sollte, und fand gerade noch die Kraft, leise zu murmeln: »Ich will mich bemühen, das Vertrauen zu rechtfertigen ... Ich weiß gar nicht, wie ich Ihnen danken soll.«

Aus Verlegenheit nahm sie noch ein Glas Wodka, das ihr Wladimir Witschugin beflissen reichte, und spürte voller Schrecken, wie der Rausch ihren ganzen Körper erfaßte, obwohl der Kopf noch klar blieb. Als sie einen ergebenen Blick von Margarita Felixowna erhaschte, bat sie diese um ein Glas starken Tee, trank ihn und rührte fortan weder Wein noch Wodka mehr an, bis sie ihre Sicherheit wiedergewonnen hatte.

Am Tisch hatte ein sinnloses Geschwätz begonnen, wo jeder, wie er annahm, Bedeutsames und Kluges von sich gab, ohne seinen Gesprächspartner anzuhören, der wiederum überzeugt war, auch er sage etwas höchst Wichtiges.

Unna wußte, daß sie jetzt verschwinden könnte, ohne daß einer etwas merkte, zumal Nikolai Iwanowitsch, der zum Rauchen hinausgegangen war, noch nicht wieder in den Saal zurückgekommen war.

Unna ging hinaus und begab sich ins Dienstzimmer der Direktorin. Ihr folgte Margarita Felixowna.

»Sie wollen schon gehen, Unna Owtowna? Soll ich einen Wagen rufen lassen?«

Unna überlegte: »Ach nein, ich gehe lieber zu Fuß, ich finde, ich habe ein wenig zuviel getrunken.«

»Aber nicht doch, Unna Owtowna!« Margarita Felixowna schlug die Hände zusammen. »Heißt das denn trinken?«

Wladimir Witschugin steckte seinen roten Schopf zur Tür herein. »Würden Sie die Dame vielleicht begleiten?« forderte ihn Margarita Felixowna geziert auf, und Witschugin rief bereitwillig: »Aber ja! Unbedingt!«

Der Wind hatte sich gelegt, aber der Frost drang bis zu den Knochen durch, und hätte Unna nicht den Wunsch verspürt, den Alkoholdunst restlos aus ihrem Kopf zu vertreiben, hätte sie bestimmt einen Wagen bestellt.

Witschugin stützte sie fürsorglich am Ellenbogen und summte ihr ins Ohr: »Ich hoffe, Sie haben Nikolai Iwanowitschs Anspielung verstanden?«

»Die Anspielung ist ja gut und schön, trotzdem muß die Arbeit getan werden«, entgegnete Unna ausweichend und war keineswegs geneigt, diese Angelegenheit mit Witschugin zu erörtern. »Einstweilen geht es mir auf meinem Posten nicht schlecht.«

»Bescheidenheit ist freilich eine Zier, wie es so heißt«, fuhr Witschugin fort, »aber Nikolai Iwanowitsch hatte offenbar etwas anderes im Auge.«

»Was dann?« Unna blieb stehen und machte ihren Ellenbogen frei.

»Als er aufs Private anspielte.«

»Ich verstehe nicht.«

»Alle haben es verstanden, nur Sie nicht. Na schön, ich will nicht drumrum reden: es geht um Ihren Liebhaber.«

»Er ist nicht mein Liebhaber«, entgegnete Unna schroff. »Er ist mein Bräutigam, und wir haben die Absicht, unsere Ehe im Mai offiziell registrieren zu lassen. Er ist übrigens nicht verheiratet und war es auch nicht.«

»Das mag ja sein«, sagte Witschugin in etwas sonderbarem Ton, »aber haben Sie sich das auch gut überlegt? Sozusagen im Hinblick auf künftige hohe Posten?«

»Ich verstehe gar nichts.«

»Er ist doch Jude.«

»Wirklich? Das heißt, was spielt denn das für eine Rolle?« rief Unna ehrlich verwundert.

»Ich möchte Ihnen einen freundschaftlichen Rat geben: Wenn Sie ernsthaft den Posten annehmen wollen, der Ihnen bereits lacht, wie es so schön heißt, denken Sie über ihn nach, ich meine Jakow Lasarewitsch ...«

Sie lief auf ihr Haus zu, und als sie, schon ganz außer Atem, in ihre dritte Etage hinaufgestiegen und in die Arme von Jakow Lasarewitsch gestürzt war, der ihr öffnete, hob sie ihr flammendes Gesicht und fragte: »Bist du wirklich Jude, Jascha?«

»Ja, Unnuschka.«

»Ich liebe dich aber trotzdem. Und werde dich immer lieben.«

11

Jakow Lasarewitsch begleitete Unna zum Flugzeug nach Magadan.

Sie fuhren über das an der Oberfläche bereits tauende Eis des Limans, unter den Rädern spritzte Wasser auf, und die heiße Frühlingssonne wurde von den Süßwasserpfützen auf dem Eis und den Bruchflächen der Eisblöcke zurückgeworfen. Hier, in der Gegend um den Whäner Fluß, hatten Schnee und Eis noch ihr ursprüngliches Weiß bewahrt, aber von unten drängte dunkles Wasser hoch.

Auch die Luft unterschied sich hier wesentlich von der Whäner Stadtluft, die von unzähligen Kesselhäusern verräuchert war – die hatte man an den unerwartetsten Stellen hingesetzt, sogar um das schon so lange im Bau befindliche Wärmekraftwerk herum.

Hier und da hoben sich dunkle Grüppchen von Fischern gegen das Eis ab – es war die Zeit der berühmten Whäner Stinte, die besonders schmackhaft sind und wie eine frisch aufgeschnittene Gurke riechen.

Vor einigen Tagen war Unna mit Jakow Lasarewitsch auf Fischfang gegangen, und sie hatten zu ihrer freudigen Überraschung so viel gefangen, daß sie nicht nur sich selbst satt essen, sondern auch noch ihren Bekannten davon abgeben konnten.

»Komm möglichst schnell zurück«, flüsterte ihr jetzt Jakow Lasarewitsch ins Ohr. »Dann gehen wir wieder Fische fangen.«

»Ach, ich weiß nicht, was mich erwartet«, seufzte Unna. »Da hat sich viel Arbeit angesammelt.«

Diesmal hatte sie wirklich keine große Lust wegzufahren. Der Frühling, die Wärme, die Vogelschwärme am klaren Himmel, all das versetzte sie in eine ungewöhnlich helle, freudige Stimmung.

Am Flughafen gingen sie in den Raum 202, in dem normalerweise hochgestellte Passagiere den Abflug erwarteten.

Der Kommandant der Besatzung kam herein, der Parteisekretär und noch einige Leute von der Flughafenleitung, Tee wurde aufgebrüht, aber zum Trinken kamen sie nicht mehr, denn die Passagiere nach Magadan wurden aufgerufen.

Jakow Lasarewitsch verabschiedete sich von Unna am Flugzeug: »Vor allem – paß gut auf dich auf.«

»Ich werde sehr, sehr gut aufpassen«, entgegnete Unna mit leisem Lächeln.

Noch wußte niemand außer ihnen beiden von der Schwangerschaft, und sie wollten das erst nach Unnas Rückkehr von der Dienstreise, am Tag der offiziellen Registrierung ihrer Ehe öffentlich machen.

Seit auf der Linie Whän–Magadan die neuen Flugzeuge vom Typ IL-18 eingesetzt wurden, gab es fast keine Verspätungen oder wetterbedingten Ausfälle mehr. Wenn überhaupt, dann im Winter, keinesfalls aber im Frühjahr.

Bekannte Gesichter auf dem Flughafen in Magadan, der Fahrer und das geliebte Zimmer Nr. 2 im Hotel »Zentralnaja«. Unna war noch nicht dazu gekommen, abzulegen und sich zu waschen, da läutete schon das Telefon, und als erste meldete sich natürlich Ljubow Nikolajewna: »Ich bin schon unterwegs zu dir ... Nein, nein, das ist kein Gespräch fürs Telefon ... Aber es ist sehr, sehr wichtig ... Hast du übrigens Geld mit? Sie haben ein paar japanische Fernseher gebracht für ›Aktivisten in der Produktion‹ ... Sind wir zwei etwa keine Aktivisten? Geb's Gott, daß noch jemand so ranklotzt wie du oder ich ... Aber die größte Neuigkeit ist einfach umwerfend! Jetzt hängt alles von dir ab, meine Liebe.«

Während Unna die schnelle, sich überstürzende Rede von Ljubow Nikolajewna hörte, spürte sie eine innere Erregung, ein süßes Erbeben im Vorgefühl von unwahrscheinlicher Freude und Glück. Wenn nur nicht etwas dazwischenkam und ein böses Ende fand ... Plötzlich ertappte sie sich dabei, wie sie sich selbst zuflüsterte: Wenn es dich tatsächlich gibt, Gott, dann hilf mir, hilf ... Insgeheim beschämt, begann sie sich fieberhaft auf die Begegnung mit der Freundin vorzubereiten.

Ljubow Nikolajewna, unwahrscheinlich herausgeputzt, rauschte geräuschvoll ins Zimmer, unter anderem trug sie einen feuerroten Kamtschatka-Fuchspelz, von dem vage

Gerüchte sogar bis nach Whän gedrungen waren. Angeblich hatte Ljubow Nikolajewna, die von einer bevorstehenden Preiserhöhung für Rauchwaren wußte, beizeiten Pelze aufgekauft. Aber das war natürlich Klatsch, das übliche Bestreben von Spießern, Mitarbeiter zu verleumden.

»Nun, meine Liebe, jetzt ist es so gut wie perfekt«, sagte sie, kaum daß sie eingetreten war. Aus dem unermeßlichen Innern ihrer großen Tasche brachte sie eine Flasche Champagner zum Vorschein. »Stell sie in den Kühlschrank. Es wäre kein Fehler, jetzt ein Glas zu trinken.«

»Die Arbeitszeit ist aber noch nicht zu Ende«, meinte Unna schwankend. »Wenn ich nun irgendwohin bestellt werde?«

»Heute bestellt dich niemand.« Ljubow Nikolajewna winkte ab. »Keine Sorge! Und bald werden sie selber zu dir kommen!«

Sie betrachtete Unna mit einem irgendwie anderen Blick, trat ein paar Schritte zurück und sagte schmunzelnd: »Gar nicht übel. Wenn man dich so ansieht – die Männer werden scharenweise umfallen ... Mir ist da übrigens was zu Ohren gekommen. Was hast du da für einen Musiker?«

»Das ist Jakow Lasarewitsch, der Direktor der Musikschule, ein Cellist«, teilte ihr Unna mit leisem Stolz mit.

»Cellist, sagst du?« Ljubow Nikolajewna runzelte die Stirn. »Etwa der Jude?« Und entschieden setzte sie hinzu: »Mit ihm mußt du Schluß machen!«

»Was heißt Schluß machen?« fragte Unna verwundert.

»Begreifst du denn nicht?« Ljubow Nikolajewna blickte aufmerksam in das gerötete Gesicht ihrer Gesprächspartnerin. »Ach, deine tschuktschische Naivität! Du müßtest doch wissen, daß in unserem Land die Verwandtschaft mit einem Juden der Karriere abträglich ist.«

»Ja? Gibt es so einen Beschluß?«

»Von einem Beschluß weiß ich nichts, aber so eine Regel existiert bestimmt, das steht außer Frage!« erklärte Ljubow Nikolajewna kategorisch.

»Aber wieso?«

Unna war in der Tat bestürzt und entmutigt. Etwas war schon zu ihr gedrungen, Witze, Spötteleien, Redensarten, aber all das bewegte sich auf der Ebene von Alltagsbeziehungen, so wie in der Tundra beispielsweise bestimmte Ansichten über die Verwandten an der See oder über die Eskimos existierten. Doch in der Politik?

»Und was ist mit Israil Moissejewitsch Rosin?« Plötzlich fiel ihr der Chefgeologe ein.

»Nun, das ist was anderes!« Ljubow Nikolajewna schmunzelte. »Der ist so ein Fachmann, daß die Nationalität keine Rolle mehr spielt.«

»Wo bleibt dann aber die Gleichberechtigung?« fuhr Unna bestürzt fort. »In der Verfassung heißt es doch: Alle Nationen sind gleich.«

»Davon abgesehen gibt es noch die Nationalitätenpolitik«, sagte Ljubow Nikolajewna belehrend. »Die Po-li-tik. Verstehst du?«

»Ich verstehe«, sagte Unna verwirrt, ließ den Kopf sinken und kam sich vor wie in den ersten Tagen im Schulinternat, als auf sie plötzlich neue Verhaltensregeln und wenig verständliche Vorschriften einstürmten.

»Ja, ja«, sagte Ljubow Nikolajewna belehrend, »lerne nur, meine Liebe ... Warum bist du denn so traurig geworden? Wir finden für dich einen anderen Bräutigam. Den besten Piloten vom Magadaner Gebiet! Oder noch besser – den Kapitän eines Eisbrechers! Jung, gesund!«

Unna war in einer Verfassung, als zerrisse etwas in ihr und fiele auf den Grund ihrer Seele. Sie konnte sich einfach nicht konzentrieren.

»Aber wir … wir wollten uns doch schon registrieren lassen … haben vereinbart, sobald ich zurückkomme, gleich in der nächsten Woche …«

»Hör auf mich, Unna.«

Ljubow Nikolajewna ging zur Liege, setzte sich neben Unna und legte ihr einen Arm um die Schultern. »Hör zu. Du kennst mich doch schon lange. Sag, habe ich dir einmal etwas geraten, was dir geschadet hätte? Sag schon.«

Unna schüttelte schweigend den Kopf.

»Na bitte. Auch diesmal rate ich dir, auf mich zu hören. Vor allem – die Sache ist entschieden. Wenn du willst, sage ich dir's geradezu: Du wirst als Kandidatin für den Obersten Sowjet nominiert. Weißt du, was das bedeutet? Auf diesen Gipfel, noch dazu mit deiner tschuktschischen Herkunft, kannst du hoch hinauffliegen! Allenfalls die Tereschkowa wird dann über dir sein. Aber sogar mit ihr wirst du gewissermaßen auf einer Ebene stehen. Und du wirst zu allem in der Lage sein. Kannst du dir das vorstellen? Du allein stehst im Zentrum. Im Zentrum aller Aufmerksamkeit.

Und all diese Klamotten, Stiefel, japanischen Tonbandgeräte und Fernseher werden von selbst da stehen, wo du wohnen wirst! Ganz zu schweigen, verzeih meine Offenheit, von den Männern. Dir zu Füßen werden alle liegen, die du willst. Noch dazu mit deinem Aussehen.«

»Aber ich, wir … ich erwarte ein Kind …«

Jetzt hielt es Unna nicht länger aus, sie schluchzte auf und begann zu weinen.

Ljubow Nikolajewna erhob sich, goß aus einer angebrochenen Flasche ein Glas Mineralwasser ein und hielt es der Weinenden an die Lippen.

»Da, trink … Im wievielten Monat?«

»Im zweiten, vielleicht auch dritten.«

»Nun, das ist nur ein medizinisch-technisches Problem«, versicherte Ljubow Nikolajewna. »Das ist korrigierbar.«

»Ach, was soll ich nur machen, was soll ich machen?« sagte Unna unter Schluchzen und knüllte das tränenfeuchte Taschentuch in den Händen.

»Nimm dich zusammen, meine Liebe!« rief Ljubow Nikolajewna im Befehlston. »Wenn man solche Gipfel vor sich hat, muß man sich beherrschen und alle Kräfte sammeln! Vorwärts, Unna Owtowna!«

Ljubow Nikolajewna wählte zwei Nummern – eine vom Vorsitzenden des Exekutivkomitees und die zweite vom Stellvertreter des Ersten Parteisekretärs – und sagte, sie spreche aus dem Zimmer von Unna Owtowna, die sich ein wenig unwohl fühle und bitte, sie bis morgen nicht in Anspruch zu nehmen.

»Nun denn«, rief Ljubow Nikolajewna und rieb sich die Hände, »jetzt essen wir erst mal und überlegen alles Notwendige.«

Abwesend beobachtete Unna von ihrem Lieblingsplatz auf der Couch, wie die Freundin souverän ein Essen bestellte, einen gewissen Igor Michailowitsch anrief und ihn bat, kurz mal ins Hotel zu kommen, und sagte dann: »Und jetzt unter die Dusche, meine Liebe. Zieh dich um, bring dich in Ordnung. Igor Michailowitsch, der beste Gynäkologe im Gebiet, ist unser Mann, der hat Verständnis und wird helfen.«

»Noch habe ich mich aber zu nichts entschieden«, widersetzte sich Unna matt.

»Weißt du«, sagte Ljubow Nikolajewna eindringlich, »jeder Mensch hat im Leben Momente, da er eine feste freundschaftliche Hand braucht. Ich versichere dir, du wirst mir später dein Leben lang dankbar sein. Kopf hoch, Unna Owtowna! Und sei dir im klaren: Du bist keine Schülerin, die zufällig von einem Mitschüler in einem Torweg geschwängert wurde, sondern zukünftige Deputierte des Obersten Sowjet!«

An diesem Abend begriff Unna, welche Erleichterung der Alkohol bringen kann. Nach dem dritten Glas Kognak erschien ihr das Leben wieder schön, es versprach Macht über Menschen und ihre Geschicke, die Möglichkeit zu begnadigen, zu beschenken, zu verdammen und zu strafen. Es verhieß aufmerksame, ehrerbietige oder entzückte, mitunter gewiß auch neid- und haßerfüllte Blicke. Das alles würde sich noch vervielfachen, sobald sie diesen Posten einnehmen würde. Vielleicht lohnte es sich doch, auf den weisen Rat der erfahrenen Ljubow Nikolajewna zu hören?

Igor Michailowitsch war ein noch blutjunger Mann, der aber akkurat und intelligent wirkte. Anders als die ungeschliffenen Bekannten aus der Nomenklatura küßte er den Damen galant die Hand, sprach vorwiegend über die letzten Ausgaben der Serie »Denkmäler der Weltliteratur«, zitierte unbekannte Verse, genoß jeden Schluck Kognak und lobte jeden Bissen, bevor er ihn in den Mund steckte.

Nach einer Weile gingen Igor Michailowitsch und Ljubow Nikolajewna ins Schlafzimmer und kamen nach fünf Minuten wieder zurück.

»Alles wird in bester Ordnung sein«, sagte Igor Michailowitsch trocken und offiziell, gleich darauf aber berichtete er schon in ganz anderem Ton, freundschaftlich und verständnisvoll, von Problemen beim alpinen Skisport und schwärmte, wie schön es sei, an diesen frühlingshaften Maitagen die steilen Hänge der Kolymaer Berge hinunterzusausen.

»Dort oben, auf dem Gipfel«, erzählte er und trank den Kognak in kleinen Schlucken, »ist es so warm, daß ich mich bis auf die Badehose ausziehe.«

Und in der Tat war Igor Michailowitsch so sonnenverbrannt, daß er an einen Rentierzüchter erinnert hätte, wäre er nicht so gepflegt und kultiviert gewesen.

Er ging als erster, und Ljubow Nikolajewna sagte: »Liegen wirst du in einem Einzelzimmer mit Telefon, Fernseher und Bad.

Sie ging ziemlich spät.

Unna sah auf die Uhr. Es war schon nach Mitternacht. Sie konnte natürlich in Whän anrufen. Die Telefonistin würde sie, wenn sie ihre Stimme erkannte, umgehend verbinden. Doch es war schon spät. Und lohnte es? Sie wollte sich lieber schlafen legen. Es heißt ja, der Morgen ist klüger als der Abend.

Zu ihrer eigenen Verwunderung schlief sie augenblicklich ein und wurde erst in der achten Stunde von einem Anruf geweckt. Es war Ljubow Nikolajewna, die ihr mitteilte, die Obrigkeit erwarte sie bereits, sie müsse sich beeilen.

Unna steckte den Stecker ihres elektrischen Teekessels in die Steckdose, duschte heiß und kalt, zog sich an und wunderte sich zum wiederholten Mal über die Phantasie der Magadaner Bauleute, die die riesigen Bäder der Luxushotelzimmer mit Sitzwannen ausgestattet hatten.

Die Sonne blendete Unna, und sie setzte sich eine elegante Sonnenbrille auf, die ihr sehr gut stand, sie bedeutsamer und, wie Awgust Shirindan es nannte, »rätselhafter« machte. Aber schon im Vorraum der Verwaltung nahm sie die Brille ab und steckte sie in ihre Tasche – hier liebte man keine Extravaganz.

Nachdem sie in der Garderobe abgelegt hatte, kam sie an der Treppe zum einstigen Gefängniskeller vorbei, wo jetzt die Abteilung »Völker des Fernen Nordens« untergebracht war. Ein Milizionär salutierte.

Iwan Petrowitsch Kistjakowski, wie immer gepflegt und würdevoll, drückte Unnas kleine Hände betont höflich und entgegenkommend mit den seinen.

»Ich freue mich wie immer, Sie bei guter Gesundheit und guter Laune zu sehen.«

Ihr dienstliches Gespräch galt zunächst der Umsiedlung des kleinen Nomadenlagers Nunjamo, wo sich die bereits aus ihrem Stammsitz ausquartierten Naukaner Eskimos niedergelassen hatten, in die Siedlung Lawrentija und dem Bau eines soliden Mehrfamilienhauses dort.

»Es geht nicht an, daß wir in den Verwaltungszentren keine Vertreter der einheimischen Bevölkerung sehen«, sagte Kistjakowski aufrichtig empört. »Sie müssen nicht nur in den leitenden Organen vertreten sein, sondern auch in technischen Funktionen, z. B. auf Baustellen.«

»Von dort gibt es viele Beschwerden«, teilte ihm Unna mit. »Die Leute befürchten, daß die Jäger ihre in Jahrhunderten erworbenen Fähigkeiten vergessen, denn in die Bucht kommen keine Tiere mehr und zu den Jagdgründen müssen sie weit hinausfahren, bis zur Beringstraße.«

»Wir sind ja gerade deshalb dafür, perspektivlose Ansiedlungen zusammenzuführen, um auf diese Weise die Menschen von ihren Gewohnheiten der Urgesellschaft abzubringen. Denn strenggenommen sind sowohl die Rentierzucht als auch die Jagd auf Meerestiere Formen prähistorischer Lebensart und passen nicht zum modernen Kommunismus ... Wie steht es übrigens mit der Propagierung des Buches ›Wiedergeburt‹ von Leonid Iljitsch Breshnew?«

»Ich habe es in tschuktschischer Übersetzung in Rentierzüchterlagern gesehen«, sagte Unna.

»Sehr schön«, meinte Iwan Petrowitsch zufrieden. »Dieses bemerkenswerte Buch muß man in den entlegensten

Orten der Tundra kennen. Was aber die angebliche Zerstörung der traditionellen Lebensweise anbelangt – achten Sie nicht auf solche Reden! Man muß vorwärts blicken und den Tschuktschen oder Eskimo als Bergmann sehen, als Bauarbeiter, Chauffeur, Seemann, Industriearbeiter ... Wir hoffen dabei sehr auf Sie, Unna Owtowna, eine so angesehene Vertreterin der einheimischen Bevölkerung.«

Eines der zahlreichen Telefone gurrte eigenartig.

Iwan Petrowitsch nahm den Hörer ab und sagte in forschem Ton: »Ja, sie ist hier! Wir kommen zu Ihnen, Afanassi Sergejewitsch!« Er legte den Hörer auf und teilte Unna mit: »Der Erste bittet uns zu sich!«

Das Dienstzimmer des Ersten Sekretärs lag in der zweiten Etage.

Um es zu erreichen, mußte sie ein großes Vorzimmer passieren, in das die mit schwarzem Kunstleder bezogenen Türen anderer Sekretäre führten.

Afanassi Sergejewitsch mit seinem runden Zieselgesicht unterschied sich stark von dem würdevollen Iwan Petrowitsch, seine sehnige Statur erinnerte noch an den einstigen Bergbauingenieur. In seinen Augen schimmerte die morgendliche Wehmut eines starken Trinkers.

Nachdem er seinem Gast Platz angeboten hatte, sagte er knapp: »Wir wollen Ihnen nichts verhehlen, Unna Owtowna; die Bezirksleitung wird bei den bevorstehenden Wahlen Ihre Kandidatur unterstützen. Was halten Sie davon? Wie stehen Sie persönlich dazu?«

»Im großen und ganzen – danke für das Vertrauen, ich will mich bemühen, es zu rechtfertigen.«

»Ich denke, daran besteht bei der Leitung kein Zweifel«, unterstützte sie Iwan Petrowitsch.

»Mit Moskau ist im Prinzip alles abgestimmt«, fuhr Afanassi Sergejewitsch in gemessenem Tonfall fort. »Was aber gewisse private Probleme anbelangt, so sind wir, ich und Iwan Petrowitsch, sicher, daß Sie damit fertig werden. Nur eins würde ich Ihnen raten: Verlieren Sie nicht viel Worte darüber. Den Kreis der Eingeweihten zu erweitern könnte Ihnen nur schaden.«

Diese Worte sagte Afanassi Sergejewitsch ruhig, gewissermaßen teilnahmslos, doch aus ihnen schlug Unna Eiseskälte entgegen. So war es in der halbvergessenen Tundrazeit gewesen, wenn man über schwankende, mit roten Torfbeerflecken bedeckte Mooshügel lief und einen ein warmer, zärtlicher Wind umfächelte, der nach all dem roch, was hier gewachsen war oder geblüht hatte, plötzlich aber, inmitten dieser Weichheit und Wärme, Frost ins Gesicht schlug: Der sich in einem sommersüber nicht getauten Schneefleck verborgen hatte, oder der ewigem unterirdischem Eis entsprang, das unter dem dünnen Tundraboden lag.

Deutlicher konnte man es nicht sagen. Unna konnte zwar wählen, aber eigentlich hatten längst andere für sie entschieden, ihr blieb nur übrig, sich zu fügen und den Vorschriften und Hinweisen zu folgen.

Während sich Unna in der engen Garderobe anzog, dachte sie plötzlich, daß sie sich in der ganzen Zeit, seit sie den hohen Posten im Bezirk innehatte, und bei ihren Dienstreisen nach Magadan kein einziges Mal die Zeit genommen hatte, die Abteilung »Völker des Fernen Nordens« im Kellergeschoß aufzusuchen. Nach kurzem Zaudern stieg sie dennoch nicht hinunter, nahm sich jedoch fest vor, die Abteilung zu besuchen, sobald alles geregelt war. Und überhaupt ... es war nicht richtig, die Angestellten im Keller unterzubringen und ihnen auf diese Weise gewissermaßen ihren Platz in der Hierarchie zuzuweisen.

Nein, sowie sie gewählt war, würde sie von der Leitung

einen entsprechenden Raum fordern. Natürlich drohte die Gefahr, sich den Ruf einer Nationalistin zuzuziehen, aber von der hohen Ebene des Obersten Sowjets war das nicht so gefährlich ... Auch mußte sie daran denken, Alexander Wenediktowitsch zurückzuholen, nachdem man ihn irgendwohin auf einen Gewerkschaftsposten abgeschoben hatte. Möglicherweise hatte Awgust Shirindan recht, wenn er sagte, daß manche, die heute über Macht verfügten, nur darauf aus seien, die Nordländer zu kränken.

Diese Gedanken beruhigten Unna ein wenig, während sie über den sonnenüberfluteten Platz ging, an dem von Beton eingefaßten Vorgarten entlang, hinter dem das riesige Gebäude der Bergbauverwaltung aufragte. Links ließ sie die »Galerie der Besten im Gebiet« mit den ausgeblichenen Fotos hinter sich.

Neben der Apotheke an der Ecke reihten sich Kinderwagen aneinander. Bei ihrem Anblick krampfte sich Unna das Herz zusammen, und in ihre Augen traten unwillkürlich Tränen.

Linkerhand erstreckte sich die berühmte Magadaner Feinkosthandlung Nr. 1. Vor der Tür standen schlampig gekleidete, unrasierte Männer, tranken Bier aus der Flasche und stritten laut miteinander.

In Kiosken wurden Konserven verkauft, und aus einem Fenster rief eine Frau im Kittel vertraulich: »Kauft fertigen Teig aus der Kantine des Bezirkskomitees! Kauft Piroggen aus der Kantine!«

In ihrem Zimmer traf Unna Ljubow Nikolajewna an.

»Unten wartet ein Wagen«, sagte die Freundin sachlich. »Mach dich fertig.«

»So plötzlich?« fragte Unna erschrocken.

»Warum es hinausschieben? Worauf warten? Je schneller du es hinter dich bringst, desto besser. Glaub mir ... Hast du nicht begriffen, daß alle dir helfen wollen und es so machen, wie es für dich am besten ist? Deine Sachen bringe ich zu mir. Nimm nur das Nötigste mit.«

Vor dem Hotel stand ein schwarzer »Wolga« mit einem Unna unbekannten Chauffeur.

Sie mußte ihm nicht sagen, wohin er fahren sollte.

Für kurze Zeit eröffnete sich Unna ein wunderschöner Blick auf die Nagajew-Bucht, und sie dachte, wie wenig Zeit ihr doch bliebe, um sich einfach an der Natur zu erfreuen, geruhsam über ihre Umgebung und die Zukunft nachzusinnen. Alles mußte möglichst schnell gehen, möglichst sofort geschehen, um ja keine Zeit zu verlieren.

Unna wurde durch einen Seiteneingang, offensichtlich einen für das Personal, ins Krankenhaus geführt, und bald befand sie sich in einem prächtigen Zimmer, das noch besser eingerichtet war als das Luxuszimmer im Hotel. Überall Teppiche, ein Farbfernseher neuester Marke, weiche Sessel, ein Kühlschrank, zwei Telefone auf dem Schreibtisch.

Zufrieden sah Unna sich um, und Ljubow Nikolajewna merkte, daß sich ihre Stimmung geändert hatte.

»Na siehst du, und du hast dir Sorgen gemacht«, sagte sie lächelnd. »Hier wirst du es gut haben.«

Mit ihnen war nur Igor Michailowitsch ins Zimmer getreten. »Machen Sie es sich bequem«, sagte er und ging hinaus.

Ljubow Nikolajewna öffnete den Kühlschrank und zeigte Unna: »Da sind Kaviar, Champagner, Kognak ... Mineralwasser, Orangensaft. Zwei Päckchen indischer Tee. Im Nachttisch ist ein Teekessel und Geschirr. Sei nicht verzagt, meine Liebe, alles wird gut!«

Unna blieb allein im Krankenzimmer. Sie zog sich um, schaltete den Fernseher ein und ging dann ins Badezimmer, in dem eine normale Wanne stand, ließ Wasser einlaufen und beschloß, sich im reinen, bläulichen heißen Wasser zu aalen. Dieses Vergnügen fand sie in Whän nicht, dort war das Leitungswasser gelb und hatte einen üblen Geruch, an den sich die Bewohner allerdings längst gewöhnt hatten, sie hörten nicht einmal mehr auf die Versprechungen der jeweiligen Bezirksobrigkeit, die dafür sorgen wollte, daß das Whäner Wasser geklärt wird.

Die Entscheidung war getroffen, nun blieb nur noch das Warten auf den Eingriff, und jede Minute dehnte sich zu Stunden aus. Zurück im Zimmer, entdeckte Unna einen Packen Zeitungen, die offensichtlich eine fürsorgliche Hand gebracht hatte.

Fast unmittelbar hintereinander riefen Kistjakowski und Afanassi Sergejewitsch an, erkundigten sich nach ihrer Gesundheit und wünschten Erfolg.

Als Unna nach dem Eingriff wieder zu sich gekommen war und im Bett lag, hatte sie ein Gefühl, als hätte man ihr nicht nur das ungeborene Kind, sondern einen bedeutenden Teil ihres eigenen Organismus genommen, obwohl Igor Michailowitsch versicherte, alles sei so günstig wie selten verlaufen, und auch nach allem, was geschehen sei, werde sie noch viele Kinder zur Welt bringen können.

Der Chefgynäkologe wollte es sich in einem Sessel bequem machen, offenbar, um Unna zu trösten, doch sie sagte, sie wolle allein bleiben und etwas schlafen.

Und wirklich schlief sie sofort ein und erwachte erst mitten in der Nacht in tiefer Ruhe. Still war es hinter den Wänden, im Korridor, genauer, in diesem ganzen Trakt, der vom übrigen Krankenhaus so abgetrennt war, daß kein neugieriger Kranker von dort hierher gelangen konnte.

Unna war sogar zu träge, um auf die Uhr zu sehen, sie

blieb im dunklen Zimmer liegen, im Bett, versunken in einen sonderbaren Zustand: Im Kopf war kein einziger Gedanke, und wenn sich doch etwas regte, dann war es, als jagte plötzlich ein einsamer, armer Gedanke durch den leeren Schädel und erlosch wie ein Funke, der sich von der Flamme eines Tundrafeuers losgerissen hatte.

Von Zeit zu Zeit schlummerte sie ein, wurde wieder wach, und schließlich hörte sie gänzlich auf, die Grenze zwischen Schlaf und Wachsein zu unterscheiden, bis das unerwartet laute Klingeln eines Telefons sie zusammenfahren ließ. Zuerst versuchte sie den Hörer auf dem Tisch zu ertasten, stieß aber gegen das andere Telefon, so daß dessen Hörer herunterfiel, dann erst suchte und fand sie den Knopf der Tischlampe. Sie legte den Hörer des Regierungstelefons wieder auf, nahm den Hörer des nicht verstummenden Apparats für gewöhnliche Gespräche ab und sagte heiser: »Hallo!«

»Endlich!« vernahm sie im Hörer die offensichtlich erfreute Stimme von Jakow Lasarewitsch. »Wie geht es dir? Wie fühlst du dich? Kannst du sprechen?«

»Wie spät ist es denn?« fragte Unna.

»Halb zwölf nachts. Hast du geschlafen?«

»Aber nein.«

»Wenn du geschlafen hast, dann schlaf weiter, ich rufe dich am Morgen an. Wie froh bin ich, daß du lebst! Ist bei dir alles in Ordnung? Man hat mir gesagt, es sei nichts Ernstes. Aber es kam so unerwartet. Als du wegfuhrst, hast du doch über nichts geklagt.«

»Mir geht es wieder gut, Jascha ... Ich werde sicherlich schon übermorgen entlassen ... Jedenfalls hat das der Arzt gesagt«, teilte sie ihm mit.

»Na Gott sei Dank! Entschuldige noch mal, daß ich dich geweckt habe. Aber ich mußte dich hören. Du kannst dir nicht vorstellen, wie ich dich liebe! In diesen Stunden habe ich wieder einmal begriffen, was du mir bedeutest. Schlaf, meine Liebe, schlaf, meine Schöne.«

Unna hörte die zärtliche Stimme, und unwillkürlich rannen heiße Tränen aufs Nachthemd, auf die Brust und brannten auf der Haut. Langsam legte sie den verstummten Hörer auf, drehte sich, von Schluchzen erschüttert, auf den Bauch und steckte den Kopf ins Kissen.

Wie Igor Michailowitsch versprochen hatte, wurde Unna am dritten Tag entlassen. Trotz des ungewöhnlichen Komforts zog es sie mit Macht in ihr wohnliches und vertrautes Zimmer im Hotel. Derselbe Wagen mit dem schweigsamen Chauffeur brachte Unna in Begleitung von Ljubow Nikolajewna zurück ins Hotel, wohin die treue Freundin bereits ihre Sachen geschafft hatte.

Von hier rief Unna selber Jakow Lasarewitsch an und sagte, daß bei ihr alles in Ordnung sei, sie gesund, aber sehr beschäftigt sei, weshalb sie ihn bitte, ihr nicht mit Anrufen zuzusetzen.

»Ich spüre, irgendwas ist vorgefallen«, beharrte Jakow Lasarewitsch. »Hat das mit dem Kind zu tun?«

»In gewisser Weise ja«, stieß Unna hervor.

»Es wird nicht auf die Welt kommen?«

»Nein.«

»Hast du selbst so beschlossen?«

»Ja.«

»Warum?«

»Es war notwendig.«

»Du liebst mich nicht?«

»Das ist kein Gespräch fürs Telefon.«

»Vielleicht hast du es dir anders überlegt und willst mich nicht mehr heiraten?«

Unna gab keine Antwort. Sie atmete in den Hörer und hörte, wie schwer auch Jakow Lasarewitsch atmete.

»Du kannst mir nicht antworten?«

»Nein«, entgegnete Unna, ihr Schluchzen bezwingend. »Frag mich nicht danach, frag mich nicht! Denkst du, mir fällt es leicht?«

Sie legte den Hörer auf und brach in lautes Weinen aus. Als sie sich beruhigt hatte, öffnete sie den Kühlschrank und trank zum erstenmal im Leben voller Genuß und mit unverhohlenem Vergnügen ein großes Glas schäumenden kalten Champagner.

Unna beeilte sich nicht, nach Whän zurückzufahren, sie fürchtete die Begegnung mit Jakow Lasarewitsch, der dennoch von Zeit zu Zeit anrief, aber nach nichts fragte, nur berichtete, wie das Wetter in Whän sei, daß der Schnee weggetaut, daß es warm geworden sei, doch Unna spürte, wie gespannt er auf den Klang ihrer Stimme lauschte, auf jedes ihrer Worte, sogar auf die Pausen und ihren Atem.

Der Liman war noch nicht gänzlich offen, doch flußabwärts staute sich schon das obere Eis, und in zwei, drei Tagen würde auf dem großen tschuktschischen Fluß der Eisgang einsetzen.

Ein Fahrer brachte Unna zu ihrer Wohnung. Sie öffnete die Tür, betrat die Diele und warf als erstes einen Blick auf den Garderobenständer, wo gewöhnlich Jakow Lasarewitschs Jacke hing. Die Jacke war nicht da.

Ohne sich auszuziehen, stürzte Unna zum Telefon und wählte die Nummer der Musikschule.

»Jakow Lasarewitsch ist nach Kamtschatka gefahren«, vernahm sie als Antwort auf ihre Bitte, den Direktor zu rufen.

»Wieso nach Kamtschatka?« fragte Unna bestürzt.

»Einfach so«, antwortete die Stimme. »Er hat gekündigt

und ist weggefahren. Er hat die Musikschule in Ust-Kamtschatsk übernommen.«

Dann ertönten kurze Signaltöne.

Behutsam legte Unna den Hörer auf und sah sich noch einmal in der Wohnung um. Alle Dinge standen an ihrem gewohnten Platz. Stille herrschte. Zuerst schien es Unna, sie sei unversehens taub geworden. Dann aber drang das Weinen eines Kindes an ihr Ohr, vielleicht kam es von zwei Stockwerken unter ihr, dann das dumpfe Rattern von Maschinen im Seehafen, das Hupen von Autos. Doch in der Wohnung herrschte noch immer eine seltsam lastende, gleichsam physisch spürbare Stille.

Der Gedanke, daß es so vielleicht am besten sei, kam ihr erst später, am Abend, als sie allein geblieben war, das Telefon abgeschaltet und vor sich auf den Zeitschriftentisch eine Flasche Kognak gestellt hatte. Es war der französische Kognak »Napoléon«, ein sündhaft teurer, den dubiose Händler wie durch ein Wunder in riesiger Menge nach Tschukotka gebracht hatten. Weil er so teuer war, kauften ihn fast nur Kenner. Unna fand an ihm nichts Besonderes, doch hatte sie Jascha zugestimmt, daß es ein Getränk höchster Qualität sei. Die Flasche war fast voll, denn sie hatten nur wenig getrunken, meistens zum Kaffee.

Der Rausch kam schnell, schon ein paar Minuten nach dem ersten großen Glas. Unna stand vom Sessel auf und schaltete Musik ein. Aber fast alles erinnerte sie an Jascha. In die Stimmen der Geigen, Celli, Klarinetten und Flöten mischten sich seine Stimme, seine Worte, sein Atem … Jäh schaltete Unna das Tonbandgerät ab und betrachtete die Bücherregale: Auch hier erinnerten alle Bücher, jedenfalls die letzten Erwerbungen, an ihn.

Unna trank ein Glas nach dem anderen und geriet allmählich in eine Erstarrung, die den Rausch abstumpfte.

Plötzlich empfand sie den Wunsch nach einem Gedankenaustausch, einem vertraulichen Gespräch. Sie stürzte zum Telefon und klopfte lange mit dem Hörer auf den Apparat, bis ihr klar wurde, daß sie ihn ja selbst abgestellt hatte. Sie stellte ihn wieder an und überlegte: Wen konnte sie anrufen?

In Gedanken ging sie alle Bekannten durch – sie hatte davon genug –, doch es stellte sich heraus, daß es niemanden gab, den sie anrufen konnte. Sie holte das dünne Telefonbuch hervor, blätterte es durch und fand niemanden. Shirindan hätte sie anrufen mögen, aber der besaß kein Telefon, und sie wußte nicht einmal, wo dieser Dissident lebte.

Sie schleuderte das Telefonbuch wütend in eine Ecke und legte sich, ohne sich auszuziehen, auf ihre Bettcouch.

Mitten in der Nacht erwachte sie mit trockenem Hals und Herzklopfen.

Nachdem sie ihren Durst mit kaltem Mineralwasser gestillt hatte, trug sie angewidert die nicht leer getrunkene Kognakflasche in die Küche, brachte das Zimmer etwas in Ordnung, zog sich aus, legte sich ins Bett und sank sofort in einen schweren, zähen Schlaf.

12

Mit jedem Jahr verlor der Eisgang auf dem großen tschuktschischen Fluß Whän an Schönheit, sogar vom Oberlauf kam das Eis bereits mit dunkelbraunen Flecken von Dieselöl, mit Ruß und Schmutz, mit Konservendosen, leeren Flaschen und zerrissenen Plastikbeuteln, mit Hunde- und Menschenkot – kurz, mit all dem, was vom Ruhm und Reichtum der tschuktschischen Tundra zeugte, nachdem die Eroberer des Nordens sie aus tausendjährigem Schlaf in ewiger weißer Lautlosigkeit aufgeweckt hatten und sie sich, wie ein hiesiger Schriftsteller gesagt hat, im Namen der Zukunft anschickte, den Sprung vom Tranlämpchen zum Atom zu vollziehen.

Daher weckte das bizarre Tohuwabohu aus Eis an der Küste des Limans kein besonderes Interesse, und es standen keine Menschenmassen am Ufer wie früher, wenn man von einigen tollkühnen Fischern absieht, die versuchten, in diesem Wirrwarr etwas zu fangen.

Manchmal schwamm ein ausgesetzter Hund auf einer Eisscholle vorüber und flehte bei seinem Freund, dem Menschen, mit verzweifeltem Geheul um Hilfe, oder eine Krähe oder eine von Abfällen fett gewordene Möwe, in der Literatur eigentlich ein romantischer Vogel, der jedoch in den Augen der Ortsansässigen diese Aureole eingebüßt hatte: sogar in den unschuldigen Zaubermärchen galt sie als gierig, gewitzt und gefräßig, zudem ständig an Durchfall leidend.

Die letzten Tage hatte Unna ihre Wohnung nur ungern aufgesucht, und um sich die langen Frühlingsabende zu verschönern, die in helle Nacht und blendenden Morgen übergingen, lud sie Jewgeni Bugrow oder Awgust Shirindan zu sich ein.

Awgust war es irgendwo gelungen, Lieder von Wyssozki aufzuzeichnen, und Unna lauschte mit stockendem Herzen den Texten, die sie als »offenkundig sowjetfeindlich« und »ideologisch anfechtbar« ansah. So stritt sie des öfteren mit Awgust, der dagegenhielt, daß diese Lieder das wahre Leben widerspiegelten.

Manchmal bat ihn Unna, ihr die Bänder dazulassen, und sie hörte sich diese peitschenden, an den eisigen Wind vom Oberlauf des Whän erinnernden Worte an, die heisere, wie von der Anspannung gebrochene Stimme des Sängers, der einem wunden Tier glich.

Was ist das nur? fragte sie sich selbst und dachte an die Handlungen, Verheißungen der offiziellen Propaganda, an das stille, geschickt verborgene komfortable Leben der Funktionäre, an deren geheime Zusammenkünfte im »Bankettsaal« sowie die unverschämten Visagen der Chauffeure, die alles über ihre Vorgesetzten wußten. Einmal hatten der örtliche Chef des Post- und Fernmeldewesens, der Milizchef, der Vorsitzende des Staatssicherheitskomitees und der Chef der Handelsverwaltung ungeniert vor Unna geprahlt: »Wir sind die wahren Herren von Tschukotka!«

Das war nach der Vorführung des Films »Der Herr von Tschukotka« gewesen, der den weit zurückliegenden Ereignissen in diesen Gebieten gewidmet war.

Shirindan und Bugrow tranken kein bißchen mehr als die heutigen »Herren von Tschukotka«, da sie es aber nicht verstanden, sich nüchtern zu stellen, wurden sie in dem Maß betrunken, wieviel sie getrunken hatten.

Sie benahmen sich allerdings unterschiedlich.

Shirindan verstieg sich in seinen Reden, wie Unna meinte, zu gefährlichen Extremen, wurde grob und unleidlich, Shenja aber wurde gütig, war bereit, sein letztes Hemd für den Freund hinzugeben. Und vieles von Augusts Hemden und sogar Hosen hatte tatsächlich vor kurzem noch Shenja getragen.

Auf dem Liman tauchten Weißwale und Seehunde auf, die Vorboten der Lachswanderung zum Oberlauf. Shenja rüstete seine Fischer aus: Er brachte einen Vorrat von Brennholz, Salz sowie Bretter und ein Zelt ans Ufer, zimmerte einen Tisch und Bänke, errichtete Gerüste zum Dörren der Fische und zum Trocknen der Netze. Er bestand darauf, daß Unna sich einen Erlaubnisschein besorgte und ihm die Vollmacht zum Fischfang erteilte. Eine ebensolche Vollmacht erhielt er auch von Awgust Shirindan.

Eines Morgens schrillte in Unnas Arbeitszimmer das Telefon. Sie erkannte Awgusts freudig erregte Stimme: »Der Fischzug hat begonnen! Heute abend gibt es die erste Fischsuppe! Wir erwarten dich an der Küste!«

Seine Erregung übertrug sich auf Unna, und sie meinte schon, sie würde eine echte Fischerin, obwohl sie in der Tundra, in Owtos Siedlung, Fisch eher zum Vergnügen gefangen hatten, als Ergänzung zur Hauptspeise in der Tundra – dem Rentierfleisch.

Nach dem Arbeitstag suchte Unna den Direktor des größten Lebensmittelgeschäfts auf, und ihr Chauffeur trug aus dessen Zimmer zwei große Kartons heraus.

Der riesige graue Pionierpalast funkelte links der Straße mit den spitz zulaufenden Fenstern, doch diese Lichter machten keine Freude: Wie konnte man nur ein so tristes Gebäude für die Kinder und Schüler Tschukotkas errichten! Die ursprüngliche Absicht, den Palast zu einer Heimstatt für die Kinder von Rentierzüchtern und Jägern zu machen, war in Vergessenheit geraten – er diente den Kindern der Angestellten all der Institutionen und Büros. Nur selten veranstaltete man dorthin Exkursionen für Bewohner aus den nationalen Siedlungen. Man führte sie durch die Kabinette und Säle und zeigte ihnen stolz das trockene Becken der Schwimmhalle, die noch nie Wasser gesehen hatte.

Das Auto passierte ratternd die kurze Brücke über die Kasatschka, fügte sich in die ausgetrocknete Spur einer Straße, die ungepflastert geblieben war, und erreichte im Umfeld des alten Whän ein altes Dorf. Hier befand sich das Zentrum eines der ältesten tschuktschischen Kolchose, dessen Name sich je nach den historischen Gegebenheiten geändert hatte. Bei der Gründung war er nach dem großen Stalin genannt worden, dann nach dem neunzehnten Parteitag, heute aber heißt er »Jubilejny« – zu Ehren des fünfzigsten Jahrestages der Oktoberrevolution. Äußerlich war die Siedlung eine exakte Kopie der kleinen tschuktschischen Küstendörfer, wo man zu Beginn der fünfziger Jahre die Jarangas durch Blockhäuser mit nur einem Raum ersetzt hatte. Mit zerschlagenem Fensterglas, abgesackten Fundamenten, die zur Wärmeisolierung mit Rasenstücken abgedichtet waren, und mit seitlich geneigten Schornsteinen boten sie einen erbärmlichen Eindruck. Vor kurzem war ein erfolgreicher tschuktschischer Journalist nach Whän gekommen, der zuvor in Alaska gewesen war. Er hatte vor Parteimitgliedern einen Vortrag gehalten und als Antwort auf die Frage, worin sich die Lebensweisen der Ureinwohner von Alaska und der zugereisten weißen Leute unterschieden, durch ein großes Fenster auf das Panorama der Siedlung gezeigt und gesagt: »Das ist, als wenn man diese Siedlung dem Zentrum der Kreisstadt gegenüberstellen wollte.«

Das Auto bog in einen mit zartgrünem Gras bewachsenen Talkessel ein, der von leuchtend hellen Rhododendronblüten übersät war, und erreichte schließlich die Küste, einen Streifen von feuchtem Sand, wo es dahinflog wie auf Asphalt – die feuchten Enden der Stellnetze niederwalzte und die langen Stangen übersprang, mit denen man das Fanggerät ins Wasser zu stoßen pflegte, an Fischern und Trockengerüsten mit zerteilten großen Fischen vorbei, durch die die aufgehende Sonne schimmerte.

Die Kartons betrachtete Awgust ironisch. Als er jedoch die beeindruckenden Flaschen mit ungarischem Brandy sah, biß er sich auf die Lippen. Mit Getränken dieser Qualität war nicht zu spaßen.

Beim Feuer machte sich schon Nadja, Bugrows Frau, zu schaffen.

Vor gar nicht langer Zeit, offenbar in Verbindung mit der bevorstehenden Wende in ihrem Schicksal, war der Vorsitzende des örtlichen KGB wie zufällig in Unna Owtownas Arbeitszimmer gekommen und hatte das Gespräch auf ihre Freunde und Bekannten gebracht, hatte die Geologen sehr gelobt, doch sich mißbilligend über Jewgeni Bugrow geäußert. »Er hat doch gesessen ... Und was Awgust Shirindan betrifft – der ist bei uns ... Verstehen Sie, was ich meine?«

Unna forschte nach. Jewgeni Bugrow hatte wirklich drei Jahre wegen schlimmen Rowdytums abgesessen. Er hatte als Maschinist auf einer Schaluppe in der Lawrentija-Bucht gearbeitet und einmal, von einer Fahrt zurück, seine Frau in den Armen eines Hauptfeldwebels der örtlichen Grenzeinheit angetroffen. Beide hatte er so zugerichtet, daß sie ins Krankenhaus eingeliefert werden mußten, selber aber kam er vor Gericht und wurde zu drei Jahren Lager verurteilt.

Bugrow erzählte nie davon. Nur einmal erwähnte er im Gespräch, sein Sohn aus erster Ehe habe bereits seinen Armeedienst abgeleistet.

Die Sonne hatte die Linie des Limans überschritten und stand nun über der Kantschalaner Tundra, die hinter der glatten Wasseroberfläche blau schimmerte. Einige längliche leichte Wolken, die die Strahlen ohne weiteres hindurchließen, durchschnitten ihre gelbe Scheibe, doch unmittelbar unter der Sonne glänzte und leuchtete das frische Gras in eigenem Licht.

Eine weit zurückliegende Kindheitserinnerung huschte Unna durch den Kopf – frisches Tundragrün, das aus dem weißen Schnee hervorblickte, gelber Mohn und die bläulich-roten süßen Näet-Blumen, die sie mit der Mutter auf abgetrockneten Erdhügeln gesammelt hatte.

Nadja bat zu Tisch.

Das in die feuchten Kiesel eingegrabene, wacklige Gestell war mit so appetitlichen Gerichten vollgestellt, daß Unna alsbald grimmigen Hunger verspürte. Eine Schale, genauer, eine große Emailleschüssel, randvoll mit frisch eingesalzenem erlesenem Kaviar, stand mitten auf dem Tisch. Kaviar verstand Shenja ausgezeichnet zuzubereiten.

Awgust goß den ungarischen Brandy in Emaillebecher.

»Wir wollen ohne Trinksprüche trinken«, schlug Unna vor. »Jeder trinkt, soviel er mag.«

»Das gefällt mir!« rief Awgust erfreut.

»Das heißt aber nicht, daß du dich betrinken sollst«, bemerkte Unna.

»Warum denn gleich so!« rief Shirindan beleidigt. »Wenn Trinken dem Vergnügen dient, wer wird sich dann betrinken wollen?«

Und in der Tat war Awgust an diesem Abend nicht wiederzuerkennen. Er gab einen Witz nach dem anderen zum besten, erzählte allerlei komische Vorfälle von seinem kurzen Aufenthalt in Wladiwostok. Unna beobachtete ihn und dachte, daß Awgust im Grunde ein prächtiger Kerl sei, auf seine Weise talentiert und geschickt, aber ... Derselbe Petrenko, der ihr von Jewgeni Bugrows Haftzeit erzählt hatte, bemerkte damals, daß auch Awgust Shirindan beobachtet werde. Er höre feindliche Radiostationen, vor allem, wenn er dienstlich in die Tundra fahre, wo der Störsender nicht hinreiche. Und er höre sie nicht nur, sondern erzähle auch noch das, was er vernommen habe. Er äußere sich sehr kritisch über die Führung und sei aufgefallen, als er Witze über den Generalsekretär erzählt und parodiert habe, wie der Frau Indira Ghandi begrüßt hatte. Er kritisiere die Nationalitätenpolitik in bezug auf die kleinen Völker des Nordens und nenne die nationalen Bezirke »Bantustans«.

»Was ist denn das – Bantustans?« fragte Unna, als Awgust verstummt war, um einen Eßlöffel roten Kaviar zu nehmen.

Nach einem Schluck aus seinem Becher antwortete er: »In Südafrika haben die Weißen für die ortsansässige schwarze Bevölkerung so etwas wie unsere nationalen Bezirke eingerichtet und diese Territorien den örtlichen Fürsten zur Pacht überlassen, auch wenn die tatsächliche Macht über die Rohstoffquellen und die Ökonomie in den Händen der Weißen blieb. Genau wie bei uns, wo das Leben hier völlig von der Obrigkeit abhängt und man bei jeder Gelegenheit um Genehmigung ersuchen muß.«

»Das ist doch aber so üblich«, wandte Unna ein. »Eine zentrale Leitung ist nötig.«

»Und wozu gibt es die örtliche?« In Awgusts Stimme schwang ein bitterer Ton. »Nur pro forma? Ich komme immer mehr zur Überzeugung, daß wir in Wirklichkeit gar keine Macht haben.«

»Warum denkst du das?« fragte Unna ein wenig verstimmt.

»Ich denke es nicht, ich weiß es«, entgegnete Awgust. »Ich habe mich in den Abteilungen des Exekutivkomitees umgehört.«

»Wie oft habe ich meinen Mitarbeitern schon gesagt, sie sollen der Presse ohne Sondergenehmigung keine Auskunft geben!« rief Unna. »Schließlich ist es die Hauptaufgabe der Zeitung, über Erfolge zu berichten.«

»Und wo sind diese Erfolge?« fragte Awgust giftig.

»Neulich waren wir mit Landsleuten auf der Allunions-Ausstellung der Errungenschaften der Volkswirtschaft«, berichtete Unna, »da schwoll uns das Herz vor Stolz: Toll, was wir können, wozu wir fähig sind!«

»Auf der Ausstellung!« rief Awgust höhnisch. »Ihr wollt wohl auch aus der Zeitung eine Ausstellung machen – eine Ausstellung der Errungenschaften?«

»Warum eigentlich nicht? Es muß doch eine Orientierung geben, ein Vorbild. Zum Beispiel überlegen wir jetzt, wem wir den Titel ›Held der sozialistischen Arbeit‹ verleihen könnten. Das muß unbedingt ein Rentierzüchter sein, ein Tschuktsche.«

»Wenn es aber kein Tschuktsche wäre, sondern ein Eskimo oder ein Ewenke?«

»Nein, unbedingt ein Tschuktsche, so lautet die Direktive«, entgegnete Unna entschieden.

»Was führt ihr nur für langweilige Gespräche!« rief Bugrow und zog in der Asche gebackene Lachsbäuche aus dem Feuer. »Erzählt lieber einen Witz.«

»Wißt ihr eigentlich, daß es jetzt Tschuktschenwitze gibt?« fragte Awgust lächelnd.

»Wirklich?« rief Unna argwöhnisch.

»Hat denn euer Gesprächspartner Petrenko nichts davon gesagt?« sagte Awgust mit gespielter Verwunderung. »Der hätte es doch zuallererst wissen müssen.«

»Ach, lassen wir doch den Petrenko.« Unna winkte ab und bat: »Erzähl einen Tschuktschenwitz!«

»Na schön«, willigte Awgust ein, nahm einen Schluck aus dem Becher und aß dazu ein Stück fetttriefendes rosiges Fischfleisch. »Da kommt also ein Tschuktsche mit einem Kind auf dem Arm zum Doktor. Der Doktor fragt erschrocken: ›Was ist mit ihm? Ist es krank?‹ – ›Auf den ersten Blick sieht es ja gesund aus‹, antwortet der Tschuktsche, ›nur – es ißt nicht.‹ – ›Wieso ißt es nicht?‹ fragt der Doktor und beginnt das Kind zu untersuchen. Horcht es ab, beklopft Brust und Rücken und sagt: ›Also, an sich scheint es gesund zu sein, mager ist es nur.‹ – ›Aber es ißt nicht‹, sagt der Tschuktsche. ›Ißt kein Fleisch, weder Renfleisch noch frisches Walroßfleisch. Nicht mal so eine Delikatesse wie eine Renzunge!‹ Der Doktor sieht sich das Kind wieder an und breitet die Arme aus: ›Ich begreife nicht, warum es nicht ißt.‹ – ›Warum nicht?‹ ruft der Tschuktsche, verwundert über die Begriffsstutzigkeit des Doktors. ›Wir haben nichts! Es ißt nicht, weil wir nichts zu essen haben!‹«

Bugrow und Nadja lächelten matt, offenbar hatten sie den Witz schon gehört, Unna jedoch rief empört: »Das soll ein Witz sein? Das ist eine Verleumdung der Wirklichkeit! Das hast du doch bestimmt von den Feindsendern gehört? Paß auf, Awgust, wo du noch mit deinen Witzen hingerätst, ich sag's dir: Du wirst zum Dissidenten!«

»Dissidenten sperrt man ein oder verbannt sie«, sagte Bugrow mit Sachkenntnis. »Ich habe gehört, irgendwo bei Magadan lebt so einer namens Amalrik.«

»Na ja, wohin kann man mich schon verbannen«, sagte Awgust, »höchstens nach Alaska.«

»Warum nach Alaska? Ins Gefängnis oder in die Psychiatrie«, sagte Unna hart. »Da wirst du auch gleich vom Alkoholismus geheilt.«

Awgusts Gesicht verfinsterte sich. Unna tat es bereits leid, daß sie so schroff gesprochen hatte.

Awgust drehte den Becher in der Hand, plötzlich schüttete er den verbliebenen ungarischen Brandy ins Feuer, und von den erlöschenden Kohlen züngelte eine blaue Flamme hoch.

»Meine Eltern haben Sprit getrunken«, sagte er versonnen. »Ich habe es von Kind an gesehen. Im Dorfladen stand auf dem Ladentisch immer ein Teekessel mit diesem

Feuerwasser. In den Teekessel füllten sie den Sprit mit einem Schlauch aus einem Metallfaß. Freiwillige für diese Arbeit warteten im Laden immer zur Genüge. Bevor sie den Schlauch in den Teekessel steckten, nahmen sie stets einen tüchtigen Schluck. Später verdünnten sie den reinen Sprit mit Wasser. Die Prozente maßen sie so: Sie steckten den kleinen Finger hinein und hielten ihn ans Feuer. Einmal verschüttete Mama Sprit auf den Ärmel ihrer Pelzjacke. Sie hielt ihn an die Tranlampe, und die Flamme erfaßte den ganzen Arm. Sie war lange krank. Man mußte ihr sogar den Arm abnehmen.«

»Warum erwähnst du das alles?« sagte Unna vorwurfsvoll. »So ein schöner Abend, und du mußt alles verderben.«

Die lastende Atmosphäre entspannte sich, als sie die Netze herauszogen und aus den Schlingen acht große Fische nahmen, fünf weibliche darunter, voller rosafarbenem Kaviar. Unna half Nadja, die Fische zu zerteilen, und Shirindan reinigte inzwischen das Netz – um es wieder auszuwerfen.

Gegen Mitternacht kam der Wagen Unna abholen.

Shenja legte in den leeren Karton etliche schwach gesalzene Stücke Lachsbauch und frischen Kaviar. Awgust erbot sich, ihr den Karton in die Wohnung zu tragen.

Als Unna am Briefkasten vorüberging, öffnete sie ihn wie gewöhnlich und fand darin einigermaßen verwundert einen zerknitterten Umschlag. Noch auf der Treppe, während sie hinter Awgust ging, riß sie den Umschlag auf in der stillen Hoffnung, der Brief komme von Jascha, doch sie nahm ein zerknittertes Blatt heraus, das aus einem karierten Schulheft gerissen und mit krummen, unsicheren Buchstaben vollgeschrieben war. Die Buchstaben waren russische, doch während Unna einige Worte zu entziffern suchte, verstand sie nichts, bis sie darauf kam, daß der Brief auf tschuktschisch geschrieben war. Ins Büro kamen oft solche Briefe, aber an ihre Privatadresse …

Unna öffnete die Wohnungstür, zeigte ihm, wohin er den Karton stellen sollte, und reichte ihm das Blatt: »Lies mal vor, was da steht.«

Shirindan überflog es zunächst, blickte plötzlich verwundert auf Unna und vertiefte sich erneut in die Lektüre.

»Nun, was steht da?« fragte Unna ungeduldig. »Irgendeine Beschwerde?«

»Das ist ein Brief von deinem Vater.«

»Von meinem Vater?« fragte Unna überrascht.

Noch einmal untersuchte sie den Umschlag und entdeckte darin noch ein anderes, winziges Blatt, auf dem Russisch geschrieben stand: »Schike Brif dein Vatr nach seim Tot nachbar in Zimr.« Ohne Unterschrift.

»Lies«, verlangte sie nach einer Pause schroff.

Awgust hob das Blatt an die Augen, hüstelte und begann: »Guten Tag, meine geliebte Tochter! Bald werde ich sterben. Daher schreibe ich Dir diesen Brief, ich will Dir sagen: Ich bin sehr stolz auf Dich. Du bist eine richtige große Vorgesetzte geworden. Nur wenige Russen können sich dessen rühmen. Ich sterbe, das Herz voller Stolz. Ich habe ein wenig Geld auf der Sparkasse, das hinterlasse ich Dir.

Leb in Frieden und sei glücklich. Dein Vater Owto. Altersheim.«

»Ich wußte gar nicht, daß dein Vater hier im Altersheim ist … Dann ist er also gestorben?«

An Tränen schluckend, ging Unna zum Telefon und begann fieberhaft im dünnen Telefonbuch zu blättern. Als sie die erforderliche Nummer gefunden hatte, wählte sie, faßte sich und erkundigte sich in trockenem Ton: »Gibt es bei Ihnen einen Mann namens Owto?«

Awgust musterte sie und wunderte sich über ihre Beherrschung.

»Gestorben? Gestern beerdigt … Danke … Nein, nicht nötig.«

Langsam legte sie den Hörer auf, setzte sich auf den Rand der Couch und ließ das Gesicht in die Hände sinken.

Awgust blieb eine Weile unschlüssig vor ihr stehen, dann wandte er sich langsam zum Gehen. Unmittelbar an der Tür vernahm er plötzlich ihre Stimme: »Nein, bleib! Komm her!«

Awgust blieb stehen und drehte sich um.

Unna war aufgestanden. Sie wischte sich die Tränen ab und sagte fest: »Bleib. Gehen wir in die Küche.«

Rasch deckte sie den Tisch und holte eine Flasche aus dem Kühlschrank. »Laß uns etwas trinken, Awgust. Zum Gedenken an den Vater. Das ist wohl so Brauch.«

»Das ist ein russischer Brauch«, bemerkte Awgust heiser und ergriff ein großes Glas. »Aber die Tschuktschen haben ihn übernommen.«

Beide tranken schweigend.

Unna fragte: »Und wie haben die Tschuktschen eines Verstorbenen gedacht?«

»Im Prinzip genauso«, entgegnete Awgust. »Sie haben ein Totenmahl veranstaltet. Dafür nahmen sie die Vorräte, die gewöhnlich als Opfergaben für die Götter bestimmt waren.«

Unna füllte noch einmal die Gläser. »Hör, Awgust. Es hat keinen Brief gegeben. Verstehst du? Du hast weder einen Brief gesehen noch gelesen!«

Verwundert sah Awgust Unna in die Augen. Darin stand weder Kummer noch Betroffenheit, nur ein tiefer kalter Glanz, wie auf dem Grund eines herbstlichen, eisigen Wasserlochs, kurz bevor es sich mit Wintereis überzieht.

Weiter sprachen sie kein Wort mehr. Schweigend leerten sie die Flasche, und die stockbetrunkene Unna wiederholte plötzlich, während sie hinter Awgust die Tür zuzog, mit überraschend nüchterner Stimme: »Es hat keinen Brief gegeben! Vergiß ihn!«

Am nächsten Tag spürte Unna, daß sie nicht zur Arbeit gehen konnte. Sie rief ihre Sekretärin an und bestellte einen Arzt. Bei der jungen Ärztin, die offenbar gerade erst die medizinische Hochschule beendet hatte, klagte sie über Unwohlsein, und die schrieb ihr einen Krankenschein aus und riet ihr, einfach eine Weile liegenzubleiben und sich auszuruhen.

»Ich verstehe Sie und kann mit Ihnen mitfühlen«, gurrte die Ärztin, während sie sich im Bad die Hände wusch, »manchmal braucht der Mensch einfach Ruhe.«

Nachdem Unna sie hinausgeleitet hatte, quälte sie sich noch immer mit Kopfschmerzen und hatte einen schlechten Geschmack im Mund, daher öffnete sie den Kühlschrank. Nach kurzem Schwanken griff sie statt zu Mineralwasser nach einer angebrochenen Flasche Champagner, füllte ein hohes Kelchglas und trank es langsam aus. Von dem zischenden Gas mußte sie ein paarmal aufstoßen, aber nach einigen Minuten fühlte sie sich wie verwandelt. Vor allem war die unangenehme Traurigkeit verschwunden, die sie auf den Brief vom Tod des Vaters zurückführte. All das sah sie nun in einem anderen Licht: Vor allem würde sie nicht mehr jedesmal zittern müssen, wenn sie vor der Tür Lärm hörte. Seit jener stürmischen Winternacht war der Vater allerdings nicht mehr gekommen. Oder doch? Wer weiß, vielleicht hatte er sie manchmal von fern gesehen, wenn sie bei irgendeiner festlichen Demonstration auf der Tribüne stand … Vielleicht rührte alles daher, daß sie nicht frei miteinander reden konnten.

Manchmal bedauerte Unna, daß sie ihre Muttersprache vergessen hatte. Wie war das nur gekommen? Hatte sie es selbst so gewollt? Sie hatte sich geniert, in ihrer Muttersprache zu reden, vor allem in der Großen Siedlung, in der Kreisstadt, wo die meisten Schüler Zugereiste waren und auf die Einheimischen herabblickten, schon gar, wenn diese mit Akzent Russisch sprachen. Wie aber hatten es Awgust Shirindan und Shenja Bugrow fertiggebracht, die Muttersprache nicht zu vergessen? Auf ihren Fahrten, vor allem in den Siedlungen der Rentierzüchter, jagten Unna immer wieder Menschen, die sich in ihrer Muttersprache an sie wandten, Schamröte ins Gesicht, wenn sie ihnen gestehen mußte, daß sie sie nicht verstehe ... Offen verurteilte sie niemand, machte sich niemand über sie lustig, ließ niemand sie seine Verachtung spüren, aber allmählich versiegte das Interesse an ihr, entglitten ihr Vertrauen und Offenheit. Man begann mit ihr zu reden wie mit einem hohen Chef, vor dem man vieles verbergen muß, um zugleich möglichst viel für sich herauszuschlagen.

Gegen Abend fühlte sich Unna fast wiederhergestellt und beschloß sogar, ein wenig Luft zu schnappen, bevor sie möglichst früh schlafen gehen würde. Aufmerksam betrachtete sie sich im Spiegel, trug Lidschatten auf, schminkte sich die Lippen und tupfte sogar Rot auf die dunklen Wangenbeine. Zufrieden mit ihrem Aussehen, verließ sie das Haus und ging die Straße hinab an den Schaufenstern vorüber. Der warme Seewind roch merklich nach Fisch und salzigem Tang. Auf der Reede ankerten einige Lastkähne, zwei weitere bei der Anlegestelle, von wo Eisengeklirr und bisweilen vom Megaphon verstärkte Kommandofetzen herüberklangen. Passanten grüßten sie ehrerbietig, manche, besonders Frauen, drehten sich sogar nach ihr um und blickten ihr nach – Unna spürte es im Rücken.

Unna ging hinab, überquerte die Brücke, ließ linkerhand das große Geschäft zurück, in dessen Gebäude sich nach der Erinnerung der Alten von Whän das einzige Lichtspieltheater befunden hatte; noch früher aber, vor der Revolution, war dies die fernöstlichste orthodoxe Kirche des Russischen Imperiums gewesen.

An der Anlegestelle sah sie den Passagierdampfer »Sergej Borsenko« – er diente zum Übersetzen zwischen den beiden Küsten des Limans.

Neben dem Hafen standen hier und da noch alte Lagerhäuser aus den Zeiten des amerikanischen Handels: Errichtet aus verzinktem Wellblech, erwiesen sie sich als erstaunlich langlebig und wurden nach wie vor im Sinne ihrer ursprünglichen Bestimmung genutzt.

Rostige Fässer, zerbrochene Kisten, Konservendosen, zerschlagenes Glas, Plastikfetzen, Papier, Lumpen – all das übersäte dicht das Ufer, an dem zielstrebig Wasser vorüberfloß, vom Tundragras braun eingefärbt.

Hinter dem Liman schimmerte blau die felsige Insel Aljumka.

Das Ufer wie alle Ufer der Industriesiedlungen und Häfen schimmerte blau von regenbogenfarbigen Erdölflekken, und statt der gewohnten Reste von Meereskohl und kaputten Muschelschalen glänzten Flaschensplitter, schimmerten weiß Plastikflaschen, Schachteln und Korken, ragten aus dem Geröll rostige Konserven und anderer Müll.

Und doch drang durch all diesen Schmutz ein starker Fischgeruch, schrieen noch immer Möwen, tauchten lärmend weißrückige Weißwale und schwarzäugige Seehunde auf.

Ihr wurde leichter ums Herz, und der schlechte Nachgeschmack vom vergangenen Tag versank in geheimen Tiefen ihres Bewußtseins.

Als Unna über eine andere, weiter stromaufwärts gelegene Brücke ging, vorüber an einer sumpfigen Fläche, die den großspurigen Namen »Bezirksstadion« trug, vernahm sie plötzlich dumpfe Schreie und Stöhnen.

Hinter einem großen Haufen Kohle, nicht weit von einem Kesselhaus entfernt, das die Lebensmittellager von »Tschukot-Handel« beheizte, erblickte Unna einen Geländewagen der Miliz.

Etliche Uniformierte, die einen Kreis bildeten, schlugen auf einen am Boden Liegenden ein und traten ihn.

»Da hast du's, schwarzärschiger Tschuktsche!« schrie einer der Milizionäre.

»Versuch nur, uns wieder zu kritisieren!« setzte ein anderer hinzu.

»Jetzt bist du selber dran, du Verteidiger der Nationalisten! Steck das nur ein für sie! Du magst die Russen nicht? Egal, wir zwingen dich, sie zu mögen! Wir haben noch ganz andere kleingekriegt!«

Außer sich stürzte Unna zum Wagen und schrie schon von fern: »Aufhören! Was macht ihr da? Aufhören!«

Der größte Milizionär sah sich um, erkannte Unna offenbar nicht sofort und schrie: »Gehen Sie weiter, Bürgerin! Mischen Sie sich nicht in staatliche Angelegenheiten!«

»Machen Sie unverzüglich damit Schluß! Ich befehle es Ihnen!« Unna hatte das selbst nicht von sich erwartet und wollte es schon bedauern, doch die Milizionäre ließen von ihrem Tun ab, der große und schwarze erkannte sie endlich und fragte verwundert: »Sie, Unna Owtowna?«

»Hören Sie unverzüglich mit dem Prügeln auf!«

»Wer prügelt denn?« Betreten breitete der Milizionär die Arme aus. »Wir fahren Streife. Sind auf einen Betrunkenen gestoßen. Er lag auf der Straße. Der kann doch erfrieren, auch wenn Sommer ist. Nachts ist es schließlich kalt, da gibt es auch Frost. Es kommt sogar vor, daß Hunde die Betrunkenen beißen, daß Passanten sie ausrauben. Wir wollen ihn zum Ausnüchtern in die Klinik bringen, damit er qualifizierte Hilfe erhält.«

Der am Boden Liegende, der die Hände vor den Kopf gehalten hatte, löste behutsam die blutigen Finger, und Unna erkannte zu ihrem Erstaunen Awgust.

»Awgust!«

Shirindan versuchte zu lächeln, aber es wurde nur eine schreckliche Grimasse, die geschwollenen, blau angelaufenen Lippen zitterten, und seine Schultern bebten vom Schluchzen.

»Sie kennen ihn?« fragte der Milizionär erstaunt und mit schlecht verhohlener Besorgnis.

Die übrigen Ordnungshüter traten zwei Schritt beiseite und beobachteten einigermaßen betreten den Vorgang.

»Was hast du? Wie ist es dazu gekommen?«

»Wir haben ihn schon lange im Auge«, setzte der Milizionär an, begann dann aber plötzlich dem Verprügelten zu helfen.

Awgust stand auf, hob das mit Blut und Tränen verschmierte Gesicht und krächzte: »Geh ... Ich komme hier allein klar.«

»Nein, ich gehe nicht!« erklärte Unna entschieden. »Bringen Sie uns weg!«

»Jawohl!« Der ranghöchste Milizionär salutierte sogar. »Kommen Sie, Genosse.«

Schwankend folgte Awgust gehorsam dem Mann, der ihn vorsichtig am zerrissenen und nur noch an Fäden hängenden Jackenärmel zog. Der Milizionär half ihm sogar, in den Wagen zu klettern, und fragte Unna: »Wohin fahren wir?«

»Nach Hause«, sagte Awgust und nannte die Adresse.

Sein Zimmer war mehr als bescheiden eingerichtet, verblüffte Unna aber durch die zahlreichen Bücher, die dicht nebeneinander in den unter der Last sich biegenden Regalen standen. Hier gab es keine prachtvoll ausgestatteten Werke, die alle leitenden Funktionäre so eifrig sammelten, sondern überwiegend Broschüren, Packen zusammengehefteter Zeitungen, Jahrgänge der Zeitschriften »Fragen der Philosophie« und »Fragen der Geschichte«.

Alles nur Fragen, dachte Unna unwillkürlich nach einem flüchtigen Blick auf die umherliegenden Zeitschriften.

Awgust war hinausgegangen, kam zurück und wischte sich das Gesicht mit einem alten Handtuch ab.

Er holte eine Flasche, goß zwei Gläser ein, trank seins gierig in einem Zug aus, ließ sich auf die durchgesessene Couch fallen und brach in Tränen aus: »Warum hassen sie uns nur so? Was haben wir ihnen eigentlich getan? Du hättest hören sollen, wie sie mich beleidigt haben! Einen Wilden haben sie mich genannt, einen Nationalisten, einen Halbgebildeten, einen dreckigen Tschuktschen, einen verlausten Rentierzüchter. Sie haben gesagt, das Leben auf Tschukotka wäre für sie viel besser, wenn nicht die einheimische Bevölkerung herumwuseln würde.«

»Du solltest weniger trinken!« sagte Unna böse.

Voller Abscheu betrachtete sie das Glas, das der gastfreundliche Awgust für sie eingegossen hatte, stand auf und schlug die Tür hinter sich zu.

Am nächsten Tag schrillte in ihrem Arbeitszimmer gegen elf das Telefon.

Es war der Erste Sekretär. Mit seiner weichen und leisen Stimme grüßte er sie und bat sie, zu ihm zu kommen.

Als Unna diesmal den ergebenen Blick des wachhabenden Milizionärs sah, überlegte sie erstmals verwundert, warum der Gebäudeteil, den der Parteiapparat einnahm, bewacht wurde, der andere, in dem die Sowjetverwaltung saß, aber nicht. Der Milizionär hinter dem Schreibtisch aus hellem Furnierholz mit dem Telefon trennte den Parteibereich des Hauses vom Sowjetbereich.

Im Vorzimmer nickte ihr die gepflegte Sekretärin mit der toupierten, reichlich mit Haarlack übersprühten Frisur freundlich zu: »Er erwartet Sie.«

Wladimir Petrowitsch saß hinter seinem polierten Schreibtisch.

Der einstige Kohlekumpel war eigentlich kein schlechter Mensch, wenn auch im Grunde wenig gebildet. Er liebte gutes Essen und eine fröhliche Gesellschaft, doch in letzter Zeit, seit der kommunistische Moralkodex veröffentlicht worden war, hatte er seinen außerdienstlichen Umgang auf einen sehr engen Kreis beschränkt und ging nur selten in den Bankettsaal, in dem er noch unlängst beinah als Stammgast gegolten hatte.

»Unna Owtowna«, begann er nach einer trockenen Begrüßung, »ich will mit dir kameradschaftlich reden. In letzter Zeit macht mir dein Verhalten Sorgen. Mich erreichen Signale, daß du deine Befugnisse überschreitest.«

Unna hatte plötzlich das Gefühl, als versinke sie bis über den Kopf in unvorstellbar kaltem eisigem Wasser, dann wieder in heißer, sie geradezu versengender Atmosphäre.

»Zum Beispiel der gestrige Vorfall, als du dich in die Arbeit unserer Rechtsschutz-Organe eingemischt hast – das geht weit über den Rahmen hinaus.«

»Aber sie haben doch einen Menschen geprügelt!« fuhr es Unna heraus.

Wladimir Petrowitsch verzog das Gesicht, als sei ihm etwas Saures auf die Zunge geraten. »Warte! Es gibt verschiedene Menschen. Der, für den du eingetreten bist, wird längst nicht nur von der Miliz beobachtet, sondern auch von den Organen des KGB. Er hört regelmäßig ausländische Sender, vor allem die unserer nächsten Nachbarn, wobei er seine Sprachkenntnisse nutzt, da hindert ihn kein Störsender. Er behauptet, die Einwohner Alaskas würden besser leben als wir, sie erhielten Dividende für Erdöl ...«

Von Zeit zu Zeit blickte Wladimir Petrowitsch in ein Papier, das vor ihm auf dem riesigen Tisch lag, den auch noch eine dicke Glasplatte bedeckte.

»Er vertritt die Meinung, daß die Bevölkerung Tschukotkas auf einen Teil des Profits Anspruch habe, den der Staat durch den Verkauf von Gold gewinnt. In einem Gespräch mit dem Vorsitzenden von Typychkak hat er diesen aufgehetzt, von den Geologen einen Schadenersatz für die Verschmutzung des Atschtschen-Sees zu verlangen und ihnen andernfalls jede Tätigkeit in diesem Gebiet zu verbieten. Und noch vieles mehr ... So sieht das politische Antlitz des Menschen aus, für den du dich einsetzt.«

»Sie hätten ihn doch aber totschlagen oder zum Krüppel machen können!« entgegnete Unna, schon weniger überzeugt.

»Aufgabe der Miliz ist es, einen Bürger zu schützen, ganz gleich, welcher Nationalität er ist«, sagte Wladimir Petrowitsch trocken und belehrend und betrachtete das Panorama der Stadt, die nach unten führende Leninstraße.

Von seiner Stimme, seinem ganzen Verhalten ging eine solche Kälte aus, daß Unna ein Frösteln überfiel, obwohl es im Zimmer ziemlich warm war, sowohl von den Sonnenstrahlen, die durch die großen, sauber geputzten Fenster drangen, als auch von den Heizkörpern, die an allen Wänden des riesigen Arbeitszimmers angebracht waren: In der Stadt hatten trotz der Sommerzeit einige Kesselhäuser, die die wichtigen Bauten versorgten, ihre Arbeit auch in den verhältnismäßig warmen Monaten nicht eingestellt.

Es war noch gar nicht lange her, da hatte sich der Erste Sekretär, soeben auf den höchsten Posten gewählt, über die ihm unerwartet zuteil gewordene Macht gefreut. Von Natur gütig und feinfühlig, hatte er allen Versprechungen gemacht – dem einen versprach er eine Wohnung, einem anderen einen guten Posten, wieder einem anderen seine Hilfe, den Sohn ohne Prüfung in einer Hochschule unterzubringen. Und obwohl Wladimir Petrowitsch wirklich viel vermochte – Wohnungen gab es trotzdem nicht genug, gute Posten waren auch nicht so reichlich vorhanden, und angesehene Hochschulen hatten bei weitem nicht so viele Plätze, daß es für alle Bewerber gereicht hätte.

Unna verehrte Wladimir Petrowitsch, liebte ihn sogar: für seinen demokratischen Charakter, seine Schlichtheit, sein Lächeln. Daher erkannte sie ihn diesmal nicht wieder und wunderte sich über die Kälte, die von seiner im dünnen Wollstoff eines blauen Anzugs steckenden Gestalt ausging.

»Wladimir Petrowitsch«, suchte sie vertrauensvoll die Strenge des Sekretärs ein wenig zu mildern, »was ist eigentlich Schlechtes daran, daß ich versucht habe, meinem Landsmann zu helfen?«

»Unna Owtowna«, fuhr Wladimir Petrowitsch im gleichen strengen Ton fort, »helfen muß man nicht, indem man Betrunkene, Hooligans oder allerlei Dissidenten schützt, sondern ordentliche Leute, die das wirklich verdienen. Ich muß dich warnen, Unna Owtowna, sei vorsichtig. Was aber alle möglichen Saufereien und Hooligans anbelangt – dafür ist die Miliz zuständig.«

Das ist doch unhöflich, dachte Unna, während sie auf Wladimir Petrowitschs eisigen Rücken sah, so mit einer Frau zu reden ... Aus irgendeinem Grund gab es ihr plötzlich einen Stich ins Herz, denn ihr kam Jascha in den Sinn,

Jakow Lasarewitsch mit seinen betont ehrerbietigen Umgangsformen, seinen Handküssen, seiner Zärtlichkeit ...

Unna blieb eine Weile auf dem Polsterstuhl sitzen, der ihr bislang als sehr bequeme Sitzgelegenheit erschienen war, offenbar eigens erdacht, damit die Leute beim langen Sitzen nicht ermüden.

Wladimir Petrowitsch schwieg. Auch Unna schwieg bestürzt. Das Schweigen wurde lastend, unerträglich. Sollte sie aufstehen und weggehen? Aber gewöhnlich ging sie aus diesem Arbeitszimmer, nachdem sie lange und warm verabschiedet worden war – unter Scherzen und Lachen. Und jetzt?

Verwirrt stand sie auf, rückte den Polsterstuhl zurecht, schob ihn unter die polierte Platte des großen Tisches, blieb eine Weile unentschlossen stehen und sagte leise: »Auf Wiedersehen, Wladimir Petrowitsch.«

»Wiedersehen«, knurrte er.

Unna verließ das Zimmer, schloß leise und sorgfältig die mit dunkelbraunem Kunstleder ausgeschlagene Doppeltür, ging durch das Vorzimmer mit der emsig schreibmaschinetippenden Sekretärin und trat hinaus auf den Korridor zu dem Milizionär, der sich hinter seinem hellen Tisch langweilte und bei ihrem Erscheinen aufsprang.

Aus Furcht, vor aller Augen loszuweinen, hastete Unna in ihr Arbeitszimmer, und damit sie nicht im Vorzimmer zu hören war, schaltete sie das Radio auf volle Lautstärke. Zuerst wischte sie die Tränen mit der Hand ab, dann fiel ihr das Taschentuch ein. Sie trat zum Bücherschrank, auf dessen Innenseite ein Spiegel angebracht war, und blieb plötzlich stehen, gefesselt von den Worten des Sprechers.

»Die Werktätigen des fernsten nationalen Bezirks unseres Landes, die Rentierzüchter, Bergleute, Tierzüchter, Geologen und Bauleute, nominieren als Kandidatin für den

Obersten Sowjet ihre Landsmännin, die treue Tochter des tschuktschischen Volkes, die Redakteurin des Magadaner Verlags …«

Und wie zuvor im Arbeitszimmer des Ersten spürte Unna, wie ihr abwechselnd unerträglich heiß und kalt wurde.

»Die künftige Vertreterin der Völker Tschukotkas kennt ihre Muttersprache ausgezeichnet. Sie hat in Anadyr das Pädagogische Institut besucht, dann in Leningrad an der Herzen-Hochschule an der Nördlichen Abteilung ihr Studium absolviert. Die Werktätigen des Bezirks kennen sie sehr gut, sie ist häufiger Gast in den Nomadensiedlungen, den Tierfarmen, bei den geologischen Trupps, in den arktischen Häfen …«

Angesichts dieser Nachricht versiegten jäh Unnas Tränen, nur überkam sie plötzlich eine schreckliche Schwäche, und da sie zu stürzen fürchtete, ging sie mit kleinen Schritten zu ihrem Sessel und fiel buchstäblich hinein.

»Wie üblich werden am Wahltag als erste die Menschen auf Tschukotka zu den Wahlurnen gehen – schließlich beträgt der Zeitunterschied zu Moskau zehn Stunden. So wird unsere Landsmännin die erste sein, die das Volk in unserem großen Land auserwählt, in dem Land, wo die Nationalitätenpolitik triumphiert, wo ein jeder, unabhängig von seiner nationalen Zugehörigkeit, Freund, Genosse und Bruder ist.«

Plötzlich spürte Unna, wie ihr Körper von Schüttelfrost erfaßt wurde. Sie konnte nichts dagegen tun, versuchte ihn zu bezwingen, biß die Zähne zusammen, nahm sogar den Kopf in die Hände. Und fand nicht die Kraft, aufzustehen und das Radio auszuschalten.

»Die Wahlen in unserem Land sind ein weiteres Zeichen wahrer Demokratie, souveräner Willensbekundung des

Volkes«, fuhr der Sprecher fort. »Kein anderes Land auf der Welt kann den nationalen Minderheiten solche Rechte geben, wie sie ihnen im Land des siegreichen Sozialismus geboten werden.«

In ihrem Kopf hämmerte ständig ein und derselbe Gedanke: Und ich? Wohin mit mir? Was wird aus mir?

»Die in finsterer Unwissenheit dahinvegetierenden, vom Aussterben bedrohten Völker Tschukotkas wurden von der Oktoberrevolution gerettet. In den Jahren der Sowjetmacht haben sie den Sprung aus der Urgesellschaft in den Sozialismus vollzogen und ganze historische Epochen übersprungen, darunter auch den Kapitalismus.«

Endlich waren die Worte zu Ende, es erklang eine frische, lebensfrohe Musik.

Eine Weile noch blieb Unna halb liegend und mit geschlossenen Augen in ihrem Sessel und versuchte vergeblich, sich zusammenzunehmen. Wiederholt läutete das Telefon, aber sie nahm den Hörer nicht ab.

Sie hörte, wie die Sekretärin ins Zimmer trat und aufgeregt und erschrocken fragte: »Ist Ihnen schlecht, Unna Owtowna?«

Unna schlug die Augen auf und antwortete leise: »Ja, ich fühle mich nicht gut. Lassen Sie einen Wagen kommen.«

»Ja, natürlich, sofort.«

Eilig verließ die Sekretärin das Arbeitszimmer. Während Unna ihr nachblickte, dachte sie plötzlich: Ob sie die Neuigkeit schon weiß? Hatte sie doch schon vorgestern vertraulich erklärt, sie habe aus sicherer Quelle vernommen, daß eine Veränderung im Schicksal ihrer Vorgesetzten bevorstehe, und sich sogar schüchtern erboten, ihr auch auf einem neuen Platz treu zu bleiben.

Die Arme gehorchten Unna nicht, sie fand nicht gleich in die Ärmel ihres Mantels.

Der sonnige Tag erschien ihr trüb und der Wind vom Liman unerwartet kalt.

Während Unna zu ihrer Wohnung hinaufging, mußte sie auf jedem Treppenabsatz ausruhen, dann legte sie alle Riegel vor, schaltete das Telefon ab und stellte auf den Zeitschriftentisch neben ihrer Bettcouch eine Flasche Champagner. All das tat sie mechanisch, als mache sie es nicht zum erstenmal. Sie öffnete die Flasche, der Korken schoß mit lautem Knall gegen die Decke, sie goß ein volles Glas ein, trank aber nur wenige Schlucke.

Sie legte sich auf den Rücken und schloß die Augen.

13

Zwei Jahre waren vergangen.

Unna leitete den städtischen Handel. Diese Aufgabe hatte sie voller Angst übernommen, denn ihre Vorgänger hatten ihre Karriere in der Regel auf der Anklagebank beendet. Doch eine andere Wahl blieb ihr nicht. Im Partei-Bezirkskomitee hatte man ihr unverhohlen gesagt, daß sich für sie einfach keine passende Arbeit fände außer der angebotenen, und falls sie ablehne, müsse sie sich selbst um einen Arbeitsplatz kümmern.

»Sie haben praktisch keine spezielle Berufsausbildung«, sagte der Leiter der Organisationsabteilung zu ihr, »können ja nicht einmal in der Pädagogischen Hochschule Tschuktschisch oder die Eskimosprache lehren.«

Unna kannte den Leiter sehr gut. Noch vor kurzem war er Direktor der Brotfabrik gewesen. In seinem Diplom hatte es geheißen, er sei Spezialist für Makkaroniherstellung. Er hatte sich bei der Parteiarbeit auf unterer Ebene bewährt, ein Fernstudium an der Chabarowsker Parteischule absolviert, und nun leitete er eine Abteilung, von wo aus ihm der direkte Weg offenstand, Erster Sekretär in irgendeinem Kreis zu werden.

Valentin Petrowitsch Chljumow hatte früh eine Glatze bekommen, doch seinen Kopf bedeckte noch zarter rötlicher Flaum, der den Wunsch weckte, mit der Hand darüberzustreichen. Sein volles Gesicht war sorgfältig rasiert, und er duftete nach teurem Kölnischwasser.

»Leider eignen Sie sich zu nichts anderem als zu leitender Arbeit.«

Das hatte er in einem Ton gesagt, der schwer zu begreifen war: Verurteilte er Unna, oder konstatierte er damit ein weiteres Mal, daß sie zur Elite des Leitungsapparats gehörte.

»Die Hauptsache bei der Arbeit im Handel besteht darin«, sagte Valentin Petrowitsch zum Abschied, »sich von allerlei dunklen Machenschaften fernzuhalten. Und dann noch – nicht im städtischen Restaurant und im Café ›Tschukotka‹ trinken. Denn diese Unternehmen unterstehen Ihrer Leitung.«

Was half's, Unna dankte insgeheim dem liebenswürdigen Valentin Petrowitsch für den Rat und begab sich an ihren neuen Arbeitsplatz.

Die Leitung des städtischen Handels war im Erdgeschoß eines gewöhnlichen Wohnhauses untergebracht. Ihr Arbeitsraum befand sich hinter einem geräumigen Vorzimmer, in dem die unvermeidliche Sekretärin thronte – sie erinnerte irgendwie an jene, die in dem großen weißen Gebäude zurückgeblieben war. Offenbar drückte der Beruf dem Äußeren seinen Stempel auf, und Raïssa Michailowna, die auf diesem Posten schon ein halbes Dutzend Handelschefs überlebt hatte, empfing die neue Vorgesetzte voll Würde und mit betont sachlicher Aufmerksamkeit.

Das Arbeitszimmer war ein enger, länglicher Raum, der jedoch gut ausgestattet war: mit einer Nebenstellenanlage, die mit den meisten Unternehmen verbunden war, und einem großen Kühlschrank, gefüllt mit dem Mineralwasser Borshomi, das in der Stadt Mangelware war und nur auf Rezept in der Apotheke verkauft wurde.

Der Blick auf die beschlagenen Flaschen weckte in Unna auf einmal den unüberwindlichen Wunsch, etwas zu trinken. Zu ihrer Verwunderung stand hinter einigen Reihen Borshomi eine Flasche Kognak. In einem Schränkchen fanden sich auch Gläser, ein Kelch und sogar ein Korkenzieher.

Unna unterrichtete Raïssa Michailowna: »Ich werde etwa zwanzig Minuten zu tun haben.«

»Gut.« Würdevoll nickte die Sekretärin mit dem üppigen Goldschopf und blickte streng auf die Wartenden.

Unna trank genußvoll ein großes Glas, goß sich zum Nachtrinken eiskaltes Mineralwasser ein und entdeckte in einer Schale etliche Pralinen. Wieder an ihrem Arbeitstisch, blieb sie einige Minuten mit geschlossenen Augen sitzen und dachte träge darüber nach, woher wohl der Kognak im Kühlschrank kam. War es weise Voraussicht der Sekretärin, oder hatte ihn der ehemalige Chef stehenlassen, der jetzt unter Anklage stand und die Stadt nicht verlassen durfte?

Nachdem sie eine Weile ausgeruht hatte und sich wieder wohl fühlte, entdeckte sie auf dem Tisch einen Knopf und drückte ihn.

In der Tür erschien Raïssa Michailowna.

»Jetzt können sie kommen.«

Als erster trat der Leiter der Industriewarenlager ein.

Ihn interessierte, ob die Versorgung der leitenden Funktionäre weiterhin direkt vom Lager aus erfolgen sollte.

Unna kannte das Verfahren und versicherte dem Leiter, daß es in dieser Hinsicht keinerlei Veränderungen geben werde. Alles würde bleiben, wie es war. Sie wußte sehr wohl, das war eine Hintertür für den Leiter selbst, der Mangelware containerweise aufs Festland schaffen ließ. Doch das interessierte sie nicht, daran waren hier alle gewöhnt, außerdem erinnerte sie sich an den Rat, den sie von Valentin Petrowitsch Chljumow, dem Leiter der Organisationsabteilung, erhalten hatte.

Während Unna die Besucher empfing, Mitarbeiter verschiedener Handelsbereiche, griff sie in den Pausen immer wieder zum Glas, aber sie war vorsichtig genug, sich nicht völlig zu betrinken.

Doch gegen Mittag spürte sie, daß sie aufhören müsse.

Raïssa Michailowna fragte, wo ihre Chefin essen würde, und vernahm: »Zu Hause.«

In ihrem Dienstwagen, einem Geländewagen, fuhr sie nach Hause, wärmte sich dicke Renfleischsuppe auf, aß mit Appetit und beschloß, bis zum Abend die im Arbeitszimmer zurückgebliebene Flasche nicht mehr anzurühren.

Fast hätte sie sich daran gehalten, doch bevor sie nach Hause ging, rief sie Raïssa Michailowna zu sich.

»Woher stammt dieser Kognak?« fragte sie die Sekretärin.

Angesichts des Restes schätzte Raïssa Michailowna die Situation richtig ein und erwiderte: »Unna Owtowna! Ich arbeite nicht das erste Jahr hier und weiß, daß es im Dienst Situationen gibt, wo auch das für die Arbeit gebraucht wird.«

Unna lächelte schief und schlug vor: »Nun, dann wollen wir beide mal auf die Arbeit trinken. Auf gute Zusammenarbeit!«

Raïssa Michailowna trank wie ein Pferd. Später überzeugte sich Unna, daß diese Frau die seltene Fähigkeit besaß, viel zu trinken und dabei stocknüchtern zu bleiben. Sie schwankte nicht, ihre Sprache blieb gleichmäßig, ihr Wortschatz war zwar äußerst bescheiden, doch er reichte für die Verständigung. Ihre sehr hellen Augen wurden vom Trinken nie getrübt, nur ein wenig matter. Im übrigen aber blieb sie streng und korrekt, und kein einziges Härchen ihrer üppigen goldblonden Frisur rutschte heraus.

So wurde es denn Brauch. Unna fand in ihrem Kühlschrank stets eine »dienstliche« Flasche und trank sie zusammen mit Raïssa Michailowna leer, bevor sie beide das Büro verließen.

Es kam aber auch vor, daß sie aufgehalten wurden. Dann bereiteten sie sich auf einer Kochplatte eine Delikatesse zu, meistens Rentierzungen.

Raïssa Michailowna verfluchte alle Männer und schien sich nach ihrer Scheidung für keinen mehr zu interessieren. Sie zog eine Tochter auf, die die zehnte Klasse besuchte und ebenso groß, weißhäutig und goldhaarig war wie sie selbst. Wenn sie aber manchmal die Mutter abholen kam, begrüßte sie Unna zähneknirschend und bedachte sie mit einem unverhohlen feindlichen Blick, da sie offenbar annahm, sie sei größtenteils an der Verfassung ihrer Mutter schuld.

Unnas Bekanntenkreis war jäh kleiner geworden. Vor allem verschwanden die mächtigen Magadaner Freunde. Sie erschienen zwar wie früher in der Stadt, bewegten sich aber schon in einem anderen Kreis, der mit Unnas Leben nichts mehr zu tun hatte. Manchmal riefen sie auch an und baten, in die Lager gehen zu dürfen, aber Unna übertrug diese heikle Angelegenheit gewöhnlich dem Lagerleiter, der damit sehr zufrieden war.

Nach wie vor traf sich Unna nur noch mit Bugrow und Shirindan. Awgust kam mit neuen Büchern und Ideen, aber Unna liebte es einfach, mit ihm zu trinken und den Abend mit schlichten Gesprächen über den Alltag, alte Bräuche und das längst vergangene Leben zu verbringen.

Bugrow brachte Fisch, weil doch davon auszugehen war, daß er in seiner Vorratskammer auch den Teil verwahrte, den er mit Unnas Genehmigungsschein fing.

In ihrer Wohnung fühlte sich Unna besser geschützt, obwohl wahrscheinlich außer ihr kaum noch jemand daran dachte, daß sie für den höchsten Posten im Bezirk vorgesehen gewesen war. Sie aber erinnerte sich daran!

Und ihr schmerzte jedesmal das Herz, wenn sie in irgendeiner Angelegenheit das große weiße Gebäude betrat, in dem sie nur bis zur ersten Etage aufgestiegen war.

Manchmal vergaß Unna bereits, sich zu schminken, vor allem dann, wenn sie beschwipst war, und viele wunderten sich über ihr verändertes Aussehen, denn sie erinnerten sich noch, wie schön sie früher gewesen war.

Einmal schaute die aufgeregte Raïssa Michailowna ins Zimmer und sagte erschrocken: »Besuch für Sie, Unna Owtowna! Aus Magadan! Aber nicht vom Handel! Ein Unbekannter!«

Es war Alexander Wenediktowitsch. Noch immer dünn, freundlich, gütig.

»Amyn etti, Unnai!« begrüßte er sie auf tschuktschisch, und Unna wurde flammendrot vor Scham, weil sie sich sogar genierte, in ihrer Muttersprache zu antworten, um nicht ihre schlechte Aussprache zu verraten.

»Guten Tag, Alexander Wenediktowitsch! Welche Überraschung!«

Ihr Besucher setzte sich auf einen Stuhl und sah Unna aufmerksam ins Gesicht.

»Nun, bin ich alt geworden?« fragte sie schief lächelnd.

»Aber nein, du bist noch die gleiche wie früher!« versicherte der gute Alexander Wenediktowitsch. »Ich freue mich, dich zu sehen. Habe gehört, du bist in den Handel gegangen.«

»Von allein bin ich aber nicht gegangen«, sagte Unna seufzend. »Ich wurde hierher versetzt.«

»Na und!« sagte Alexander Wenediktowitsch munter. »Das ist doch kein schlechter Posten. Achten dich die Oberen?«

»Sie achten mich so, daß ich sie schon satt habe!« Unna lachte. Sie erzählte, daß sie denen Sonderpassierscheine für den sogenannten Hochzeitsausstatter ausgestellt habe, den sie nach Magadaner Beispiel hier eingerichtet hätten, jetzt würden sie sich da mit Waren versorgen.

»Trotzdem argwöhnen einige, daß ich im Lager irgendwas Besonderes verstecke«, bekannte Unna bitter. »Aber glauben Sie mir, Alexander Wenediktowitsch, ich weiß nicht mal genau, was da liegt.«

Der Gast schwieg zumeist, blickte sich um, und Unna spürte, daß er etwas sagen wollte, sich aber nicht entschließen konnte.

Er fragte nach Landsleuten, aber dazu konnte Unna nichts sagen. Sie tauchten nur selten in der Stadt auf und waren aus irgendeinem Grund nicht sehr auf ein Treffen mit ihrer Landsmännin erpicht, aber Unna erkannte sie auch nicht gleich, wenn sie sie nicht selbst erinnerten.

Das Gespräch, das anscheinend fröhlich und lebhaft begonnen hatte, versickerte zusehends, wurde matt und für beide belastend.

Alexander Wenediktowitsch rutschte auf seinem Stuhl hin und her und wußte offenbar nicht, wie er sich verabschieden, wie er weggehen sollte, bis er dann geradeheraus sagte: »Weißt du, ich habe hier viel von dir gehört ... Und habe doch das Recht, offen mit dir zu sprechen ... Ich war mit deinem Vater aufrichtig befreundet ... Mit einem Wort ...«

»Es wird geredet, ich trinke?« Unnas Stimme bebte, doch sie nahm sich schnell wieder zusammen. »Und die da reden, sind sie selber vielleicht Abstinenzler? Wenn jemand weiß, wieviel der ehemalige Bergmann Wladimir Petrowitsch trinken kann, dann bin ich es. Auch die anderen sind nicht besser. Vielleicht sieht man es mir, wie überhaupt jedem beliebigen Tschuktschen oder Eskimo, nur eher an.«

Alexander Wenediktowitsch wurde verlegen. »Trotzdem, sei vorsichtiger. Solche wie du stehen im Licht der Öffentlichkeit, alle beobachten sie. Jetzt muß ich aber gehen. Wenn du in Magadan bist, komm bei mir vorbei. Wir freuen uns immer, dich zu sehen.«

Alexander Wenediktowitsch verabschiedete sich mit Handschlag, hielt ihre Hand noch eine Weile fest. In seinen Augen standen Qual und Mitgefühl.

Kaum hatte sich die Tür hinter ihm geschlossen, öffnete Unna den Kühlschrank und nahm gleich aus der Flasche einen großen Schluck.

Zum Dienstschluß war sie völlig betrunken, und Raïssa Michailowna mußte sie mit dem Chauffeur nach Hause schaffen.

Drei Tage lang ging Unna danach nicht zur Arbeit. Bevor sie am Morgen eine Flasche öffnete, rief sie in ihrer Dienststelle an und sagte, sie sei krank.

Die ersten beiden Tage konnte die treue Raïssa Michailowna sie noch abschirmen, dann aber erschien sie persönlich und bestand darauf, einen Arzt zu rufen und einen Krankenschein ausstellen zu lassen. Es fand sich auch eine Ärztin, der Unna zum Dank einen Passierschein für den Hochzeitsausstatter geben mußte.

Am dritten Tag tauchte Awgust auf, den Unna lange nicht einlassen wollte.

Awgust setzte sich in den Sessel neben der Bettcouch und fragte: »Willst du aus dieser Verfassung rauskommen?«

»Ja, schon«, stöhnte Unna, »aber wie?«

»Es ist schwer, aber es geht«, sagte Awgust, »du mußt nur auf mich hören.«

An dem Tag ließ Awgust sie nichts mehr trinken, bis auf zwei Gläser Champagner. Dann brühte er für sie starken Tee mit süßer Kondensmilch, kochte eine Bouillon aus Rentierfleisch. Ein paarmal schickte er Unna in ein heißes Bad, und zuletzt, schon spätabends, zwang er sie, ein Schlafmittel einzunehmen, holte alle alkoholischen Getränke aus dem Kühlschrank und wünschte ihr eine gute Nacht.

Und wirklich schlief Unna fest bis zum Morgen. Sie erwachte in der achten Stunde, ausgeschlafen, gesundet, bis auf den trüben Bodensatz, der in ihrem Herzen zurückgeblieben war, heimliche Furcht und brennende Scham.

Es kostete sie große Überwindung, all das durchzustehen, Tee zu trinken, sich in Ordnung zu bringen und aus dem Haus zu gehen.

Schnee fegte übers Land, funkelte in den Strahlen der Straßenlaternen, und der eisige Wind ging Unna bis auf die Knochen. Doch das Atmen fiel ihr leicht. Bis zur Arbeit war es bei diesem Wetter ein weiter Weg, aber es tat gut, nach etlichen Tagen einsamen Herumsitzens, eingesperrt in schwüler, muffiger Atmosphäre, an die Luft zu kommen. Bevor sie die Wohnung verließ, hatte sie das Klappfenster geöffnet.

Wenn sich von vorn ein Passant näherte, bemühte sich Unna, auf die andere Straßenseite zu gehen: Ihr schien, ein jeder müsse wissen, wie sie etliche Tage lang getrunken, auf dem Bett flachgelegen und nicht mal die Kraft gefunden hatte, sich Essen zu kochen.

In dem engen Flur des Handelsbüros grüßten sie alle mit einer Miene, als sei nichts vorgefallen, und das war sonderbar. Sogar die ungerührt wohlwollende Freundlichkeit Raïssa Michailownas erschien Unna höchst verdächtig, und kaum hatte sie ihr Arbeitszimmer betreten, klingelte sie nach ihr und fragte flüsternd: »Na, wie steht's?«

»Alles in Ordnung«, antwortete Raïssa Michailowna leise. »Machen Sie sich keine Sorgen! Niemand weiß etwas, ahnt auch nur was. Jeder kann mal krank werden. Und die Ärztin würde Sie für italienische Stiefeletten sogar einen ganzen Monat krankschreiben!«

Doch Unna trank einige Tage keinen Tropfen Alkohol, und sogar Raïssa Michailowna betrachtete sie mit einiger Verwunderung.

Im Kühlschrank stand zwar die obligate Flasche, aber gerade die erinnerte Unna an das Vorgefallene, an das sie nicht ohne inneres Erbeben denken konnte.

Sie führte nun ein nüchternes, geregeltes Leben. Ging möglichst früh nach Hause, saß dann viel vor dem Fernseher oder hörte Musik, kümmerte sich um die Wirtschaft, brachte ihre Wohnung auf Glanz, wusch zum wiederholten Mal das Geschirr ab, wischte die Böden, saugte Staub.

Manchmal kam Awgust und brachte Lebensmittel mit, denn Unna ging nicht gern in die Läden, wo man sie jedesmal ins Direktorenzimmer zu nötigen suchte, um sie mit Klagen zu überschütten, ihr aber auch Mangelware zuzustecken.

Während ihr Gast auf das Abendessen wartete, blätterte er gewöhnlich in Büchern oder hörte Musik. Doch sein Hang zum Polemisieren brach immer wieder überraschend durch. Nahm er zum Beispiel das Lehrbuch »Grundlagen der Philosophie« von Akademiemitglied W. Afanassjew in die Hand, so begann er gleich mit höhnischer Stimme vorzulesen: »Während die neue Welt des Sozialismus sich kraftvoll, kühn und gesund entwickelt und erstarkt, ist das kapitalistische System von einem tiefen Prozeß des Niedergangs und Zerfalls ergriffen. Es durchlebt eine allgemeine Krise.«

Stellte er dann das Buch zurück, sagte er einigermaßen gleichgültig: »Und warum haben sie die Eskimos von Naukan fast gewaltsam nach Nunjamo umgesiedelt? Sie haben ihnen dort ein glückliches Leben verheißen. Und was ist wirklich dabei herausgekommen? Jetzt siedelt man sie nach Lawrentija um. Wovon sollen sie denn dort leben? Hat sich auch nur einer darüber Gedanken gemacht?«

»Meine Aufgabe ist der Handel!« sagte Unna böse. »Du bist an der falschen Adresse.«

»Neulich war ich in Nowo-Tschaplino, einer Eskimosiedlung unweit der Prowidenija-Bucht. Der Tag meiner Ankunft fiel gerade auf eine Samstags-Sauferei. Du weißt, ich bin kein Abstinenzler, aber das hat sogar mich getroffen. Nicht nur die Erwachsenen, selbst die Kinder waren betrunken! Manchmal kam es mir so vor, als würden sogar die Hunde taumeln ... Ich bin ins Internat gegangen, da hat sich ein Erzieher auf dem Boden gewälzt, und die kleinen Kinder sind lachend über ihn hinweggehüpft!«

»Hör auf!« rief Unna böse.

Ein Monat war vergangen, aber Unna spürte, daß in ihrem Innern eine Spannung wuchs. Sie lud Awgust nicht mehr ein, aber als sie einmal im Hörer seine Stimme vernahm, erriet sie, daß ihr Freund angeheitert war.

»Soll ich zu dir kommen?« fragte er.

»Na schön, komm nur«, antwortete Unna nach kurzem Schwanken und erstickte die aufflackernde Unruhe.

Awgust erschien mit einer Flasche.

Sie tranken zunächst schweigend, tauschten nur nichtssagende Worte, doch je betrunkener Unna wurde, desto stärker geriet sie in eine weinerliche Stimmung.

»Ich zähle schließlich nicht zu den Unbedeutendsten hier im Bezirk«, wandte sie sich an Awgust. »Meine Bildung ist nicht schlecht, ich habe Erfahrung in leitender Arbeit. Na ja, die Sprache habe ich ein wenig vergessen, aber hätte man was gesagt und darauf bestanden, hätte ich sie gelernt. Schließlich habe ich sie mal gekonnt, und etwas ist doch haftengeblieben. Sogar an Lieder erinnere ich mich. Hör nur.«

Sie runzelte die Stirn, suchte mühsam die Worte zusammen:

Mainy – ten – memlyetschgyt
Ynky nutek any kole!
Mynylpyn ynken korgaw –
Torwagyrgyn ynky warkyn!

Stolz sah sie Awgust an.

Er betrachtete Unna mit unverhohlener Verwunderung, aber dann prustete er los. Er lachte so, daß er fast vom Stuhl fiel.

Unna wartete, bis sich der Lachanfall ihres Gastes ein wenig gelegt hatte, und sagte dann beschämt: »Ich weiß, meine Aussprache ist nicht besonders. Du solltest sie lieber verbessern, statt mich auszulachen.« Beleidigt kniff sie die Lippen zusammen.

»Verstehst du wenigstens, wovon das Lied handelt?« fragte Awgust und wischte sich die Tränen ab.

»Mein Vater hat es immer gern gesungen. Es sind wohl die Worte eines Volksliedes.«

»Was Volkstümlicheres gibt es wahrhaftig nicht.« Awgust lachte noch immer. »Ach, du Tundrabeere! Verstehst du wirklich nicht, was diese Worte besagen?«

Unna schwieg beleidigt.

»Na, dann hör«, sagte Awgust mit ernster Stimme. »In der Übersetzung heißt das:

Große eiskalte Gefäße
Gibt's im Überfluß auf Erden!
Laßt uns diese Freude trinken –
Sie enthält den Sinn des neuen Lebens.«

»Na und?« fragte Unna achselzuckend.

»Das heißt«, erklärte Awgust, »ein eiskaltes Gefäß bedeutet tschuktschisch nichts anderes als eine Flasche, und dein so volkstümliches tschuktschisches Lied preist den Schnaps!«

Nun lachte auch Unna. »Nicht möglich! Das habe ich nicht gewußt. Es ist also gewissermaßen die tschuktschische Variante von Beethovens schottischem Trinklied.«

Aus diesem Anlaß holte sie eine weitere Flasche aus dem Kühlschrank, und nach einer Weile sangen sie bereits zu zweit das tschuktschische Lied über die großen eiskalten Gefäße, die Freude und Trost spendeten.

Unna hatte längst bemerkt, daß sie beim Nahen des Frühlings, da die Tage merklich heller wurden und sich an den südlichen Dachtraufen Eiszapfen bildeten, von innerer Unruhe ergriffen wurde, von Sehnsucht nach ständiger Bewegung, nach Reisen, Fahrten. Früher, als sie noch im Komsomol gearbeitet hatte und als stellvertretende Vorsitzende des Exekutivkomitees, pflegte sie um diese Zeit ausgedehnte Dienstreisen zu unternehmen, und bei den großen Entfernungen war sie lange unterwegs – ein Flug konnte wegen wetterbedingten Verzögerungen einen ganzen Tag dauern, in einem Geländefahrzeug aber mußte man sich manchmal tagelang durchrütteln lassen. Gut erinnerte sie sich an ihre letzte Reise an einem frühlingshaften Apriltag mit unerträglich greller Sonne, leuchtenden Schneewehen, blauen Schatten, wundersam durchsichtig funkelnder Luft und allgemeinem Jubilieren der Natur.

Awgust Shirindan erklärte mit der ihm eigenen Tiefsinnigkeit die Frühlingsstimmung aus dem genetisch bedingten Streben der Nomaden nach Ortsveränderung, aus dem Ruf des Blutes, dem unüberwindlichen Wunsch, alles im Stich zu lassen, die täglichen Sorgen abzuwerfen und sich auf den Weg zu begeben, einen Weg, mochte er auf den ersten Blick auch sinnlos scheinen, in die lockende Ferne, hinter den ins Unerreichbare enteilenden Horizont.

Auch in diesem Frühling hätte Unna am liebsten alles aufgegeben, um nicht länger in das ihr unerträglich gewordene, schmutzige Büro zu gehen, das die Putzfrau trotz aller Mühe nicht sauber bekam. In all den Jahren ihrer leitenden Arbeit hatte Unna nie ein ungemütlicheres und unpersönlicheres Arbeitszimmer gesehen. Alle Versuche, dem Raum ein annehmbareres Aussehen zu geben, endeten ergebnislos, und schließlich gab Unna auf.

Die einzig mögliche Dienstreise eines Chefs des städtischen Handels führte nach Magadan, aber dort wollte Unna sich nicht zeigen. Nach all dem, was sich in der Vergangenheit zugetragen hatte und sie früher so ein erwünschter Gast im Hotel »Zentralnaja« gewesen war, dort wieder abzusteigen, – nein, nur das nicht! Unna war nach ihrer Versetzung nur einmal dort gewesen, sie hatte versucht, ihre alte Freundin Ljubow Nikolajewna anzurufen, aber deren Tonfall hatte sie entnommen, daß die alte Freundschaft zu Ende war, gestorben zusammen mit unerfüllbaren Träumen und Hoffnungen.

Sie hätte ja Alexander Wenediktowitsch anrufen können, der hätte sie mit Freuden empfangen, aber wie konnte sie in seine mitfühlenden Augen blicken, wie den unausgesprochenen Vorwurf wegen des Vaters und vieler anderer Dinge ertragen?

Also fuhr mit größtem Vergnügen ihr Stellvertreter, Amirchan Tolpejewitsch, nach Magadan – der Erfinder der »Baukastenhühner«. Im vergangenen Jahr waren in den Läden plötzlich »zusammengesetzte Hühner« aufgetaucht, die Witzbolde nach den Steckbaukästen für Kinder »Baukastenhühner« nannten. Bruststücke, Köpfe und andere Teile, aus denen sich ein ganzes Huhn zusammensetzen ließ, wurden nun einzeln verkauft. Die Käufer, die mit Überfluß an diesem delikaten Fleisch ohnehin nicht verwöhnt waren, mäkelten nicht weiter daran herum und vermuteten, dies sei eine Reaktion auf irgendeinen neuen Beschluß zum Lebensmittelprogramm.

Die Lösung des Rätsels war erstaunlich einfach: Rudel von Magadaner Ratten hatten zahlreiche Hühner angefressen. Nun tauchte in ihrer ganzen peinlichen Nacktheit die Frage auf, ob nicht die riesige Menge delikaten Fleisches abzuschreiben und an Pelztiere zu verfüttern sei. Die Silberfüchse in der benachbarten Tierfarm leckten sich schon die Schnauzen in Vorfreude auf zartes Geflügelfleisch, als Amirchan Tolpejewitsch erschien und eine einfache Idee unterbreitete. Sie bestand einzig und allein darin, den Hühnern die von Ratten angenagten Teile abzuschneiden. Natürlich würde ein derart verunstaltetes Huhn als Ware unansehnlich werden und überhaupt den Argwohn des Käufers erregen. Deshalb riet der erfinderische Amirchan Tolpejewitsch, die Rümpfe in gleichförmige Bestandteile zu zerlegen, aus denen der Käufer, falls er sich nicht mit einem Teil begnügte, in häuslicher Umgebung ein ganzes Huhn zusammenstellen konnte. Die »zusammengesetzten Hühner« wurden mit Profit verkauft, und der Handel entging einer großen Unannehmlichkeit. Amirchan Tolpejewitsch aber galt von da an als bester Mangelwaren-Beschaffer und unternahm verantwortungsvolle Dienstreisen nicht nur nach Magadan, sondern auch nach Chabarowsk, Wladiwostok und Moskau, wenn die Zeit anbrach, da Früchte und Gemüse aus den mittelasiatischen Hauptstädten angeliefert wurden.

Bei alldem zeichnete sich Amirchan Tolpejewitsch durch absolute Ehrlichkeit aus, durch Unbestechlichkeit und Nüchternheit.

Vor ihm, von seinem ironischen Lächeln abgeschirmt, kam Unna sich vor wie hinter einer Steinmauer, und gerade seine Anwesenheit im Handelsapparat bewahrte sie letzten Endes vor großen Unannehmlichkeiten, die sie leicht auf die Anklagebank hätten bringen können.

So blieben für Reisen nur die Stadt, das Bezirkszentrum, auch das benachbarte Ugolnyje Kopi, der Flughafen und die geologische Forschungsstation. Die lag in einer anheimelnden Bucht hinterm Kap, das die wissenschaftliche Bezeichnung »Kap der Observation« trug. Früher war hier eine große Fischkonservenfabrik untergebracht, und von ihr zeugten an der Küste noch beeindruckende Gebäudekomplexe, halb zerfallen und schief, von den extremen Klimaverhältnissen nachgedunkelt. Vor etlichen Jahren hatten Geologen die Ansiedlung okkupiert, hier die Hauptbasis der geologischen Erkundungsexpedition eingerichtet.

Dahin begab sich Unna zusammen mit ihrem Chauffeur in der Absicht, die Handelsniederlassungen und Unternehmen zu inspizieren.

Der Weg über den vereisten Whäner Liman war noch befahrbar, aber sie mußten vorsichtig sein, denn gegen Mittag füllten sich die Spurrinnen mit Tauwasser, und der Wagen hüpfte auf unsichtbaren Eishügeln. Man hatte das Gefühl zu reiten – das hatte Unna übrigens noch nie im Leben getan. Auf der von tauenden Schneeflecken gesprenkelten Eisfläche waren einzelne Fischer zu sehen, die von Zeit zu Zeit – weit die Arme schwenkend – aus der Tiefe einen gefangenen Whäner Stint zogen.

Nachdem sie rechterhand den dunklen Felsen des Kaps hinter sich gelassen hatten, fuhr der Wagen übers Eis, überwand nahe der Küste eine gewaltige Wasserlache mit regenbogenfarbig glänzenden Erdölflecken und quälte sich mit angestrengtem Geheul aufs Ufer, auf die gegenüber der Tundra etwas höher gelegene feste Straße.

Der Frühling ist für die Siedlungen im Norden eine Zeit der »Schneeglöckchen«. Mit diesem freundlichen Wort sind hier keineswegs die ersten Frühlingsblumen gemeint, sondern der vielfältige Müll, das rostige Eisen, die Konservendosen, Flaschen, Plastikverpackungen, Sackfetzen, zerbrochenen Bretterkisten und Kartons, die bis zum Frühling unter einer Schneedecke verborgen waren, nun aber hervorgekrochen kamen.

Diese Siedlung mit den schon lange nicht mehr renovierten Häusern, den verfallenen Werkhallen der einstigen Fischkonservenfabrik, den stinkenden Toilettenbuden nebst tauenden Haufen gefrorener, wintersüber angesammelter Exkremente machte einen erbärmlichen Eindruck. Der wurde noch verstärkt durch die verblichenen, abgerissenen Losungen wie: »Partei und Volk sind eins!«, »Ruhm der Kommunistischen Partei der Sowjetunion!«, »Die Sowjetunion – Bollwerk des Friedens und der Demokratie!« Und aus unerfindlichem Grund zierten diese Losungen immer die unansehnlichsten Gebäude, vielleicht war der, der diese Banner anbrachte, bemüht, auf diese Weise das menschliche Auge von dem unappetitlichen Anblick abzulenken.

Unna bat den Chauffeur, direkt ins Handelszentrum der Siedlung zu fahren, das zum Glück nicht weit von der Küste entfernt war.

Die Zufahrt war erstaunlich ordentlich und sauber: Auf dem tauenden grauen Schnee hatte soeben erst ein in der Ferne entschwundener Bulldozer seine Spuren hinterlassen. Offensichtlich hatten die Geologen geholfen, denn die Handelsorganisation verfügte nicht über diese technische Ausrüstung. Obwohl Unna gebeten hatte, ihr Kommen nicht anzukündigen, wußte die Geschäftsleiterin auf die Minute genau von dem bevorstehenden Besuch.

Mit blitzenden Goldzähnen trat Jelena Ignatjewna auf die Vortreppe hinaus und zwitscherte unverschämt lächelnd: »Wer ist denn da zu uns gekommen? Ich sehe zum Fenster hinaus – da fährt ein Wagen über den Liman, es scheint einer von uns zu sein, einer vom Handel, und richtig – Sie sind's! Wir freuen uns immer über einen lieben Gast, wie man so sagt.«

Als Unna die hohe Vortreppe des Geschäfts hinaufging, bemerkte sie verwundert das bereits herausgehängte Schild »Inventur«.

»Das hat nichts zu sagen.« Jelena Ignatjewna grinste. »Den Plan haben wir längst erfüllt, keine Sorge.«

Für einen Moment griente Unna in sich hinein: Die Hauptsache war die Sorge um den Plan, der Käufer aber kann sich gedulden.

Und als hätte sie ihre Gedanken erraten, sagte Jelena Ignatjewna: »Wenn jemand dringend was braucht – wir haben oben in der Expedition noch eine kleine Verkaufsstelle.«

Die Expedition befand sich auf einem Hügel, auf dem Platz des alten Flughafens.

Der Fußboden im Verkaufssaal war blitzsauber, die Ladentische funkelten nur so, und ein reiches Sortiment unberührter Waren erfreute das Auge.

»Sie kommen gerade recht zum Mittagessen«, fuhr Jelena Ignatjewna fort.

Doch bevor Unna sich zu Tisch setzte, interessierte sie sich für die Arbeit, für den Plan, das Sortiment – kurz, sie beschwichtigte ihr Gewissen. Zum Essen waren natürlich keineswegs alle Mitarbeiter des Geschäfts geladen: Die gewöhnlichen Verkäuferinnen aßen in einem abgelegenen Winkel, einem Nebenraum. Während Unna den Tisch betrachtete, dachte sie, diese Leute, ihre Untergebenen, wußten sehr wohl, daß dieser ganze Luxus zusammengestohlen, dem Käufer so gekonnt vorenthalten war, daß er nicht merkte, wie schamlos man ihm in die Tasche griff, ja sogar noch dankbar blieb. Sie kannte schon Dutzende von raffinierten Verfahren, mit denen Verkäufer, Verkaufsleiter und Lagerarbeiter den Staat und den Käufer bestahlen, und all das galt als völlig normal, ja fast gesetzlich. Die Operation »Baukastenhühner« war noch die harmloseste.

Nach etlichen Gläsern lebte Unna auf, und ihre kritische Stimmung wurde von einem Gefühl grenzenloser Freundschaft zu ihren Zechkumpaninnen abgelöst – am Tisch saß kein einziger Mann.

Jemand brachte ein japanisches Tonbandgerät, und den engen Raum erfüllte die Stimme von Wladimir Wyssozki.

Noch vor kurzem, als sie das offizielle Amt einer stellvertretenden Vorsitzenden innehatte, hütete sich Unna, diesen nach dem Urteil von Ideologen aufmüpfigen Sänger öffentlich zu hören.

Die Frauen vom Handel, die mit Ideologie nichts zu tun

hatten, liebten Wyssozki aus irgendeinem Grund ebenfalls, und jede, die ein Tonbandgerät besaß – und bei den Mitarbeitern im Handel waren das viel mehr als in anderen Schichten der Bevölkerung –, hatte zahlreiche Kopien, auch wenn diese nicht gerade von hoher Qualität waren.

Die rot und lebhaft gewordene Jelena Ignatjewna versuchte sogar, mit heiserer Stimme in den Gesang des Barden einzufallen.

Als das Festgelage in vollem Gange war, klopfte es hartnäckig an der Tür, Jelena Ignatjewna stellte das Tonbandgerät leiser, hielt mit dem Finger den Türhaken in der Öse fest und fragte ärgerlich: »Wer ist denn da?«

»Jelena Ignatjewna! Ich habe ihm im guten zugeredet, aber er besteht darauf. Rammelt an der Tür, es fehlt nicht viel, und er bricht sie auf.«

»Wer denn? Sprich vernünftig, Klawa!«

»Der Chef-Geologe«, antwortete die Frau hinter der Tür.

»Witschugin!« rief Jelena Ignatjewna vielsagend und sah Unna fragend an. »Der Expeditionsleiter. Der Mann ist für uns ganz wichtig. Worum wir ihn auch bitten – er ist immer gefällig. Lassen wir ihn rein?«

»Soll er nur kommen.« Die angeheiterte Unna winkte mit der Hand.

Witschugin trat mit breitem Lächeln ein. Sein von Sommersprossen übersätes blasses Gesicht, umrahmt von einem rotbraunen Vollbart, war gerötet.

»Mich wolltet ihr betrügen!« Er lachte schallend. »Als ob ich nicht wüßte, was für eine Inventur ihr macht! Unna Owtowna, meine Verehrung!«

Er nahm die zottige Hundefellmütze ab und verneigte sich tief und zeremoniell.

»Zu Tisch, zu Tisch!« schrie Jelena Ignatjewna. »Wir

bitten zu Tisch. Einen Straftrunk zur Einstimmung für Wladimir Wladimirowitsch!«

Der Geologe wurde neben Unna plaziert, er kippte verwegen, ohne sich zu zieren, das geschliffene Glas voll Wodka in den rosa Schlund, runzelte leicht die Stirn und stürzte sich auf die Vorspeisen.

»Ich gehe hier vorbei«, sagte er, an einem Stück gedörrtem Stör kauend, »und sehe, da steht ein Auto. Eins vom Handel. Nun, da war mir sofort alles klar.«

»Ich hatte beschlossen, unsere entfernten Niederlassungen zu besuchen«, sagte Unna und bekannte, für sich selbst überraschend: »Jeden Frühling überkommt mich so eine Sehnsucht. Kaum ertönt Vogelgeschrei am Himmel, werde ich richtig krank.«

»Sie sind ja der geborene Geologe!« rief Wladimir Witschugin. »So geht es mir auch. Wir sind verwandte Seelen! Das ist schön. Darauf müssen wir trinken!«

Sie tranken auch noch auf vieles andere.

Die schon ziemlich betrunkene Unna entließ ihren Chauffeur. Sie wollte im Hotel der Geologen übernachten, von dessen überwältigender Ausstattung sie schon viel gehört hatte: Eine Sauna gab es da, ein Dreizimmer-Luxusappartement mit Bad, heißem und kaltem Wasser ...

Schließlich befand sich fast die ganze Gesellschaft in diesem Appartement.

Witschugin brachte eine riesige gefrorene Maräne, die sie zu dem beliebten ungarischen Kognak »Budafok« aßen, während sie zusammen mit Wyssozki sangen:

Doch dafür bauen wir Raketen,
Stauen sogar den Jenissej,
Und kein Ballett auf dem Planeten
Könnt neben unseren bestehn!

Unna sang laut, vielleicht am lautesten von allen, und hoffte schadenfroh, es könnte sie am anderen Ufer des Limans der KGB-Chef Petrenko hören, der die heimliche Begeisterung einiger verantwortlicher Mitarbeiter für diesen »Dissidentenkünstler«, wie er ihn auf einer Konferenz genannt hatte, ganz und gar nicht billigte.

Witschugins Trinksprüche galten dem Aufblühen Tschukotkas, das er sich über und über mit Erdöltürmen bestückt vorstellte.

»Die Rentierzüchter werden leben wie die arabischen Scheichs!« schrie er. »In Mercedes werden sie herumfahren … Paläste werden sie in der Tundra errichten, und endlich wird der Traum aller Politiker Wirklichkeit – die einheimische Bevölkerung wird seßhaft!«

In der Tat waren damals, als Unna noch im Exekutivkomitee arbeitete, ständig Direktiven gekommen, die nomadisierende Bevölkerung seßhaft zu machen. Etwas war bereits im Gange. Es gab die strenge Vorschrift, die sogenannte nichtarbeitsfähige Bevölkerung aus der Tundra auszusiedeln – die Frauen, die Alten, vor allem aber die Kinder. Doch Unna erinnerte sich vage noch aus ihrer fernen Kindheit, daß gerade auf den Schultern dieser alten Männer und Frauen das Leben in der Tundra ruhte. Sie kleideten und ernährten die Hirten, hielten die Wohnstätten in Ordnung, besserten das Rentiergeschirr, die Schlitten aus …

Umgesiedelt in Küstenniederlassungen, in zentrale Gehöfte der Sowchosen, manchmal auch in Städte, streiften die Menschen dann angetrunken, verloren, schläfrig herum, fanden keine Beschäftigung und keinen Platz. Indessen kämpfte der in der Tundra zurückgebliebene Rentierzüchter, ein Mann in den besten Jahren und voller Kraft, um die Zuneigung der einzigen gebliebenen »Jaranga-Wirtschafterin«, und wenn es gelang, in die Niederlassung verbotenes Feuerwasser zu schmuggeln, kam es zu grausamen Raufereien, bisweilen dröhnten auch Schüsse.

All das wußte Unna, und insgeheim schmerzte es sie. Laut darüber zu reden war jedoch nicht erlaubt. Sprechen durfte man nur über Erfolge, über den erstaunlichen Sprung aus der Urgesellschaft in den Sozialismus, darüber, daß es in der Tundra Transistorradios gab, an manchen Orten Radiostationen, daß Hubschrauber landeten, Zeitungen brachten, Zeitschriften und die Werke Leonid Iljitsch Breshnews in tschuktschischer Sprache.

Nur bruchstückhaft nahm Unna noch die Umgebung und Zeit wahr. Verschwunden waren Jelena Ignatjewna und die anderen Gäste, und das ganze Zimmer war erfüllt vom rötlichen, bärtigen Gesicht Wladimir Witschugins.

»Jetzt ist die richtige Saison«, trompetete er ihr ins Ohr. »In der Tundra jagen unsere Leute Kraniche. Ein schmackhaftes Fleisch! Hast du schon mal Kranich gegessen?«

»Nein, hab ich nicht«, antwortete Unna mit schwerer Zunge, während sie spürte, wie die zupackenden Hände des Geologen über ihren Körper tasteten und in ihren Mund seine feuchte, leicht bittere Zunge glitt.

»Na, na! Du willst nicht? Eh! Bisher hat noch jede Tschuktschin mit mir schlafen wollen, mit Wolodja Witschugin, dem Geologen und ersten Mann in der tschuktschischen Tundra!«

In aufflackernden lichten Momenten begriff Unna voll Entsetzen, daß sie in einen Abgrund sank, daß etwas Nichtwiedergutzumachendes, Schreckliches geschah, aus dem sie nicht mehr herauskommen würde, doch ihr umnebeltes Hirn und der erschlaffte Körper schienen sich von ihr losgelöst zu haben, gehorchten ihr nicht mehr.

Sie sank in Bewußtlosigkeit.

Dann fürchtete sie, in die Wirklichkeit zurückzukehren, versuchte sich einzureden, alles sei nur ein schrecklicher Traum gewesen, der sich verflüchtigen würde, wenn sie sich noch ein Weilchen gedulden und einfach so liegenbleiben würde, unbeweglich und mit fest geschlossenen Augen. Sie würde erneut, nun aber schon richtig erwachen, und neben ihr würde nicht mehr der schnarchende Mann liegen, sie würde nicht mehr vom Gefühl beherrscht sein, in Schmutz zu schwimmen, würde keinen betäubenden Kopfschmerz mehr spüren und keine schreckliche Trockenheit im Mund.

Der grunzende Laut war verstummt, ein Murmeln war zu vernehmen, und Unna spürte, wie behaarte Beine gleich den Flossen eines widerwärtigen Tieres nach ihr tasteten.

Es war Wladimir Witschugin. Sein triumphierendes Gesicht mit dem geöffneten, von Backen- und Schnurrbart umrahmten Maul erhob sich über Unna.

Sie schrie wild und laut auf, glitt aus dem Bett und wollte aus dem Zimmer laufen, verfing sich aber in den Bettüchern und stürzte, wobei sie schmerzhaft mit dem Kopf gegen ein Tischbein stieß.

Der jähe scharfe Schmerz brachte sie endgültig zu Bewußtsein. Als sie sah, daß Witschugin nach ihr greifen wollte, nahm sie eine leere Flasche vom Tisch und schleuderte sie mitten in das grinsende Gesicht.

Entsetzt schlug sie die Hände vors Gesicht, denn sie dachte, die Flasche würde zerspringen und Witschugins Gesicht zerschneiden. Doch das dickwandige Gefäß hielt stand. Unter einem Auge des Geologen bildete sich eine Blutblase, die sich vor ihren Augen blau färbte.

»Ach, so ist das!« schrie Witschugin und stürzte sich auf Unna.

Er schlug sie, prügelte auf sie ein und versuchte, mit

seinen von rötlichen Haaren bewachsenen Fäusten ihr Gesicht zu treffen. Sie fühlte, wie ihr Gesicht anschwoll und die Haut dadurch unempfindlicher gegen die Schläge, gegen den Schmerz wurde.

Schwer atmend hielt Wladimir Witschugin ein und rief drohend: »Du Hündin!«

Er zog sich langsam an, planschte dann eine Weile im Bad und ging weg, schlug die Tür hinter sich zu.

Unna erhob sich und spürte, wie ihr Körper auf jede, selbst die kleinste Bewegung mit unerträglichem Schmerz reagierte. Ob Witschugin ihr irgendwas gebrochen hatte? Arme und Beine schmerzten zwar, gehorchten ihr aber.

Bemüht, nicht in den Spiegel zu blicken, wusch Unna sich im Bad und zog sich an.

Ihre Kleidung war sonderbarerweise heil und lag sorgfältig zusammengelegt auf der Decke des zweiten, unberührten Bettes.

Der Durst war unerträglich, vor allem auf Alkoholisches. Unna betrachtete den mit Flaschen und Imbiß vollgestellten Tisch, entdeckte eine nicht geleerte Flasche Champagner, goß sich ein Glas ein und trank.

Ihr wurde ein wenig leichter zumute.

Sie umwickelte ihr Gesicht zur Hälfte, verließ das Zimmer und ging schnell den leeren Korridor entlang, lief an dem Raum mit der verglasten Tür vorbei, in dem die Diensthabende saß.

Unerträgliches Sonnenlicht ließ Unna eine Weile blinzeln, als wäre sie an einer Lichtbarriere gestrauchelt. Doch der Wunsch, diesem Ort zu entkommen, zwang sie, die Augen zu öffnen, und sie lief erst langsam, dann aber schneller und schneller hinab, die von Rädern plattgefahrene Straße entlang.

Als sich ihre Augen etwas an das Licht gewöhnt hatten, erblickte sie unten die langgestreckte, von blendendem Sonnenlicht überflutete, von Schnee verwehte Siedlung und dahinter den Whäner Liman mit dem noch im Vorjahr zusammengeschobenen Packeis.

Ihr Herz hämmerte, in den Augen brannten Tränen, und ihr kam es so vor, als bestünde ihr ganzer zerschlagener Körper nur aus Schluchzen, Schluchzen vor Schmerz und Kränkung, vor allem aber wegen der unerhörten Erniedrigung. Wie einfach und leicht es doch war, einen Menschen zu kränken, ihn seiner Würde zu berauben, zu zertreten, zusammenzuschlagen ... Was war er gestern noch für ein galanter Mann gewesen, er hatte ihr die Hand geküßt, sie Königin von Tschukotka genannt, hatte die Parteiführungen beschimpft, weil sie ihre Deputierten-Kandidatur nicht unterstützt hatten. Was für ein gemeiner, niederträchtiger Kerl! Ob sie alle so waren? Nein, Jakow war anders, ganz anders. Aber sie selbst hatte mit ihm gebrochen, hatte sich wegen einer großen politischen Karriere von einem Leben mit ihm losgesagt. War sie also nicht selbst an allem schuld? Andere können sich doch alles erlauben! Wie dieser Leiter der Expedition, bei dem alles durchgeht – er vergewaltigt, wildert, überschwemmt die Rentierweiden mit Erdöl, verunstaltet die Tundra mit den Raupenketten seiner Geländewagen und Traktoren. Erst im vergangenen Jahr haben seine Geologen Hunderte Hektar bester Sommerweiden verbrannt ... Nein, er muß vor Gericht kommen! Soll er sich nur für all das verantworten! Nicht genug, daß er sie vergewaltigt hat – er hat sie obendrein auch noch verprügelt!

Keuchend vor Wut und Kränkung lief Unna über den Liman, strauchelte über Eisblöcke, stürzte sogar hin und wieder. Sie hielt sich an die Trasse, die übers Eis führte, aber ob nun wegen der frühen Stunde oder aus einem anderen Grund – sie wurde nur von zwei oder drei Lastern überholt.

Mitten auf dem Liman, als sie das düstere Kap der Observation mit den auf seinem Gipfel blitzenden riesigen Brennstoffbehältern hinter sich gelassen hatte, hörte Unna ein Auto hupen. Es war ein Geländewagen der Miliz. Als er die laufende Frau eingeholt hatte, bremste er, und heraus sprang der Milizionär, der damals Awgust Shirindan geprügelt hatte und ihn verhaften wollte. Forschend sah er ihr ins Gesicht und sagte: »Steigen Sie ein. In dieser Verfassung können Sie sich in der Stadt nicht blicken lassen.«

Seine Stimme war ruhig und gleichmäßig, und Unna spürte darin sogar einen Hauch von Mitgefühl.

Mit seiner Hilfe setzte sie sich auf einen hinteren Sitz.

Nach einer Weile fragte der Milizionär: »Möchten Sie etwas anzeigen? Wenn ja, fahren wir zum Revier.«

Nach kurzem Schwanken erwiderte Unna: »Nein, das nicht. Es ist nichts. Ich bin einfach gefallen und habe mich geprellt.«

Der Milizionär sah sich um, blickte ihr noch einmal aufmerksam, mit unverhohlener Verwunderung ins Gesicht und brummte: »Na schön.«

Als Unna aus dem Wagen stieg, wäre sie fast gefallen, plötzlich spürte sie eine schreckliche Schwäche. Der Milizionär merkte es und half ihr in ihre Wohnung hinauf.

Als sie in der Diele den Mantel abgelegt hatte, warf sie endlich einen Blick in den Spiegel. Was sie sah, war entsetzlich. Zwei riesige blaue Flecken unter beiden Augen, die Augen selbst waren geschwollen, kaum daß in den Schlitzen das blutige Weiß der Augäpfel zu sehen war. Unter der eingedrückten Nase, nur schlecht abgewaschen, verkrustetes Blut. Die Lippen waren aufgesprungen, unnatürlich aufgeworfen. Es war verwunderlich, daß der Milizionär sie überhaupt erkannt hatte.

Unwillkürlich aufstöhnend ging Unna ins Zimmer und zog sich dabei aus. Sie wußte, daß ihr Körper von den erbarmungslosen Schlägen Wladimir Witschugins mit blauen Flecken übersät war, aber in diesem Moment wollte sie nur eins – ihr Bett erreichen, sich hinlegen und alles vergessen. Sie holte eine Decke und ein Kissen, warf alles auf die Bettcouch, öffnete den Kühlschrank, nahm Wein heraus und trank ein volles Glas.

Zunächst schlief sie sofort ein. Geweckt wurde sie vom Schrillen des Telefons. Aber statt nach dem Hörer zu greifen, riß sie die Schnur aus der Steckdose. Sie zog die dichten Vorhänge zu, um den strahlenden Tag nicht sehen zu müssen, und kehrte ins Bett zurück. Immer wenn sie wieder wach wurde, trank sie ein Glas. Auf diese Weise leerte sie die Flasche, dann griff sie zum Champagner.

Mitten in der Nacht spürte sie plötzlich grimmigen Hunger. Im Topf fand sich noch ein Rest Suppe mit einem großen Stück Rentierfleisch.

Nach ziemlich langer Zeit hörte sie es an der Tür klopfen. Zuerst wollte sie öffnen, dann aber ließ sie es bleiben und ging wieder ins Bett.

Wach wurde sie, weil jemand sie ansah.

Über sie neigte sich Awgust Shirindan.

Er sah sie mitfühlend an und schien sogar zu weinen.

»Wie bist du denn hereingekommen?« fragte Unna verwundert.

»Entschuldige, aber ich habe einfach die Tür aufgebrochen«, bekannte Awgust. »Ich hatte Schlimmes befürchtet … Du lebst, das ist die Hauptsache. Schlaf nur, ich bleibe eine Weile hier.«

Unna schloß die Augen. Sie schlief wirklich ein und

schlief wahrscheinlich lange, denn als sie erwachte, fühlte sie sich besser.

»Von der Arbeit ist jemand gekommen«, teilte ihr Awgust mit, »deine Sekretärin. Ich habe gesagt, du bist krank und wirst ein paar Tage im Bett bleiben.«

»Du hättest sagen sollen, daß ich die Arbeit nicht wieder aufnehme«, sagte Unna.

14

Unna arbeitete nicht. Die meiste Zeit verbrachte sie am Fischerstrand, war aber bemüht, niemandem unter die Augen zu geraten, abgesehen von ihren alten Freunden Bugrow und Shirindan.

Von der Partei hatte sie eine strenge Rüge mit Eintragung ins Mitgliedsbuch erhalten, und es blieb nur deswegen dabei, weil es ihre erste Strafe war.

Sie trank nun fast ohne Pause, von morgens bis abends. Doch sie achtete darauf, daß sie sich nie bis zur Besinnungslosigkeit betrank. Wenn sie merkte, daß sie das Bewußtsein verlor, versuchte sie, sich schlafen zu legen.

Am Fischerstrand stand ein geräumiges Zelt; da Unna sich aber jetzt fast rund um die Uhr hier aufhielt, gingen die anderen Fischer über Nacht in die Stadt und erschienen erst wieder in der Stunde, da sie das Netz herausziehen mußten.

Wenn Unna erwachte, tastete sie am Kopfende nach einer Flasche Wein, goß sich mit zitternder Hand ein Glas ein, und schon nach zwei, drei Minuten erschien ihr die Welt nicht mehr so düster, auch wenn sich überm Liman Morgennebel ausbreitete oder fader Sommerregen nieselte.

Je nach Wetterlage zündete Unna entweder den Petroleumkocher an oder entfachte das Lagerfeuer, über dem sie den verräucherten Teekessel aufsetzte.

Die Tage waren noch hell, lang und warm. Mitunter erwärmte sich das Wasser im Liman sogar so sehr, daß einige Zugereiste sich in das gelbbraune Tundrawasser des gewaltigen tschuktschischen Flusses trauten.

Appetit hatte Unna nicht, aber sie pflegte immerhin einen großen Becher starken süßen Tee zu trinken und ein Ei oder ein Stück kalten Fisch vom Vortag zu essen, ehe sie sich ans Ufer setzte, auf eine leere Kiste, um gedankenverloren auf die glatte Wasserfläche zu blicken, auf die gleichmäßige Reihe der Bojen und auf die fetten Möwen, die vor lauter Sattheit nicht mehr die Kraft fanden zu schreien. Die schreckliche Wehmut, die in den ersten Tagen der Untätigkeit nach ihrer Entlassung von ihr Besitz ergriffen hatte, wurde von einer tiefen Gleichgültigkeit abgelöst. Sie hatte nur noch einen Wunsch – alles zu vergessen. Sie brauchte weder einen Fernseher noch Bücher, ja nicht einmal Musik – sie suchte nur das Vergessen, und das schenkte ihr der Wein. Sie dachte sogar, daß sie ohne Wein wohl aus dem Leben gegangen wäre.

Leben aber wollte sie trotz alledem. Allein der Gedanke an den kalten, stockfinsteren Abgrund ließ sie erzittern, und nur der Alkohol konnte sie davon erlösen. An Vergangenes wollte sie sich nicht mehr erinnern. Das erklärte auch ihre Gleichgültigkeit gegenüber der Musik, deren Klänge alles ins Gedächtnis riefen, was geschehen war, als sie Mozart, Händel und Beethoven hörte. Die Musik ließ nicht nur das Vergangene wieder auferstehen, sondern auch jedes Wort, jede Geste und jede Stimmung. Und das aufs neue zu erleben war so quälend, daß Unna nun auf ihrem teuren Tonbandgerät nur noch bravouröse populäre Melodien oder Lieder von Wyssozki und Okudshawa abspielte.

Am erträglichsten noch war es hier, an der Küste, in der Einsamkeit, mit den Fischen, die in den blaugrünen Wassern des Whäner Limans schwammen, mit den überfütterten Möwen, mit den auf Reede liegenden Schiffen, die darauf warteten, entladen zu werden – hier, wo sie nur die glatte Wasserfläche vor Augen hatte, die felsige Insel Aljumka und das gegenüberliegende grüne Ufer, wohin Flugzeuge zur Landung niedergingen, wobei ihr Dröhnen sich entgegen dem Augenschein verselbständigte, verzögerte. Mitunter zeigte sich auch ein Kutter oder das Passagierschiff »Borsenko«, das mit Flut oder Ebbe kämpfte.

Aus irgendeinem Grund erinnerte sich Unna gerade hier immer öfter an die ungetrübte Zeit ihrer Kindheit und holte aus der Tiefe ihres Gedächtnisses ganz in Vergessenheit geratene Bruchstücke des vergangenen Lebens. Sie versuchte, aus ihnen ein vollständiges Bild zusammenzusetzen, doch vergebens – zu fragmentarisch und flüchtig waren die Erinnerungen. Obwohl es darunter auch erstaunlich deutliche gab, mit kleinsten Details versehen: den geräumigen Tschottagin in der Tundra-Jaranga, den in Wogen von der Feuerstelle aufsteigenden Rauch und die über das Feuer gebeugte Mutter, ihre beiden fest geflochtenen Zöpfe, die sie auf den Rücken zurückwarf, um sie vor den Flammen zu schützen, und den verräucherten, irgendwie fröhlichen, unbekümmerten Teekessel, der immerzu versuchte, seinen Deckel abzuwerfen. Dann auch den langen Umzug durch die winterliche Tundra. Unna sitzt in einem eigens angefertigten Gefährt mit einer Art Schutzdach aus Rentierwildleder, vornweg schreitet ein großes weißes Rentier, zieht diesen Schlitten und wendet dem kleinen Mädchen immer wieder ein großes Auge zu, in dem Unna sich so klar und deutlich wiedererkennt, daß ihr angst und bange wird und sie nach der vorausgehenden Mutter schreit.

Warum war es ihr noch vor kurzem so vorgekommen, als sei jenes Leben für sie gestorben?

Schließlich lebten noch immer ihre Verwandten, sie zogen nach wie vor als Nomaden durch die Tundra, ließen Rentiere weiden und lebten ihr eigenes Leben, das sich von dem unterschied, das andere Tschuktschen führten, wenn sie einen Posten errungen und sich dem neuen, wie ihnen schien, fortschrittlicheren Leben angepaßt hatten. Vielleicht war jenes Leben wirklich das Leben eines wahren Menschen? Gemessen, wie Musik, die von Anbeginn ihrem gesetzmäßigen Ende entgegenstrebt, aber mit vollem Klang, ohne Dissonanzen, Brüche, Pausen.

In der zweiten Tageshälfte kamen Awgust und Bugrow, der eine früher, der andere später, zogen das Netz aus dem Wasser und begannen den gefangenen Fisch zu bearbeiten. Damit beeilten sie sich, denn in diesem Jahr gab es reichlich Fisch, und ehe die Inspektoren kamen, mußten sie es so einrichten, daß die nicht zählen konnten, wieviel Lachse wirklich ins Netz gegangen waren. Nach der schweren und hastigen Arbeit kochten sie Fischsuppe. Vorwiegend aus den edelsten Teilen, denn sogar der Fische wurden sie nach einigen Tagen überdrüssig.

So vergingen die Tage, und Unna dachte voller Unruhe, daß bald alles zu Ende sein würde, sie wieder in ihre Stadtwohnung zurückkehren und an eine Arbeit denken müsse: Schließlich mußte sie von irgend etwas leben. Die Ersparnisse, die ihr der Vater hinterlassen hatte, waren nicht so groß und ziemlich schnell aufgebraucht.

»Du mußt jede Arbeit annehmen«, redete ihr Awgust zu. »Sonst verlierst du die Zuschläge. Und ohne die Zuschläge für den Norden – was verdienst du dann schon?«

Einmal hörte Unna von ihrem Zelt aus, wie er sich mit Bugrow unterhielt.

»Leitende Arbeit wird sie nie mehr machen können«, sagte Awgust bitter. »Ein Abtrünniger wird für immer abgelehnt.«

Bereits vor dem Ende der Fischfangsaison sagte Awgust zu Unna: »Ich habe Arbeit für dich gefunden.«

»Was für eine?«

»Als Pförtnerin im Fernsehstudio.«

»Als was?«

»Pförtnerin ... Vierundzwanzig Stunden hast du Dienst, dann drei Tage frei. Gehalt – achtzig Rubel. Mit Aufschlägen – zweihundertvierzig. Für eine Person reicht es gut und gern.«

»Ist das dein Ernst?« fragte Unna verwundert.

»Man muß das Leben eben nehmen, wie es ist«, entgegnete Awgust hart. »Bedenk, eine bessere Stelle kriegst du sowieso nicht, du hast ja keine richtige Ausbildung.«

»Aber ich hatte doch so lange einen leitenden Posten.«

»Das ist keine Arbeit!« schnitt ihr Awgust das Wort ab.

Unna schwankte noch eine Weile, doch nach reiflichem Überlegen kam sie zu dem Schluß: Einen anderen Ausweg gab es nicht. Dann wurde sie eben Pförtnerin, schließlich konnte sie, bis bessere Zeiten kamen, auch eine Weile als Pförtnerin arbeiten.

Awgust übernahm die Verhandlungen mit dem stellvertretenden Leiter des Komitees für Funk und Fernsehen. Alles klappte. Unna überwand mit Mühe ihre Scham und trat den neuen Posten an, nachdem sie zur Ermutigung ein Glas Wein getrunken hatte.

Das Fernsehstudio war in einem alten Gebäude aus Schlackensteinen untergebracht, das schon längst als einsturzgefährdet galt. Doch umquartiert konnte es nicht werden, es blieb in diesem innen und außen zusätzlich von Metallträgern gestützten Haus.

Unnas Platz war unmittelbar neben der Tür: ein durch ein wackliges Gitter abgegrenzter Verschlag mit einer kleinen Lampe, unter der sie die Passierscheine der Mitarbeiter des Fernsehens und der Besucher kontrollierte.

Sie hatte spöttische Bemerkungen, vieldeutige Blicke und Grienen befürchtet, aber nichts dergleichen. Alle Mitarbeiter zeigten ihr freundlich die Passierscheine – von der Putzfrau bis zum stellvertretenden Vorsitzenden, der das Fernsehen leitete. Boris Iwanowitsch Kamkin hatte selbst einmal ganz oben in der örtlichen Hierarchie gesessen, war Sekretär des Komitees gewesen, jetzt aber, wie es hieß, zur »Verstärkung« hierher abkommandiert worden, obwohl allen klar war, daß es für ihn eine Degradierung war wegen Wilddieberei und eines lärmenden Besäufnisses. Zugetragen hatte sich das während einer der üblichen Kampagnen zum Schutz der Natur und des Kampfes gegen den Alkoholismus. Die Angelegenheit zu vertuschen war nicht gelungen, und Boris Iwanowitsch wurde Leiter des Fernsehens, obwohl er vorher nicht mehr als ein eifriger Zuschauer gewesen war.

Er grüßte Unna immer betont höflich und zeigte ihr seinen Passierschein aufgeschlagen, wie es die Vorschrift erforderte.

Der erste Tag und die erste Wache verliefen sehr gut, bis auf eine gewisse Verlegenheit, als sie sich strikt weigerte, zum gemeinsamen Tee ins Zimmer des Regisseurs zu gehen. Sie blieb also in ihrem Verschlag, aß das mitgebrachte Stück kalten Fisch und trank dazu etliche Schlucke Wein aus der chinesischen Thermosflasche, die sie noch zu ihrer Zeit als stellvertretende Leiterin durch gute Beziehungen erworben hatte.

An einem klaren Herbsttag fuhr die Vorsitzende des Komitees für Funk und Fernsehen, Marina Makarowna, die

Unna nach alter Gewohnheit immer noch in Gedanken »Kormoranin« nannte, in aller Eile ans andere Ufer des Limans, um eine Aufnahmegruppe des zentralen Fernsehens in Empfang zu nehmen. Es kamen häufig Filmgruppen aus Chabarowsk, Swerdlowsk, Nowosibirsk, Moskau und Leningrad zu Besuch, daran war nichts Besonderes. Die Gruppe aus Ostankino wurde allerdings wie eine eigene angesehen. Aus diesem Grund war Marina Makarowna auch persönlich losgefahren, um sie zu begrüßen.

Drei Stunden später bremste vor der Auffahrt ein Wagen, und in lebhafter Unterhaltung traten mehrere Leute durch die weit geöffnete Tür.

Auf dem Gang gab es kein Fenster, brannte nur eine schwache Lampe, doch in ihrem Schein blieb der Kameramann, der Unna früher einmal aufgenommen hatte, vor ihr stehen und rief fröhlich: »Das ist eine Begegnung! Guten Tag, Unna Owtowna! Erinnern Sie sich an mich?«

»Ja, schon ...«

»Ich hätte nie gedacht, Sie hier zu treffen!« fuhr der aufrichtig erfreute Kameramann fort. »Genossen! Jungs!« wandte er sich an seine Kollegen. »Das ist Unna, von der ich euch erzählt habe. Kommt her, macht euch bekannt.«

Die anderen Besucher sahen Unna glücklicherweise zum erstenmal.

»Und was machen Sie hier?« fragte der Kameramann neugierig.

»Unna Owtowna arbeitet jetzt bei uns!« teilte ihm Marina Makarowna streng und sehr offiziell mit und zog die gesamte Aufnahmegruppe mit sich fort.

Der Kameramann aber blieb noch eine Weile und ging dann eigentlich ungern. Offenbar hatte er nichts begriffen. Ein paarmal blickte er sich noch um, sah in den dunklen Verschlag, in dem hinter einem Holzgitter im Schein einer trüben Lampe Unna stand, die einstige Heldin seiner Fernsehreportage, die durch eine spezielle Weisung im Allunions-Komitee für Funk und Fernsehen gewürdigt worden war.

Nur gut, daß Unna nach diesem Wachdienst die Gruppe nicht mehr traf: Sie waren in einen fernen Kreis Tschukotkas geflogen, auf die Ratmanow-Insel, wo sie eine Reportage über die fernste Grenzeinheit des Landes aufnehmen wollten.

Nach dieser unerwarteten Begegnung machte sich Unna erstmals Gedanken über ihre Lage. Ja, sie hatte sich an ihre neue Stellung gewöhnt, daran, wie die Spießer häufig ungeniert hinter ihrem Rücken tuschelten, was sie seinerzeit gewesen sei: eine der Oberen auf hohem Posten, gefahren sei sie in einem schwarzen »Wolga«, kistenweise habe man bis zu ihrem Aufgang Mangelwaren geschleppt, eingekleidet habe sie sich nur im »Hochzeitsausstatter« des Warenhauses, und jetzt …

Wenn sie nach Wein anstand, ließ sich Unna zwar nie auf offene Streitereien mit ihresgleichen, schon am Morgen durstigen Seelen ein, doch oft mußte sie Erörterungen in der Art erdulden, daß für die Einheimischen Bildung und Macht abträglich seien – sie selbst, Unna Owtowna, sei dafür das beste Beispiel. »Nein, solche Leute muß man in Reservaten halten«, überlegte ein Nervtöter, ehemals Bauarbeiter beim Whäner Wärmekraftwerk. »Wie klug verfahren doch die Amerikaner. Da müssen wir von ihnen lernen. Habt ihr je gehört, daß ein Eskimo oder ein Indianer in den Senat oder ins Repräsentantenhaus gewählt worden wäre? Nein! Und das ist richtig so! Es gibt Völker, denen schadet das nur. Sie sind dafür geschaffen, selber von klugen Leuten regiert zu werden.«

Der Vertreter der »klugen Rasse«, überschäumend von

Gift und Galle und verkaterter Misanthropie, der sehr wohl begriff, daß die eingeschüchterte Frau unter der morgendlichen Katerstimmung litt, vor Kälte und innerer Ohnmacht bebte und kein Wort dagegen sagen konnte, verkündete laut: »Und auch Sprit dürfte man ihnen nicht mehr verkaufen, weil sie nicht einmal zu trinken verstehen.«

So konnte es endlos weitergehen, bis endlich die Verkäuferin, die Unna von ihrer früheren Arbeit her kannte, sie aus der Schlange rief und alle anschrie: »Schluß jetzt, haltet das Maul, sonst mach ich hier dicht!« Das war eine echte Drohung und geeignet, jeden Wortwechsel in der Schlange zu unterbinden.

Verlegen dankte Unna der Verkäuferin. Natürlich wäre es besser gewesen, sich im voraus etwas zu kaufen, damit morgen noch etwas da war, aber das schaffte sie nicht. Vor allem reichte ihr Geld nicht. Früher hatte sie nie überlegt, wieviel sie verdiente und wo das Geld blieb. In der Handtasche hatte sie immer genügend Scheine gehabt, andere lagen in einer Schatulle auf dem Toilettentisch, auch auf dem Sparkassenbuch war noch eine gewisse Summe, die ihr der Vater vermacht hatte.

Aber in den wenigen Monaten, in denen Unna nicht gearbeitet hatte, lernte sie die Eigenschaft des Geldes kennen. Es schmolz dahin wie Schnee in der Frühlingssonne, und nun mußte sie mit jeder Kopeke rechnen.

Nach der denkwürdigen Begegnung mit der Moskauer Aufnahmegruppe dachte Unna daran, die Stadt zu verlassen und an einem anderen Ort ein neues Leben zu beginnen.

Doch als was sollte sie arbeiten? Sogar hier, wo doch scheinbar kein Mangel an Arbeitsplätzen herrschte, hatte sich für Unna nur eine Pförtnerstelle beim Fernsehen gefunden. Und irgendwo anders? Als was konnte sie arbeiten?

Sie hatte keine Berufsausbildung, abgesehen von der völlig unnützen Erfahrung in leitender Arbeit.

Sollte sie vielleicht dennoch versuchen, ein neues Leben in der Nomadensiedlung des Vaters, im heimatlichen Kreis zu beginnen?

Eines Morgens erwachte Unna mit dem endgültigen Beschluß: Sie würde sich für immer von hier verabschieden und in ihren Kreis fahren. Zunächst in die Kreisstadt, dort würde sie weitersehen … Geld? Da, am Fenster steht es. Für das japanische Tonbandgerät würde man ihr ohne weiteres viertausend hinblättern. Sogar in Tschukotka war das viel Geld.

Das erstemal seit vielen Tagen spürte Unna am Morgen nicht den gewohnten Durst. Statt Wein trank sie einen starken Tee, frühstückte kräftig, rief Marina Makarownas Sekretärin an und teilte ihr mit, man solle sie von der Personalliste streichen; und kaum hatte sie den Hörer aufgelegt, wählte sie eine andere Nummer – die des Musikensemble-Leiters im Restaurant, er hatte ihr schon lange zugesetzt, ihm das Tonbandgerät zu verkaufen. Jetzt freute er sich unbändig und vergewisserte sich einige Male, ob sie ihr Tonbandgerät auch wirklich verkaufen wolle.

»Überlegen Sie es sich nur ja nicht anders!« schrie er in den Hörer. »Ich muß bis zum Abend die erforderliche Summe auftreiben!«

Er kam aber schon vor dem Mittagessen mit dem Geld, das er akkurat in einem schwarzen Diplomatenkoffer verstaut hatte. Er packte das Gerät selbst mit größter Behutsamkeit ein. Die Originalverpackung fand sich auf dem Hängeboden, darin lagen sogar noch die Schaumstoffdichtungen. Für weitere fünfzig Rubel trennte sich Unna auch von ihren Aufnahmen.

Als fürchte er, Unna könne ihren Entschluß bereuen,

schleppte der Restaurantmusiker seine Eroberung mit Hilfe von Kollegen davon.

Nun mußte sie noch die übrigen Möbelstücke verkaufen. Als im Zimmer nur noch die Bettcouch stand, in der Tasche aber schon die Fahrkarte in die Siedlung steckte, kam Awgust.

Er war finster und böse. »Was machst du nur?« stürzte er sich auf Unna. »Du hast dich nicht mit mir beraten, hast nichts gesagt. Warum denn das? Und was wird aus der Wohnung?«

»Ich habe sie schon gekündigt«, erklärte Unna.

»Wie gekündigt? Mit einemmal einfach gekündigt? Und wo willst du dort wohnen?«

»Irgendwo finde ich schon was«, antwortete Unna munter. »Auf heimatlichem Boden gehe ich nicht unter.«

»Sag das nicht!« Awgust ereiferte sich noch immer. »Auch dort kannst du vor die Hunde gehn. Weißt du eigentlich, wie sich die Bevölkerung von Tschukotka verringert hat?«

»Ich habe noch nicht die Absicht zu sterben«, entgegnete Unna böse. »Ich will ein neues Leben beginnen, von Anfang an. Vielleicht gelingt mir dann etwas. Geld habe ich fürs erste. Fast fünftausend habe ich für die Möbel und das Tonbandgerät bekommen ... Zuerst fliege ich in die Große Siedlung und schaue, wie es dort ist. Dann ziehe ich in das Kolchoszentrum. Mir hat mal einer gesagt, ich könne im Internat als Erzieherin arbeiten oder als Kinderbetreuerin.«

»Ach Unna, Unna.« Awgust wiegte den Kopf. »Du hättest dich doch beraten sollen. So eine Wohnung aufzugeben.«

Er betrachtete die leere, Unna schon fremd gewordene Wohnung und setzte hinzu: »Du hättest wenigstens zunächst mit mir tauschen sollen.«

»Na hör mal!« Unna winkte ab. »Das ist doch ungesetzlich!«

Er begleitete Unna zum Flughafen, nachdem er einen Tag frei genommen hatte. Der Liman war noch nicht zugefroren, doch es herrschte schon eisige Kälte – bald würde endgültig Frost einziehen. Eisschlamm gab es noch nicht, daher nahmen sie den Passagierdampfer. Leute fuhren nur wenige mit – die Urlaubszeit war zu Ende, und der Liman selbst, der Fische beraubt, war verödet und grau. Über der Insel Aljumka hing feuchter Nebel, das Ufer aber, wo ihr Fischerstrand gewesen war, verbarg ein ausgedehnter Dunstschleier.

»Ich werde sicherlich mal kommen«, sagte Awgust zum Abschied. »Warte auf mich in der Großen Siedlung. Man hat mir eine Dienstreise dorthin versprochen.«

Unna betrachtete sein dunkles, trotz seiner relativen Jugend von Falten durchfurchtes schmales Gesicht, die straffen, angegrauten Haare, die unter seiner Kappe hervorquollen, und dachte mit leiser Trauer, nun sei sie wirklich vorbei – ihre Jugend, die Zeit großer Hoffnungen, kühner Pläne und vager Erwartungen, da jeder neue Tag unerwartete Freuden verhieß.

Das Flugzeug, eine JAK-40, war klein, mit ebenso kleinen engen Sitzen, als wären sie für die Beförderung von Jungen Pionieren gedacht. Dafür gewann es schnell an Höhe, flog leicht und sicher über der Küste der tschuktschischen Halbinsel. Das Wetter war ungewöhnlich klar für diese Zeit, und vom Flugzeug aus sah man weithin Land, bis zum Kap Deshnjow. Gut zu sehen waren auch die weit ins Meer ragende Landzunge Meetschkyn, die Kresta-Bucht, und schon funkelten in der Ferne die von Neuschnee bedeckten Hügel um die Prowidenija-Bucht, die felsigen Küsten mit dem weißen Rand der schaumigen

Brandung und den Eisfeldern, die den schmalen Hals der Beringstraße hinter sich gelassen hatten.

Auf dem Flugplatz der Großen Siedlung spürte Unna, daß hier bereits Winter war.

Das Hotel war im Gebäude des alten Internats untergebracht, und Unna ging mit einem Gefühl der Beklemmung über den langen Flur zu ihrem Zimmer – ein Einzelzimmer mit Bett, Nachttisch und einem Schwarzweißfernseher.

»Das ist unser bestes Zimmer«, sagte die Verwalterin, die sich an Unna noch aus besseren Zeiten erinnerte. »Wir haben allerdings noch ein Luxus-Appartement, aber das dürfen wir nur auf Anweisung des Parteisekretärs vergeben.«

Doch Unna wollte ihm nicht begegnen, überhaupt niemandem aus der örtlichen Administration, damit sie sich nicht genieren mußte und auch andere nicht in eine peinliche Lage brachte.

Überhaupt gefiel es ihr in der Großen Siedlung, denn hier hatte sie keine Bekannten. Sie ging die untere Straße entlang, die neben der Bucht verlief, wo sich verschiedene Institutionen befanden, Geschäfte und das neue, zweistöckige Haus für Dienstleistungen, das ihrer Aufsicht unterstand, als sie noch im Bezirks-Exekutivkomitee gearbeitet hatte. Passanten warfen ihr gleichgültige Blicke zu, sahen sich nicht nach ihr um, ja ahnten nicht einmal, was das für eine Frau war, die da langsam die Straße entlang schlenderte. Unna passierte einen kleinen Platz, an dessen einer Seite das beste Haus der Stadt stand und in dem das Parteikomitee sowie das Exekutivkomitee ihren Sitz hatten, ging an dem Geschäft »Delphin« im Erdgeschoß eines der ersten Steinhäuser vorüber und erreichte über den abschüssigen, von Pulverschnee bedeckten Weg die Landzunge, von der aus sich ein überwältigender Blick auf das Meer bot, das sich allmählich mit Eis überzog, auf die Wasserfläche, über die sich schlangenförmig mit den noch spärlichen Eisfeldern verschmelzende Nebelstreifen ausbreiteten. Aus dem felsigen, gefrorenen Boden ragten Denkmäler verschiedener Größe – meist in Form von Pyramiden, gekrönt mit roten Metallsternen. Hier und da steckte in einem verglasten Rahmen ein verblichenes Foto. Ein eisiger Wind sirrte leicht in den blechernen Blättern verrosteter Kränze und in den Leitungen einer längst verlassenen, zugenagelten Radiostation, die unweit des Friedhofs gestanden hatte.

Unna ging weiter, über den Friedhof hinaus, dorthin, wo sie nach dem denkwürdigen Abschlußabend gekommen war, voll Freude, Erregung und sogar heimlicher Furcht angesichts der völligen Ungewißheit, wie sich das neue Leben gestalten würde, und dem Gedanken, daß die Zukunft nun ganz in ihrer Hand lag.

Heute aber war ihr trotz des klaren und kalten Herbsttages und obwohl die Sonne sich bereits über das Kap Stoletija auf die zugefrorene Wsadnik-Bucht geschoben hatte, trübe und düster zumute.

Unna wußte jedoch, wie sie gegen diese düstere Seelenverfassung ankämpfen konnte. Sie dehnte nur die Vorfreude, schob den Genuß am ersten feurigen Schluck hinaus. Als sie zuvor an den beiden größten Lebensmittelgeschäften der Hafensiedlung vorübergekommen war, hatte sie bereits bemerkt, daß es hier Wein in großer Auswahl gab. Die Flaschen standen offen in den Schaufenstern und funkelten verlockend mit ihren grellen Etiketten.

Die Große Siedlung war festlich beflaggt, mit Losungen geschmückt, und auf dem Platz beim Lenin-Denkmal, auf dem Sockel des Denkmals, leuchteten Blumen in Körben aus geflochtenem Stahldraht. Halb unter Schnee verborgen, wirkten sie gar nicht künstlich.

Auf dem Rückweg ins Hotel nahm Unna eine volle Tasche Wodka, Brot und Fisch mit, machte einen Abstecher in den Feinkostladen, wo sie Kartoffelsalat und kaltes, recht trockenes, offenbar vor langer Zeit gekochtes Rentierfleisch erstand.

Im Hotelzimmer breitete Unna alle Einkäufe auf dem Tisch aus und dachte, nun sei sie gut vorbereitet, den Jahrestag der Oktoberrevolution zu begehen.

Eine Weile blieb sie am Fenster stehen und versuchte, sich an etwas Unbestimmtes, längst Vergangenes zu erinnern …

Sie seufzte auf, verriegelte das Zimmer, schaltete den Fernseher ein und trank das erste Glas.

Sie legte sich aufs Bett, ohne sich auszuziehen, und erlebte die ersten, schönsten Momente des aufkommenden Rauschs, da der Kopf noch klar ist, sich aber im ganzen Körper schon angenehme Wärme ausbreitet, die Gedanken deutlich und bedeutsam sind und das Leben fast schön ist. Das Fernsehen übertrug Berichte zum bevorstehenden Feiertag. Das Lebensmittelversorgungsprogramm würde, wenn auch mit Mühe, erfüllt, es gebe Fortschritte. Unna schmunzelte. Ach, all diese »Fortschritte«! Sie waren fest in den Wortschatz der Propaganda eingegangen, unser Leben schien nur aus »Fortschritten« zu bestehen. Berichtet wurde auch über andere große Erfolge in der Industrie, der Landwirtschaft und beim Wohnungsbau. Dann kamen Auslandsnachrichten, aber die sah Unna bereits nach einem zweiten Glas, beim Essen. Sie bemühte sich, möglichst viel zu essen, denn sie wußte aus bitterer Erfahrung, daß es ihr, wenn sie nicht aß, ganz schlecht gehen würde. Der Sprecher berichtete von der Instabilität des Dollars und anderer westlicher Währungen, von zunehmender Inflation, von der Armut des Proletariats in den entwickelten kapitalistischen Ländern … Das nennt sich nun Propaganda, dachte sie, während aufsteigender Rausch ihr Hirn benebelte. Mit verschwommenem Blick sah Unna auf den Nachttisch, auf dem ihre Tasche mit dem Geld lag, das sie für das japanische Tonbandgerät erhalten hatte: Sie besaß noch über viertausend der festesten, keiner Inflation unterworfenen Valuta – viertausend Rubel.

Als sie am Morgen des Festtags erwachte, war sie nicht einmal sonderlich verkatert. Sie begann auch nicht gleich am Morgen mit dem Trinken, sondern bereitete sich einen starken Tee mit süßer Kondensmilch zu. Trotz des vergangenen Abends war sie aufrichtig festtäglich gestimmt, und nun erinnerte sie sich immer mehr an die früheren Zeiten – wie sie, in festlicher Internatskleidung, mit einer großen roten Schleife im Block der Schüler gegangen war; wie sie ein Porträt von Leonid Iljitsch Breshnew getragen hatte. So ein Bild wurde nur den Besten anvertraut, die übrige Zeit hing es nicht einmal aus, sondern wurde mit dem Gesicht zur Wand in einer Abstellkammer aufbewahrt.

In der Ferne dröhnte die Blaskapelle der Grenzsoldaten im Wechsel mit lauter Musik aus Lautsprechern.

Es schien, als hätte sich die Festtagsstimmung auch auf die Hunde übertragen – sie liefen frei herum, stolz und mit flauschigem Fell, in frischem Schnee gewaschen und ohne Furcht, man könne sie gleich ergreifen und ihnen das Fell für moderne Wintermützen abziehen.

Unna wartete auf der Vortreppe, um den Marschblock des Trusts »Arktis-Bau« vorüberziehen zu lassen, der auf der Ladefläche eines Lasters die Nachbildung des im Bau befindlichen Kulturhauses mitführte.

Beim Krankenhaus aber, auf der geräumigen Freitreppe, die ein Vordach überspannte, beobachtete sie schon den Marsch der Arbeiter vom Seehafen und von der hydrographischen Station. Alle trugen sie Plakate mit einer Bilanz ihrer Erfolge und der Demonstration ihrer Pläne, in den Marschblöcken gingen abwechselnd festlich gekleidete Männer, Frauen und Kinder. Und überall erklang Musik.

Alle bewegten sich zum großen Platz, doch die Kundgebung konnte erst beginnen, wenn der Block der Grenzsoldaten eingetroffen war. Ihr Kommen kündigte die anschwellende Musik einer Blaskapelle an.

Auf ganz Tschukotka war das der einzige Ort, wo so etwas wie eine Militärparade stattfand, und die Bewohner der Großen Siedlung waren darauf sehr stolz.

Die Zuschauer hatten sich entlang der Hauptstraße verteilt, die sich durch die ganze Hafensiedlung zog. Viele waren bereits angeheitert, und Unna, die sich auf Grund eigener Erfahrung in diesen Dingen auskannte, bemerkte das und war sogar ein wenig stolz, daß sie sich an diesem Revolutionstag nicht betrunken hatte. Sie liebte die Feiertage, diese gehobene Stimmung, das Rauschen der Losungen, Transparente und Fahnen, die Klänge der Blaskapellen, die lauten Kommandorufe, die lächelnden, gütiger gewordenen Gesichter.

Und doch wurde Unna erkannt; manche kamen sogar auf sie zu, drückten ihr fest die Hand und erkundigten sich, ob sie etwa auf Dienstreise hier sei.

»Fast wie im Urlaub«, entgegnete Unna ausweichend, gerührt über die Aufmerksamkeit, sogar eine gewisse Anteilnahme in den Blicken derer, die von ihrem Sturz wußten.

Endlich erschienen, von einer wild bellenden, der Kapelle vorauslaufenden Hundemeute angekündigt, trompetenblitzend und mit Trommelgedröhn, auch schon die Grenzsoldaten.

Während sie vorüberzogen, überlegte Unna, die schon oft Musiker gesehen hatte, plötzlich verwundert, wie sie es nur fertigbrachten, bei Frost die metallenen Mundstücke im Mund zu halten, und wie es kam, daß das Metall nicht an den roten Lippen anfror. Die Trompeter strengten sich an, ihre aufgeblasenen Wangen blähten sich auf und erschlafften wieder, erzeugten eine aufmunternde, laute Musik, zu der man ständig hinter den braven Grenzern hermarschieren wollte; aus riesigen Steinplatten hatten sie um die ganze Bucht an den Abhängen die weithin sichtbare Losung »Ruhm den sowjetischen Grenzsoldaten!« ausgelegt. Unna wußte, daß sich ein wenig oberhalb eine andere Losung befunden hatte: »Ruhm dem großen Stalin«. Die aber war beseitigt, auch wenn an diesem Hang ein gutes Dutzend Kilometer weit der von fern gut erkennbare Streifen noch zu sehen war.

Die Zuschauer schlossen sich den Grenzern an, bildeten gewissermaßen einen neuen Marschblock, und als alle den Platz erreicht hatten, begann die Veranstaltung mit den Reden der oberen Funktionäre, dann der Arbeiter.

All das erinnerte Unna an bessere Tage.

Es sprachen ein herausragender (das Wort war vor kurzem in den politischen Sprachgebrauch eingegangen) Docker, ein herausragender Pädiater und ein Vertreter der Bevölkerung.

Diesmal erhielten viele Einheimische das Wort: Immerhin war es der Jahrestag der Oktoberrevolution! Schlecht war nur, daß sie hintereinander auf die Tribüne kamen: die erste Eskimo-Kommunistin Ansima, der erste tschuktschische Kolchosvorsitzende Tegrugje, der Leiter des nationalen Ensembles Tagroi. Sie alle rühmten mit fast denselben Worten den beispiellosen historischen Sprung aus der Urgesellschaft in den Sozialismus, die Arbeit von Partei und

Regierung, gedachten der kleinen Völker, beschimpften einmütig den amerikanischen Imperialismus, bekundeten Mitgefühl mit ihren Verwandten auf der anderen Seite der Beringstraße, die in Armut und Unwissenheit dahinvegetierten und an Krankheiten und Alkoholismus zugrunde gingen.

Jede Rede enthielt Lobesworte über Breshnew, der das Land in die Epoche des reifen Sozialismus geführt habe.

Nach den Ansprachen gingen alle unorganisiert auseinander, rollten im Gehen die Losungen und Plakate zusammen, und nur die Grenzer zogen in dem gleichen geordneten Marschblock unter den Klängen der Blaskapelle um die Bucht in ihre Militärsiedlung.

Unna ging zum Hotel.

Als sie an einem windschiefen Häuschen neben der riesigen Tischlerei des Trusts »Arktis-Bau« vorüberging, vernahm sie plötzlich einige tschuktschische Wörter, und als sie näher hinsah, erblickte sie Menschen mit ausgezehrten, bleichen Gesichtern, die dort auf einem verschneiten Erdwall saßen.

»Wer seid ihr denn?« fragte sie teilnahmsvoll.

»Wir sind Kranke«, antwortete einer, der noch jünger und munterer aussah. »Tuberkulosekranke. Hier aus dieser Fürsorgestelle.« Er zeigte auf das grün gestrichene Häuschen hinter dem Wall. »Wir werden hier behandelt.«

Unna wollte zuerst einen Schritt zulegen: Schon als Kind hatte sie solche Begegnungen mit unglücklichen, oft betrunkenen Landsleuten nicht gemocht, aber hier fiel ihr plötzlich ein, daß sie strenggenommen auch nicht gerade mit Glück und Gesundheit gesegnet war, und sie blieb stehen.

»Und warum sitzt ihr hier draußen in der Kälte?«

»Wir haben uns die Demonstration angesehen«, antwortete derselbe junge Mann. »Immerhin haben wir heute Revolutionsfeiertag … Schön wär's, wenn wir etwas zu trinken hätten, aber wir haben kein Geld.«

»Dürfen Kranke denn trinken?« fragte Unna.

»Uns Schwindsüchtigen schadet das überhaupt nicht, manche Ärzte meinen sogar, es sei nützlich«, sagte eine am Rand sitzende Frau, begann aber zu husten und spuckte auf den frischen, noch nicht von Ruß und Asche der zahlreichen Kesselhäuser verunreinigten Schnee. Der Auswurf war hellrot und sah aus wie Kaviar.

Die Frau streckte den Fuß vor und verdeckte mit der Sohle ihres schwarzen Schuhs den Auswurf.

Etwas preßte Unnas Herz zusammen, sie wühlte in ihrer Tasche, zog ein Portemonnaie heraus und reichte dem jungen Mann einen Fünfundzwanzigrubelschein.

»Da, für den Feiertag.«

Bebend nahm der junge Mann das Geld entgegen und sagte stotternd vor Überraschung: »Vielen, vielen Dank! Welynkykun! Ich laufe mal schnell zum Laden!«

»Bring auch Roten mit!« schrie ihm die hustende Frau nach. »Du weißt doch, von Hochprozentigem muß ich immer so husten.«

»Es reicht für alle!« schrie der junge Mann freudig im Weglaufen.

Nachdem Unna sich von den Kranken verabschiedet hatte, ging sie ins Hotel, und als sie den Vorraum betrat und den Schnee von den Stiefeln klopfte, sah sie sich plötzlich Awgust Shirindan gegenüber.

»Du?«

»Ja, ich!« sagte Awgust lächelnd. »Gratuliere zum Feiertag!«

»Ich gratuliere auch, Awgust. Bist du etwa auf Dienstreise?«

»Ja, auf Dienstreise«, entgegnete Awgust fröhlich. »Ich hatte es dir doch versprochen.«

Unna bemerkte, daß er schon in Festtagsstimmung war, er roch leicht nach Wein. Seltsamerweise konnte Unna in nüchternem Zustand Alkoholgeruch gut wahrnehmen.

Awgust zeigte ihr sein Zimmer, es war anders als Unnas, nicht einmal ein Fernseher stand darin.

»Da wir uns nun mal an einem Feiertag getroffen haben«, sagte er, »müssen wir uns auch überlegen, wie wir ihn feiern.«

»Was schlägst du vor?« fragte Unna interessiert.

»Wir könnten ins hiesige Restaurant gehen. Oder in die Bierbar, aber dann müßten wir den Berg hinaufgehen, und wenn Schneesturm einsetzt, wie kommen wir dann zurück?«

»Nein, ins Restaurant will ich nicht!« erklärte Unna entschieden, denn sie erinnerte sich an den Nebenraum. »Überhaupt – je weniger Leute, desto besser.«

»Wenn du nichts dagegen hast, könnten wir auch in deinem Zimmer feiern, es ist groß, und sogar einen Fernseher hätten wir da«, schlug Awgust vor.

Den Rest des Tages verbrachten sie mit Festtagsvorbereitungen.

Die Verwalterin, die Awgusts Charme erlegen war, lieh ihnen sogar einen elektrischen Kocher und einen elektrischen Teekessel, ließ sie aber schwören, äußerst vorsichtig damit umzugehen.

Der Tisch war in der Tat nicht schlecht gedeckt. In jenen Jahren begegneten einem in der Großen Siedlung am Ende der Schiffahrtssaison noch solche Delikatessen wie marokkanische Apfelsinen, vietnamesische Melonen und isländische Sardinen, ganz zu schweigen von verschiedenen Weinen und zwei Sorten Champagner.

»Wir wollen uns aber nicht betrinken«, schlug Awgust plötzlich vor, als er die Pracht auf dem Tisch erblickte.

Er trug ein weißes Hemd mit Krawatte, Unna aber nahm aus dem Koffer eines ihrer besten Kleider, das sie noch im Magadaner Warenhaus in der Abteilung »Hochzeitsausstatter« erworben hatte.

Sie tranken auf den Jahrestag der Oktoberrevolution, und Unna erinnerte sich, daß damals, als sie noch auf führenden Posten saß und an solchen Festgelagen teilgenommen hatte, die ersten Trinksprüche immer auf die Partei- und Staatsführung ausgebracht wurden.

»Die ›Stimme Amerikas‹ sagt, unser Leonid Iljitsch sei schwer erkrankt«, bemerkte Awgust und schlug vor: »Vielleicht sollten wir auf seine Gesundheit oder Genesung trinken?«

»Hörst du denn immer noch Feindsender?« fragte Unna mißbilligend und feindselig.

»Ja, schon«, Awgust senkte schuldbewußt den Kopf, »und weißt du, Unna, das eine oder andere Interessante erfährt man doch aus ihren Sendungen.«

»Was kann man schon Nützliches aus reinen Verleumdungen erfahren?«

»Verleumdungen gibt es da nur ganz wenige. Eher bittere Wahrheit. Und zu hören sind sie jetzt sehr schlecht: sie werden gestört. Nur wenn man tiefer in die Tundra hineingeht ... Hier, in der Großen Siedlung, klettere ich gewöhnlich auf den Hügel dort.«

Shirindan zeigte zum Fenster hinaus.

»Von da oben sind sie ganz gut zu hören. Und Nome, der Sender K-I-S-Y, sogar besser als unser Whäner Sender.«

»Ach, Awgust«, sagte Unna belehrend, »wenn ich dich so ansehe, denke ich mir: Aus dir wäre ein ganz ordentlicher nationaler Kader geworden, wenn du nicht an allem herumkritisieren und ausländische Sender hören würdest. So aber bist du nur ein Dissident, nichts weiter!«

Sie wurde traurig und goß sich ein gut halbvolles Glas Wodka ein.

»Ach, was bin ich schon für ein Dissident?« wandte Awgust bitter ein. »Schließlich ist das, was ich sage, reine Wahrheit. Stimmt das etwa nicht?«

»Es gibt verschiedene Wahrheiten«, sagte Unna belehrend. »Erinnerst du dich an den Lektor Viktor Enmyn? Ich habe noch in der Schule seine Lektionen gehört. Damals hat er gesagt: Es gibt unsere Wahrheit und die ihre ... Warum hältst du dich so an ihre Wahrheit?«

Awgusts Miene verzerrte sich, als bekäme er plötzlich Zahnschmerzen. Er sah sich hilflos um, doch ihm fiel nichts Besseres ein, als einen Schluck aus dem Glas zu nehmen.

»Hör mal, Unna«, entgegnete er, nachdem er angewidert die bittere Flüssigkeit geschluckt hatte. »Und wessen Wahrheit ist dein eigenes Leben? Im Namen von wessen Wahrheit hat man dein Leben verpfuscht, hat dich benutzt und dann weggeworfen wie einen nutzlosen Lumpen?«

Unna fuhr zusammen und entgegnete böse: »Mich laß aus dem Spiel! An allem, was geschehen ist, bin ich allein schuld, ich allein. Laß mich aus dem Spiel.«

Sie schluchzte laut auf und begann zu weinen. Es kostete Awgust nicht geringe Mühe, sie zu beruhigen.

Als Unna sich ausgeweint hatte, kümmerte sie sich um das Essen, kochte Eier und stellte den Fernseher lauter.

In Moskau begann die festliche Parade. Auf die geschlossenen Reihen des Militärs fiel grauer Moskauer Schnee, der Fernseher war schwarzweiß, aber zu sehen war alles ausgezeichnet – die Übertragungsstation befand sich direkt gegenüber, auf der anderen Seite der Bucht, und die Antennenschüssel war vom Fenster aus gut zu sehen.

Nach der Militärparade mit den obligaten Raketen und den seltsam, unnatürlich in Reih und Glied ausschreitenden Soldaten begannen die festlichen Übertragungen.

Trotz ihrer Übereinkunft, sich nicht zu betrinken, gossen sich Awgust und Unna nach und nach immer wieder etwas von dem Feuerwasser ein und spürten allmählich, wie sich etwas schwer auf sie legte. Sie hörten schon nicht mehr aufeinander, unterbrachen sich und ergingen sich in langen Monologen.

»Ich gehe als Jaranga-Wirtschafterin in eine Nomadensiedlung«, plante Unna ihre Zukunft. »In der Tundra ist es schön. Die Weite, Rentiere. Schlichte, schweigsame Menschen. Dort werde ich mich wohl fühlen.«

»Dort bist du verloren. Die Tundra ist ein schwieriges Gebiet«, murmelte Awgust. »Ein halbes Jahrhundert schon füttert man die Rentierzüchter mit der Verheißung eines besseren Lebens, aber sie tun nichts! Der reinste Betrug und Mumpitz. Die Wahrheit ist – sie rauben die Rentierzüchter aus! Wieviel bekommt ein Hirt und wieviel ein Buchhalter oder irgendein Zootechniker, der Däumchen dreht? Nein, sie betrügen unsere Tschuktschen, betrügen sie. Wie viele Weiden haben die Goldgräber schon verdorben! Und die Erdölgewinner? Am anderen Ufer übrigens zahlen die Erdölgesellschaften den Einheimischen nicht wenig, und sie leben nicht schlecht. Trinken auch weniger als unsere Leute.«

»Man hat mir gesagt, in der gemeinschaftlichen Herde gebe es noch Rentiere meines Vaters«, träumte Unna weiter, »also werde ich meine eigenen Rentiere haben. Die spanne ich vor einen Schlitten und fahre los … Weit weg … Hinter den verschneiten Horizont.«

»Nirgendwohin wirst du fahren!« schrie Awgust, als wäre er unerwartet nüchtern geworden. »Hör mich an, ich wollte dir längst etwas Wichtiges sagen, etwas Ernstes. Hörst du mich, Unna?«

Doch Unna war bereits in einer Verfassung, in der sie kaum noch etwas begriff. Sie füllte ihr Glas aus allen auf dem Tisch stehenden Flaschen und trank, bis sie aufs Bett fiel.

Awgust zog die Bettdecke unter dem schwer gewordenen, unnachgiebigen Körper hervor, deckte die Schlafende recht und schlecht zu, sah sich im Zimmer um, prüfte, ob der Teekessel und der Kocher abgeschaltet waren, stellte den Fernseher aus und schloß hinter sich fest die Tür.

Am nächsten Tag setzten sie das endlose Gelage fort, das, wie's schien, durch nichts mehr aufzuhalten war.

Ein weiterer Tag verging, noch einer ... Die Läden öffneten wieder, sie konnten den Weinvorrat unbegrenzt auffüllen. Unna wie auch Awgust hatten bereits jedes Zeitgefühl verloren und wußten oft nicht einmal mehr, ob Nacht war oder Tag.

Awgust setzte immer wieder an, etwas Wichtiges zu sagen, etwas äußerst Wichtiges, aber entweder war Unna bereits außerstande, diese Offenbarung zu erfassen, oder Awgust selbst befand sich schon in einem solchen Zustand, daß er nichts Vernünftiges mehr sagen konnte.

Dennoch kam der Tag, da beide, jeder in seinem Zimmer, mit dem vagen und beunruhigenden Gefühl wach wurden: es fehlte nicht viel, und es käme zur Katastrophe. Sie mußten Schluß machen, mußten diese schreckliche Situation beenden.

Unna lag auf dem Bett, halb angezogen, mit geschwollenem, fast gefühllosem Gesicht, und wälzte im Mund eine unerträglich trockene, einem Holzstück gleichende Zunge.

Ihr schien, wenn sie nicht den Mund mit irgendwas befeuchten würde, könne er wie Feuer aufflammen und ihr Inneres versengen, das sich von der tagelangen Einwirkung starker Getränke zusammengezogen hatte und schmerzte. Jetzt müßte sie ein Stück Eis in den Mund nehmen und daran lutschen, lutschen mit Erleichterung, unter hemmungslosem Stöhnen. In der Ecke hinter dem Fernseher stand ein kleiner Kühlschrank. Mühsam wälzte sich Unna vom Bett, kroch stöhnend zum Kühlschrank, öffnete die Tür und ertastete neben den Rippen des reifbedeckten Verdampfers eine Schale mit gefrorenem Inhalt: Gut, daß sie daran gedacht hatte! Außer Eis stand im Kühlschrank eine Dreiliterflasche mit Birkensaft, eiskalt, und wie schön war es, den Saft in dem Bewußtsein zu trinken, daß noch so viel da war, daß es für sehr viel mehr als einen gierigen, den Atem verschlagenden Schluck reichte. Als sie sich satt getrunken hatte und sich ein wenig besser fühlte, legte sich Unna wieder aufs Bett.

Die Tür ging auf, und Awgust trat ins Zimmer. Er hatte sich rasiert, gekämmt, und in seinem mit hellem Grau gemischten Haar glänzte es feucht.

»Wie fühlst du dich?« fragte er teilnahmsvoll.

»Oh, mir geht es schlecht«, stöhnte Unna mit geschlossenen Augen. »Ich will nichts mehr und bin in einer Verfassung, als hätte man mich die ganzen Tage über geschlagen.«

»Möchtest du was trinken?«

Allein vom Klang dieser Worte wurde Unna übel, und sie stöhnte: »Nein, bloß nicht das.«

»Weißt du, Unna, was ich dir gestern sagen wollte ... Eine sehr ernste Angelegenheit, ich habe lange darüber nachgedacht ... Konnte mich nur nicht entschließen ... Hörst du mir zu?«

»Nein, Awgust, verzeih mir, aber ich kann nichts hören. Geh, laß mich allein.«

Achselzuckend ging Awgust nach kurzem Zögern und schloß sorgsam und leise hinter sich die Tür.

Durch manche der geschlossenen Türen erklang Trauermusik: Moskau beerdigte den Generalsekretär der Kommunistischen Partei, das Haupt der sowjetischen Regierung Leonid Iljitsch Breshnew, den hervorragenden Funktionär der Arbeiterbewegung, den Vorsitzenden des Präsidiums des Obersten Sowjets der UdSSR Leonid Iljitsch Breshnew.

Trotz ihres Zustandes schaltete Unna, als sie gegen Mitternacht erwachte, aus irgendeinem Grund den Fernseher an und konnte lange nicht begreifen, was da auf dem Bildschirm vor sich ging. Sie schaute angestrengt, lauschte den Trauermelodien, und erst als der Sprecher sagte, das zentrale Fernsehen übertrage die Zeremonie von Breshnews Beisetzung, begriff sie, was vorgefallen war.

Unna stellte den Fernseher ab und sah auf die Uhr. Sie war stehengeblieben. Das Zimmer erfüllte noch der spezifische, übelkeiterregende Geruch von verschüttetem Wein, sauer gewordenem Imbiß. Angewidert betrachtete sie den Tisch, und ihr wurde fast schlecht. Hastig zog sie sich an und trat hinaus auf den Flur, ging leise an geschlossenen Türen vorbei, hinter denen schlaftrunkene Atemgeräusche zu hören waren, und blieb vor einem großen, fast bis zum Boden reichenden Fenster stehen.

In diesem Moment erinnerte sie sich deutlich, wie sie vor vielen, vielen Jahren zur selben Tageszeit an ebendieser Stelle gestanden und auf den im Mondlicht schimmernden endlosen Schnee, auf die fernen, silbern glänzenden Berge geschaut hatte, an deren Fuß sich ihre heimatliche Nomadensiedlung befand.

Und wie damals eine unbekannte Kraft sie gezwungen hatte, auf die Vortreppe und auf den gerade gefallenen, noch von keiner Spur eines Lebewesens berührten Schnee hinauszutreten.

Der Weg rief, er führte sie, und der weiche Schnee knirschte leicht unter ihren Stiefelsohlen.

Hartnäckiges Klopfen holte Awgust Shirindan aus dem Bett. Er öffnete die Tür und erblickte einen Milizionär. Sofort verspürte er Schmerzen in der Herzgrube und einen sauren Geschmack im Mund. Sein Hirn arbeitete fieberhaft: Was hatte er nur in den paar Tagen und Nächten ununterbrochener Sauferei angestellt?

»Ziehen Sie sich an, und kommen Sie mit«, forderte der Milizionär ihn trocken auf, nachdem er sich vergewissert hatte, daß vor ihm Awgust Shirindan stand, Korrespondent der tschuktschischen Redaktion des Bezirkssenders.

»Ist was passiert?« fragte Awgust scheinbar unbeteiligt, um Unruhe und Furcht zu verbergen.

»Jemand muß den Leichnam einer erfrorenen Frau identifizieren«, sagte der Milizionär erstaunlich ruhig und gleichmütig, während er vorausging.

»Was für eine Frau?« fragte Awgust, dem der kalte Schweiß ausbrach. »Ich kenne keine erfrorene Frau.«

Er ahnte jedoch schon, worum es ging.

In einem Bretterverschlag, der wahrscheinlich einmal als Kohlenlager gedient hatte, lag auf einer niedrigen Bank – oder war es ein besonderes Gestell? – Unna. Er erkannte sie sofort an der Kleidung, an den eleganten, schwarzen italienischen Stiefeln. Ihr Gesicht war von einem weißen Tuch bedeckt. Der Milizionär und noch jemand, offenbar ein Angestellter der zuständigen traurigen Institution, traten näher. Der Mann zog das Tuch weg, und Awgust erblickte

Unnas Gesicht. Sie lag da mit fest geschlossenen Augen, als schliefe sie, und nur an den Wimpern blitzten im Schein der schwachen elektrischen Birne einige Schneeflocken, die nicht tauten. Die Gesichtsschwellung war verschwunden, und Unna sah so schön und jung aus, daß sich in Awgust alles zusammenkrampfte.

»Sie kennen diese Frau?« fragte der Milizionär streng offiziell.

Awgust nickte schweigend. »Es ist Unna Owtowna Owto«, stammelte er leise.

Dann unterschrieb er irgendwelche Papiere, ging wie durch einen Nebel zurück ins Hotel, trank, ohne betrunken zu werden, ging wieder irgendwohin, kümmerte sich um alles, zahlte aus dem großen Packen Geld, den er in Unnas Zimmer fand, schritt dann hinter dem Laster mit den heruntergelassenen Seitenwänden her, auf dem der mit rotem Losungsstoff ausgeschlagene Sarg stand.

Arbeiter warfen die letzten Klumpen schon gefrorener Erde auf den Hügel, befestigten eine Pyramide, und einer erkundigte sich hustend: »Fahren Sie mit uns, oder bleiben Sie noch hier?«

»Fahren Sie nur.«

Wind wirbelte trockenen Schnee auf und schleuderte ihn Awgust ins Gesicht. Er zog aus seiner Jacke eine Flasche und zwei Gläser. Eines goß er randvoll und stellte es behutsam an den Rand des Grabhügels. Mit dem zweiten, ebenfalls vollen, stieß er daran und leerte es in einem Zug.

»Für dich ist es das letzte«, sagte er. »Bei mir aber … Nun hast du bis zuletzt mein Geständnis nicht vernommen: Ich habe dich mein Leben lang geliebt! Von dem Tag an, da wir beide nach dem Abschiedsabend hierher kamen.«

An jenem Frühlingstag hatten sie vor der endlosen Weite gestanden und zugesehen, wie in der Ferne junge Wale spielten. Nun glänzte dort neues Eis, und darüber hing ein tiefes, sich über den ganzen Horizont erstreckendes Wolkenband.

Der Wind sirrte in den rostigen Blechkränzen, Schnee überpuderte das soeben aufgeschüttete Grab, und Schneeflocken tauten in dem Glas, das einsam und verlassen am Grabhügel lehnte.

Kerro, den 31. Juli 1989

Glossar

Hier wird nur kommentiert, was sich nicht aus dem Kontext der deutschen Romanfassung erschließt. Generell wurden bei der Übersetzung tschuktschische Begriffe beibehalten, russische weitgehend übersetzt oder eingedeutscht, geographische Eigennamen – soweit feststellbar – nach kartographischen Vorgaben wiedergegeben.

Jaranga: Wohnstatt der Tschuktschen und Eskimos. Ein rundes Holzgerüst trägt eine kuppelförmige Überdachung aus Walroßhäuten, bei den nomadisierenden Hirten, die als Gerüst lange Stangen verwenden, ist die »Tundra-Jaranga« eher zeltförmig, aber transportabel.

Kamlejka: Umhang, den man über die Kuchljanka zieht; vorwiegend aus Stoff, mit Kapuze und Bauchtasche.

Kuchljanka: Knielanges Kleidungsstück aus Fell, mit Kapuze.

Pawlik Morosow: Zentralfigur des gleichnamigen, 1950 erschienenen Poems von Stepan Stschipatschow. Der Junge Pionier Pawlik Morosow, der zur Zeit der Kollektivierung unter Berufung auf Stalin gegen die »Kulaken« auftrat, dabei auch seinen Vater denunzierte, zuletzt selbst hinterrücks getötet wurde, wird rückblickend zum Vorbild der nachfolgenden Generation erhoben. Der Autor erhielt für dieses Werk den Stalinpreis.

Polog: Schlafraum in einer Jaranga, den ein ebenfalls Polog genannter Fellvorhang vom Tschottagin abtrennt.

Tschottagin: Eine Art Aufenthaltsraum in der Jaranga, in dem auf einer Feuerstelle auch gekocht wird.

Ukwen: Kuß, der im geräuschvollen Beschnüffeln des geliebten Menschen besteht.

Whän, Whäner Liman: Whän ist die alte tschuktschische Bezeichnung für den Ort, an dem die jetzige Hauptstadt von Tschukotka (dem »Autonomen Bezirk der Tschuktschen«), Anadyr, steht. Analog dazu ist unter dem Whäner Liman der Anadyr-Liman zu verstehen: die sich bis zu sieben Kilometer erweiternde Mündung des Flusses Anadyr in die Anadyrbucht.

Kurze Erläuterung zur staatlichen Hierarchie, die in der Romanhandlung eine Rolle spielt: Die *Union der sozialistischen Sowjetrepubliken* (mit dem *Obersten Sowjet* als ihrem höchsten Organ) gliedert sich in Unionsrepubliken, darunter die *Russische Sozialistische Föderative Sowjetrepublik*, die ihrerseits in *Gebiete* aufgeteilt war; Bestandteil des *Gebiets Magadan* war der *Tschuktschische Autonome Bezirk* mit dem Bezirkszentrum Anadyr (Whän s.o.), der seinerseits *Kreise* mit Kreiszentren sowie weitere Städte, Siedlungen, ländliche Ortschaften umfaßte. Auf allen Ebenen gab es *Sowjets* als Legislative und *Exekutivkomitees* als Exekutive mit den jeweiligen *Vorsitzenden*.

Die *Kommunistische Partei der Sowjetunion*, laut Verfassung die »führende und lenkende Kraft der sowjetischen Gesellschaft«, hatte eine analoge Struktur mit *Komitees* an der Spitze (Zentralkomitee, Gebietskomitee etc.), die wiederum von einem *Ersten* und *Zweiten* Sekretär geführt werden.